W0411816

Большая книга о воспитании

Людмила Петрановская

БОЛЬШАЯ КНИГА ПРО ВАС И ВАШЕГО РЕБЁНКА

Издательство АСТ

УДК 159.9
ББК 88.8
П30

Дизайн обложки – *Алексей Родюшкин*
Дизайн макета – *Анна Якунина*

Петрановская, Людмила Владимировна/
П30 Большая книга про вас и вашего ребёнка / Людмила Петрановская. – Москва : Издательство АСТ, 2017. – 432 с. – (Большая книга о воспитании).

ISBN 978-5-17-100800-0

Эту книгу стоило бы прочесть всем родителям. И тем, кого заботит легкое недопонимание, и тем, кто уже было отчаялся найти общий язык с детьми. В ней мы собрали две книги в одной: «Тайная опора: привязанность в жизни ребенка» и «Если с ребенком трудно» — книги, которые могут избавить вас и вашего ребенка от тонн психологической макулатуры.

Нередко, став взрослыми, мы забываем, что некогда и сами были детьми. В первой части книги, основываясь на научной теории привязанности, Людмила Петрановская легко и доступно рассказывает о роли родителей на пути к взрослению: «Как зависимость и беспомощность превращаются в зрелость?» и «Как наши любовь и забота год за годом формируют в ребенке тайную опору, на которой, как на стержне, держится его личность?» Вы сможете увидеть, что на самом деле стоит за детскими «капризами», «избалованностью», «агрессией», «вредным характером».

Во второй части книги Людмила расскажет о том, как научиться ориентироваться в сложных ситуациях, решать конфликты и достойно выходить из них. Вы сможете понять, чем помочь своему ребенку, чтобы он рос и развивался, не тратя силы на борьбу за вашу любовь.

УДК 159.9
ББК 88.8

ISBN 978-5-17-100800-0

© Петрановская Л.В.
© ООО «Издательство АСТ», 2017

ТАЙНАЯ ОПОРА

Книга 1

ВВЕДЕНИЕ

Вся эволюция жизни — это эволюция родительской заботы о потомстве. Самые примитивные живые существа появляются на свет уже неотличимыми от «родителей», им ничего от своих предков не надо. Чуть более сложных родители только помещают в благоприятную среду, а там уж сами. Еще более сложным — стараются оставить пропитание на первое время. Так поступают некоторые насекомые. Отдельные виды рыб своих мальков уже охраняют. Многие рептилии защищают кладки яиц и присматривают за вылупившимися детенышами. А вот птицы уже обязательно высиживают, кормят и учат птенцов, совершая иногда чудеса самопожертвования ради потомства. Детеныши млекопитающих не выживают без заботы взрослых, и детство их длиннее, чем у птенцов. Родители зверенышей их не только кормят, охраняют и учат — они с ними играют, ласкают, утешают, разрешают конфликты между братьями и сестрами, готовят к общению в стае.

Если смотреть с этой точки зрения, человек и в самом деле — венец творения. Потому что самые беспомощные детеныши и самое долгое детство на планете — четверть жизни — у нас. Прежде чем ребенок сможет обходиться без взрослых, проходят годы. Более того, с ходом истории период зависимости постоянно удлиняется, когда-то детство в двенадцать точно заканчивалось, а сейчас и в двадцать два — не всегда.

Получается, чтобы выросло существо, которое не просто реализует записанные в генах программы, как миллиарды его предков миллионы лет до него, вроде тараканов каких-нибудь, а строит свою жизнь, думает об устройстве мироздания, задается вечными вопросами бытия, имеет ценности, дерзает, верит, любит, — одним словом, существо разумное и свободное, необходим довольно долгий период полной беспомощности и зависимости. Каким-то чудесным образом именно зависимость переплавляется в свободу, именно полная изначальная неприспособленность к миру — в способность этот мир творчески изменять.

Каждый, кто родился человеком и вырос, так или иначе прошел этот путь. Каждый, кто растит детей, идет по нему. В этой книге мы пройдем его, шаг за шагом, от рождения до взрослости, и попробуем понять: как это работает?

Я сразу хочу сказать: книжка эта не строго научная. Мне хотелось бы иметь параллельно еще одну жизнь, чтобы посвятить ее исследованиям, и каждое утверждение проверить. Но второй жизни у меня нет, а в этой я выбрала быть практиком. Так что я, на свой страх и риск, просто рассказываю, как я это вижу, чувствую, понимаю. С примерами из своей жизни, из рассказов клиентов и читателей моего блога, из наблюдений на улице и на детских площадках.

Конечно, самая суть — теория привязанности — теория вполне научная, по ней есть множество интереснейших исследований и публикаций, на какие-то из них я буду ссылаться по ходу рассказа. Но я вполне отдаю себе отчет, что не все утверждения этой теории и уж тем более не все утверждения в этой книге полностью научно подтверждены, а какие-то вообще сложно проверить. Теория привязанности еще не является мэйнстримом психологической науки, исследований и книг, посвященных именно ей, пока меньше, чем хотелось бы. В России теория привязанности просто малоизвестна. И это очень жаль, потому что я не знаю на данный момент подхода к изучению человека, пониманию роли детства, подхода к воспитанию и психотерапии более глубокого, точного и эффективного в практической работе. Немало проблем, отравляющих жизнь множества людей, можно было бы просто не создавать, если знать, как устроены отношения ребенка с родителями. И многие уже созданные и даже привычные, можно было бы вполне успешно и надежно решить. Я уверена, когда-нибудь это будет осознано, феномен привязанности будет изучен по-настоящему глубоко, и нам откроется много нового и важного, что изменит жизнь людей к лучшему.

Но мои клиенты и читатели растят детей прямо сегодня, и они не могут ждать. Поэтому я прямо сегодня делюсь с вами тем, чем могу, не выдавая написанное за истину в последней инстанции. Читайте, наблюдайте, прислушивайтесь к себе, сомневайтесь и проверяйте. Если в вашей жизни, в ваших отношениях с ребенком что-то идет иначе, не надо сразу пугаться и искать, где вы ошибаетесь. В тексте книги невозможно описать все возможные варианты и ситуации, и реальная жизнь всегда сложнее самой проработанной теории. Если с вашим ребенком что-то происходит позже или раньше, чем написано, если с ним это происходит иначе или даже с точностью до наоборот, — просто подумайте, почему так может быть. У ребенка может быть свой темп развития или особенности характера, у вас в жизни могут быть сейчас или какое-то время назад особые обстоятельства, наконец, я просто могу ошибаться. Всегда доверяйте себе больше, чем любой книге, и эта — не исключение. Вы — родитель своего ребенка, вы его любите, знаете, понимаете, чувствуете, как никто, даже если временами вам кажется, что совсем не понимаете. Мнение специалиста — важная информация к размышлению, это способ увидеть свою ситуацию как бы со стороны, возможность увидеть проблемы в более широком контексте культуры, традиции и даже эволюции нашего вида. Но решать, что делать прямо сейчас с вашим собственным малышом, который плачет, дерется или испуган, — только вам, и если ваша интуиция, движимая любовью и заботой, говорит не то, что книга, — слушайте интуицию.

В книге мы пройдем вместе с ребенком и его родителями через все детство: от рождения до взрослости. Мы построим «дорожную карту» взросления и рассмотрим роль привязанности в этом процессе. Конечно, развитие ребенка многопланово, меняются и развиваются его тело, его интеллект и способности, но мы сосредоточимся только на одной линии: **его отношениях со «своими» взрослыми**, тем, как они, с одной стороны, зависят от развития всего остального, с другой — влияют на это развитие. Каждая глава книжки — это очередной этап детства. Каждый этап — это новые задачи возраста, новые потребности ребенка, новые возможности, но и новые риски, если потребности не будут удовлетворены. Мы постараемся понять логику: как зависимость и беспомощность превращаются в зрелость, как наши любовь и забота год за годом формируют в ребенке тайную опору, на которой, как на стержне, держится его личность.

Наш путь по дорожной карте будет сопровождаться примерами и наблюдениями из жизни, а иногда из литературы или кино. Будет здорово, если каждый раз вы будете ненадолго отрываться от книги и вспоминать похожие — или непохожие — ситуации, в которых вы были сами или которые наблюдали, и попробовали проанализировать их с точки зрения прочитанного. А может быть, захочется что-то перечитать или пересмотреть под новым углом зрения.

Иногда мы будем как бы подниматься над нашей тропой для небольших теоретических экскурсов, чтобы понять, как же это устроено. Если тема покажется вам особенно интересной, имеет смысл найти и прочитать книги, на которые я даю ссылки. Обещаю не перегружать повествование терминами и упоминать только самые, на мой взгляд, ключевые для нашей темы.

По мере движения по маршруту мы будем время от времени делать практические выводы: как же вести себя взрослым, что делать и чего не делать, чтобы ребенок развивался в соответствии с замыслом природы, был наполнен привязанностью и успешно превращал ее в самостоятельность. И чтобы вам с ним было легче и радостней, и родительство было для вас требующим самоотдачи счастьем, а не каторгой или вечно сдаваемым невесть кому экзаменом со страхом ошибки.

По замыслу, книжка, которую вы держите в руках, будет первой частью серии «Близкие люди», посвященной разным аспектам привязанности. В этой, в первой, мы пройдем от начала и до конца «хорошее» детство, детство без особых проблем и катаклизмов, и постараемся понять, что дает человеку опыт привязанности, как отношения со своими взрослыми помогают создать стержень личности, во многом определяя всю дальнейшую жизнь. Отсюда и название: «Тайная опора». Понимая логику развития своих отношений с ребенком, вы сможете сделать их лучше, а как мы увидим, именно хорошие отношения, глубокая и надежная привязанность лежат в основе и хорошего поведения, и успешного раскрытия потенциала ребенка. Не «развивающие методики», а отношения с родителями дают детям лучший старт в жизни — и мы вместе убедимся в этом, шаг за шагом следуя по детству.

Вторая книжка «Дети, раненные в душу» будет более грустной — в ней речь пойдет о том, что бывает, если удар судьбы или тяжелые обстоятельства нарушили благополучный, задуманный природой маршрут. Мы поговорим о травмах привязанности и расстройствах привязанности. Тема эта мне очень близка, потому что я много лет работаю с приемными родителями, родителями детей, раненных в душу. Однако от травм привязанности не застрахован никто, и самая благополучная в социальном смысле семья переживает потери, разлуки, разводы, болезни, резкие перемены и прочие обстоятельства, очень чувствительные для ребенка. Родители тоже не всегда умеют оказывать заботу: они могут ребенка не понимать или обижать, даже если любят. Мы будем говорить о том, что с происходит с детьми в таких ситуациях и как им можно помочь. Эта книга будет очень тесно связана с первой, поэтому в ней я буду часто отсылать сюда, а здесь — к ней.

Третья книжка — так уж получилось — уже вышла в свет, она называется «Если с ребенком трудно». Она практическая, посвящена всем тем ситуациям, когда мы не знаем, как быть, что делать, когда контакт с ребенком потерян, когда мы запутались в собственных воспитательных установках и методах. В ней предлагается разобраться в происходящем именно с точки зрения теории привязанности, поэтому какие-то моменты перекликаются с тем, о чем пойдет речь здесь. Многие родители ее уже прочли и уверяют, что оно работает. Да, оно работает. Если вам срочно нужна помощь, если вам с ребенком стало трудно, можно начать с нее, самая суть теории привязанности там кратко изложена.

И, наконец, четвертая книжка — она будет дополнительна и параллельна к третей, и называться, соответственно, «Если быть родителем трудно». К ней я пока даже не приступала, но очень хочу, потому что после многих лет работы с родителями я хорошо знаю, как им бывает тяжело. Как накрывают собственные травмы привязанности, как сложно бывает выдерживать прессинг общества и собственной семьи, защищая своего ребенка и его право расти в привязанности, какие героические, беспримерные усилия по изменению себя родители совершают ради детей. Чем больше я работаю, тем больше люблю и уважаю родителей, таких разных, и таких самоотверженных в своей любви к детям. И очень хотелось бы написать книжку только для них, про то, как можно стать для своих детей лучшим родителем, чем были твои собственные.

Возможно, со временем в серии появятся и еще какие-то книги, но вот эти четыре я для себя считаю must done и очень постараюсь их написать в обозримом будущем.

Если вы готовы совершить это путешествие по детству, то начнем.

ГЛАВА 1

ОТ РОЖДЕНИЯ ДО ГОДА ПРИГЛАШЕНИЕ В ЖИЗНЬ

А начинается у всех одинаково.

Двое, которые связаны так тесно, как только можно, но при этом совсем не знают друг друга, даже не видели в лицо. Девять месяцев полного слияния: общая кровь, общий воздух, общие переживания. Девять месяцев накопления и роста, причудливых изменений и тонких взаимных подстроек — и несколько тяжелых часов на переход из мира в мир, на то, чтобы покинуть теплую вселенную материнского тела и отделиться.

Наконец они смотрят друг другу в глаза. Взгляд матери затуманен слезами, от усталости, от умиления, от облегчения, от жалости. А взгляд новорожденного (если он родился без проблем, не измучен родами и не накачан лекарствами) — серьезен, ясен и сосредоточен. Полная собранность.

В эти минуты и часы он смотрит в лицо самой судьбы. Запечатлевает в глубинах памяти главное лицо в своей жизни, лицо человека, который станет демиургом его мира, который будет в этом мире разгонять тучи или устраивать жестокие потопы, дарить блаженство или изгонять из рая, заселять мир монстрами или ангелами, казнить или миловать, давать или отнимать, а скорее всего — и то, и другое вперемежку. Есть с чего быть серьезным.

Так начинается история длиною в жизнь, история связи, которая соединит ребенка и мать почти так же прочно, как соединяла пуповина. Держась за эту связь, он выйдет в мир, как выходит в открытый космос космонавт, соединенный с кораблем. В отличие от пуповины, связь эта не материальна, она соткана из психических актов: из чувств, из решений, из поступков, из улыбок и взглядов, из мечтаний и самопожертвования, она общая для всех людей и уникальна для каждого родителя и каждого ребенка. Она идет не от живота к животу, а от сердца к сердцу (на самом деле, конечно, от мозга к мозгу, но так звучит красивее).

Привязанность. Чудо не меньшее, чем сама беременность. И не меньшее, чем сама жизнь.

ВОПРОС ЖИЗНИ И СМЕРТИ

Человеческий детеныш рождается очень маленьким и незрелым. Так эволюция решила сложную задачу, стоящую перед ней: совместить прямохождение (а значит, узкий таз) матери и развитый мозг (а значит, объемный череп) ребенка. Надо было как-то выкручиваться. Поэтому в лице нашего вида была использована обновленная и улучшенная технология, изобретенная для сумчатых. Огромная кенгуру рожает крохотного, с креветку размером, детеныша, который пока не способен находиться отдельно от матери. И потом еще некоторое время донашивает его в сумке. Если он не попадет сразу же в сумку матери — очень быстро погибнет от голода и холода.

Так же и дети. Каждый младенец, приходящий в мир, на глубоком, инстинктивном уровне знает правила игры. Они просты и суровы.

Правило первое. Сам по себе ты не жилец. Если будет взрослый, который будет считать тебя своим, который станет о тебе заботиться, кормить, согревать и защищать тебя — будешь жить, расти и развиваться. Не найдется такого — значит, в этой жизни для тебя места нет, прости, попытка не удалась.

Потребность ребенка в заботе взрослого — потребность жизненно важная, витальная. Это не про «хорошо бы», не про «без мамы одиноко и грустно», это — про жизнь или смерть. Программа привязанности, обеспечивающая эту заботу, — и есть наша «сумка», предназначенная для того, чтобы ребенка доносить, своеобразная внешняя утроба, переходный шлюз между рождением и выходом в мир. Она заложена в тех глубоких участках мозга, которые ничего не знают про молочные смеси, кювезы или дома ребенка. Там, в очень мало изученных глубинах психики новорожденного, именно это высечено на скрижалях: стань чьим-то — или умри. Третьего не дано.

Это первое и очень важное свойство привязанности, которое многое объясняет в поведении детей. **Привязанность — витальная потребность, уровень значимости — максимальный. Без нее не живут**.

С этим обстоятельством связано *правило второе*. Если вдруг взрослого рядом не оказывается, или он не торопится заботиться и защищать, ты, малыш, сразу не сдавайся. Ты же не просто капризничаешь, ты за жизнь борешься, тут деликатность неуместна. Не приходит — зови громче. Не хочет — заставь. Забыл — напомни. Не уверен в нем — лишний раз перепроверь, по-прежнему ли он — твой взрослый и считает ли тебя своим. Тут важна бдительность. Ставка высока. Борись!

И это вторая важная вещь, которую стоит запомнить: если ребенок не уверен в своем взрослом, в его привязанности, он будет добиваться подтверждений связи, стремиться ее сохранить и укрепить любой ценой. Любой. Потому что, на кону — его жизнь.

Вот поэтому, едва родившись, младенец сразу принимается за дело. Нужно найти своего взрослого и вовлечь его в привязанность. Привязать к себе, да покрепче. У него для этого есть все необходимое, природа его оснастила как Джеймса Бонда для особо сложной миссии.

БЕЗ ЗУБОВ, НО ВООРУЖЕН

Крик — это, конечно, главное оружие новорожденного. А что он еще может? Пока даже собственные руки-ноги его не слушаются. Поэтому, чтобы привлечь внимание взрослого, он кричит. Нет, не просто кричит, а КРИЧИТ. Вопит. Орет.

Объективно плач новорожденного — звук не такой уж громкий и резкий. Особенно для жителя большого города, который постоянно живет в шуме, — ну чем таким может поразить его крохотный человечек по сравнению с дрелью соседа, грохотом метро, ревом взлетающих самолетов, треском мотоцикла, музыкой, грохочущей отовсюду? Однако от любого из этих звуков, хоть и неприятных, мы можем как-то абстрагироваться. Научиться не слышать, не замечать и даже спать под них. Говорят, во время войн люди и под канонаду засыпали. А от плача младенца абстрагироваться мы не можем. Он проникает «в самую печень», он «мертвого поднимет», он попадает в какой-то такой диапазон частот, который пробуждает в нас инстинкт заботящегося взрослого и голос этого инстинкта неумолим. Неважно, что ты устал и хочешь спать, или болен, неважно, что ты занят чем-то другим, неважно, хочешь ли, можешь ли, — быстро, прямо сейчас, все бросил, встал и пошел к ребенку. Это действует, даже если плачет чужой ребенок: мы оглядываемся, беспокоимся, а уж если наш, мы готовы на что угодно, лишь бы это прекратилось: кормить, согревать, мыть, качать — все, что нужно, чтобы младенец был жив и здоров.

Бывает, что инстинкт заботы поврежден, временно (например, под воздействием изменяющих психику веществ: алкоголя, наркотиков) или устойчиво (из-за психического расстройства, собственного крайне травматичного опы-

та, органического поражения мозга). Тогда крик младенца либо не может пробиться сквозь дурман, остается без внимания, либо вызывает патологическую, не предусмотренную природой реакцию: ярость или отчаяние. Так происходят трагические случаи из криминальной хроники, когда орущего ребенка бьют об стену или в окно выбрасывается мать в состоянии послеродовой депрессии.

Однако попытки сломать инстинкт, вместо того, чтобы его слушаться, имели место и во вполне респектабельном обществе, например, в начале XX века в поездах весьма развитых и благополучных стран пытались установить звукоизолирующие боксы для младенцев. Это были такие закрытые ящики с толстыми стенками и дырочками для воздуха, куда родителям предлагалось укладывать плачущих детей, чтобы они не мешали отдыху других пассажиров. От идеи быстро отказались — все же пожалели детей, хотя и в наши дни то и дело вспыхивают бурные гневные дискуссии на тему «избавьте нас от этого звука, перевозите детей как-то отдельно или сидите с ними дома».

Впрочем, не все же кнутом, есть в распоряжении ребенка и пряники.

Обычно на втором месяце жизни в один прекрасный момент ребенок делает это. То, от чего родители теряют всякое самообладание, начинают возбужденно звать друг друга, бегать по квартире в поисках фотоаппарата, звонят родным и рассказывают друзьям, что их ребенок сегодня в самый первый раз — улыбнулся.

Казалось бы, что такого? Крошечное существо слегка растянуло свой беззубый ротик. А еще немного позже научилось добавлять к этой гримаске негромкий звук — смеяться. Однако у взрослых улыбка младенца вызывает состояние эйфории, ни с чем не сравнимого блаженства и счастья. Это такое удовольствие, что с этого момента взрослые готовы в лепешку расшибиться, чтобы он сделал так еще раз. И еще. И еще. Мы опять готовы носить, качать, подпрыгивать, целовать, размахивать погремушкой, петь, кукарекать и фыркать, заставлять кошку работать зоопарком, а дедушку шелестеть газетой, — да все, что угодно, лишь бы он смеялся почаще. Лишь бы снова испытать этот ни с чем не сравнимый кайф.

Догадываетесь, на что похоже? Природа позаботилась о том, чтобы мы сели на этот крючок. Ребенок получит все, что ему нужно для роста и развития, вознаграждая родителей за труды мгновениями неземного блаженства. Это тоже работают инстинктивные программы заботы о потомстве. Как секс сделан приятным, чтобы мы не ленились плодиться и размножаться, уход за младенцем тоже сопровождается вознаграждением в виде выброса гормонов удовольствия в кровь.

На самом деле ребенок может даже ничего не делать особенного, все равно он вовлекает нас в привязанность — просто самим своим видом. Большая голова, пухлое личико, носик пуговкой, большие глаза, короткие руки и ноги, — все это обращено к инстинкту заботы. А как он сладко пахнет...

Известно, что при случайном попадании в поле зрения фигуры с младенческими пропорциями, мы задерживаем на ней взгляд чуть дольше, чем на любой другой. Инстинкт требует посмотреть внимательней и убедиться, что с ребенком все в порядке. Кроме того, фигуры с младенческими пропорциями всегда вызывают невольную симпатию, мы запрограммированы на то, чтобы они нравились. Это свойство психики активно используется в рекламе и создании картинок-брендов, вспомнить хоть Микки-Мауса или Олимпийского Мишку

Той же цели — удержать контакт со взрослым — служат рефлексы, доставшиеся людям от далеких предков-приматов. Новорожденный цепко хватается за палец или за волосы взрослого, а если его слишком резко опустить и положить, вскидывает ручками и ножками, как бы стараясь охватить лапу взрослого. Нашим предкам это помогало не потерять детеныша, если приходилось быстро убегать от хищника в густых зарослях или по веткам деревьев.

Только родившийся ребенок уже может узнать свою мать по звуку голоса, запаху и вкусу молока, а сразу после родов, если нормально себя чувствует, пристально смотрит матери в лицо, запечатлевая его в глубине памяти — это инстинктивная программа *импринтинга* (запечатлевания), существующая у млекопитающих и птиц.

Импритинг животных — простая и потому очень негибкая программа привязанности. Например, австрийский исследователь Конрад Лоренц описывал случай, когда вылупившиеся из яиц гусята увидели в первые минуты своей жизни не маму-гусыню, а его ботинки. После этого они считали мамой ботинки и ходили за ними повсюду. Человеческий инстинкт устроен намного сложнее, иначе с момента появления родильных домов все дети считали бы родителями только врачей в белых халатах, а своих родителей игнорировали. К счастью, это не так, и дети, по тем или иным причинам, не получившие опыт послеродового импринтинга, все равно потом любят тех взрослых, которые о них заботятся.

Не менее важен в первые часы после рождения тактильный контакт младенца с матерью, причем не только для него, но и для нее. Ведь тело и психика матери тоже заточены природой на то, чтобы заботиться о ребенке. Ее грудь наполняется молоком, и если не приложить к ней ребенка, набухает и болит. Ее растянутая и кровоточащая после родов матка сокращается и быстрее заживает в ответ на сосание младенца. Матери нужно слышать дыхание ребенка, чувствовать его кожей, нюхать, целовать, это доставляет удовольствие и приносит успокоение. Если ребенка отделяют от матери, ей неспокойно, она не находит себе места, ее мучают тревожные фантазии о том, что с ним что-то случится, что его украдут, подменят, что он заболеет, умрет. Она хочет быть с ним, все ее мысли и чувства — о ребенке, она достаточно легко просыпается на его зов, даже если утомлена родами.

Есть даже гипотеза[1]*, что такое тяжелое расстройство психики, как послеродовая депрессия, связано с практикой отделения новорожденного от матери после родов «ради отдыха» женщины или для медицинской помощи ребенку. Если мать лишена возможности держать ребенка у груди, смотреть на него, вдыхать его запах, глубинные, инстинктивные слои ее психики трактуют это как гибель малыша. Ты родила, но его нет — значит, ребенок умер. Ведь никакие «отдельные палаты для новорожденных» в древнюю программу не вписаны. И начинается переживание потери ребенка, горевание, тоже очень глубокая древняя программа, которая есть у многих млекопитающих, например, мы можем наблюдать ее у кошек и собак, потерявших потомство. Сначала мать страдает от мучительной тревоги, мечется, не находит себе места. Потом погружается в депрессию и отчаяние, прерывающееся вспышками гнева.*

Однако ребенок-то жив, они возвращаются домой, за ним надо ухаживать, окружающие ждут от женщины счастливого и заботливого материнства. Но для глубинных слоев ее психики ребенок — умер. Его нет. А это какой-то другой, чужой, наверное. И почему она должна о нем заботиться? Ребенок не радует, он не нравится, не вызывает умиления, его беспомощность и требовательность раздражают вплоть

---

[1] Это лишь одна из возможных причин. Послеродовая депрессия иногда развивается и у женщин, которые имели контакт с ребенком после родов, и ее чаще всего не бывает, даже если контакта не было. Подробнее о послеродовой депрессии, ее возможных последствиях и о том, как помочь матери и малышу, пойдет речь в книге «Дети, раненные в душу».

до ярости. Семья и окружающие обычно не понимают, что происходит, да и сама женщина не решается признаться, что не любит ребенка, которого ждала и хотела. В самых тяжелых случаях страдания бывают столь невыносимы, или страх перед собственной яростью к ребенку так пугает, что мать может даже совершить попытку самоубийства.

Если материнский инстинкт в порядке, мама готова и хочет принадлежать ребенку, стать для него *своим* взрослым, взять на себя ответственность за новую жизнь. Это странное чувство — она не принадлежит себе, она несвободна, привязана всеми чувствами к этому пищащему комочку — и она счастлива. Если ребенок первый, это новое состояние может быть ошеломляющим.

Я хорошо помню тот день, когда родился мой сын. Это был еще старый советский роддом, детей уносили куда-то и не приносили потом целые сутки («у вас отрицательный резус, ребенку вредно»). Я увидела его после рождения всего на пять минут. Он был маленький, сердитый, и какой-то весь бедненький.

Позже, среди ночи, я вынырнула из неглубоко сна, и тут случилось это. Центр мира вышел из меня, откуда-то из района солнечного сплетения и медленно поплыл из палаты, по больничному коридору — туда, где, предположительно, лежали дети. Где был мой. Это странное такое чувство, когда центр мира, точка отсчета системы координат от тебя уплывает. Ни хорошо, ни плохо, а просто неизбежно, и ты понимаешь, что больше никогда не будет, как прежде.

Итак, с первых же минут жизни ребенка между ним и матерью начинают стремительно завязываться нити будущих отношений. Каждое кормление, каждый взгляд, каждое касание, каждый вдох неповторимого запаха — это тонкая, но прочная нить, соединяющая их навсегда, врастающая в их души. Нитей становится все больше, они сплетаются, накладываются друг на друга и вот уже мать и ребенок соединены новой, не материальной, а психологической пуповиной, по которой теперь будут идти от матери к ребенку защита и забота, а от него к ней — доверие и безоглядная любовь. Вот это и есть **привязанность — психологическая пуповина, глубокая эмоциональная связь между родителем и ребенком**.

Как-то на детской площадке наблюдала сцену: малыш лет двух с половиной начал испуганно оглядываться — маму потерял из виду, отошла куда-то, уже и палец в рот пошел, и губы задрожали, сейчас заревет. И тут девочка чуть постарше обернулась к стоящим вокруг взрослым и требовательно так спросила, даже ногой притопнув: «Где от этого мальчика мама?!»

Так дети видят устройство мира. Каждому ребенку полагается его собственная мама, вместе они — одно целое, комплект.

Но мы все о маме. А как же папа? И другие члены семьи? Примерно так же. Их с ребенком взаимозависимость меньше обусловлена физиологически, но принцип тот же: каждый акт защиты и заботы со стороны взрослого завязывает ниточку, каждый раз, когда ребенок просит помощи и получает ее, каждый раз, когда ему отвечают взглядом на взгляд, улыбкой на улыбку, объятием на протянутые ручки — завязывается нить. И с папой, и с бабушкой-дедушкой, и с сестрами-братьями. И с приемными родителями, если так случилось, что ребенок остался без матери.

Формирование привязанности не только к матери, но и к другим заботящимся взрослым — это стратегия природы, обеспечивающая выживание младенца. Мы рожаем редко и тяжело, вынашиваем обычно по одному плоду. Цена ребенка для нашего вида очень высока, поэтому на заботу ориентированы не только женщины фертильного возраста, но и мужчины, и чуть подросшие дети, и старики. На них тоже неотразимо действуют и крик, и улыбка, и внешний вид младенца, и они также прочно привязываются к малышу, обеспечивая ему защиту и заботу всей семьи.

СТАДИЯ ДОНАШИВАНИЯ — ШЛЮЗ МЕЖДУ МИРАМИ

В большинстве культур, в самых разных странах мира, новорожденный пока не считается полностью пришедшим в мир. Часто ему не дают имени в первые месяц-два, не показывают посторонним, не выносят из дома.

В некоторых традициях даже запрещено говорить о том, что родился ребенок, и все делают вид, что ничего такого не произошло, поздравлять родителей начинают только после сорокового, а то и сотого дня. Чтобы злые духи не прознали и не причинили вреда.

Основания для опасений у наших предков, конечно, были, детская смертность всегда была высокой. Злые духи и опасные инфекции не дремали. Но к суевериям и страхам все не сводится. Новорожденные действительно выглядят как бы «не от мира сего». Они кажутся глубоко погруженными в себя, или витающими в каких-то дальних сферах, большую часть дня спят, окружающим не интересуются, понять их тоже непросто: плачет — чего хочет, что не так? Если честно, новорожденный больше похож на что-то не вполне одушевленное под названием «плод», а не на ребенка. Он еще не вполне здесь, он еще не пришел в наш мир по-настоящему.

Помните, в детстве, а иногда и взрослые такое переживают, пробуждение в каком-то новом месте, в поезде, в гостях, в новом доме? Вы слышите голос: «Вставай, пора», и вроде ты уже проснулся, но еще не совсем, ты еще больше там, чем здесь, еще длится сон и не сразу понимаешь, что это вокруг, где ты и кто ты, тело не сразу слушается, и нужно какое-то время полежать, побыть между мирами, чтобы «прийти в себя». Хорошо, если будят неспешно и ласково, если мама погладит сначала, на ручках подержит. Если оладушками пахнет. Если солнце из-за занавески светит.

Тогда можно постепенно впускать в себя мир, свет, звуки, запах. Тихонько перейти по мостику из любви и заботы оттуда — сюда, чуть-чуть поваляться, пощуриться и войти в день и мир спокойным и полностью присутствующим.

А если из сна выдергивают резко, и приходится сразу вскакивать и действовать? Потому что «нечего разлеживаться», или «проспали, опоздали», или случилось что-то? И мир вокруг темный, холодный, ничего радостного не сулящий. У взрослых это случается часто в жизни, у некоторых каждый день. После такого пробуждения еще долго остаются проблемы с координацией, вниманием, словно какая-то часть сознания не вернулась, где-то застряла, и нам бывает нужен допинг в виде кофе или холодного умывания, чтобы полностью очнуться. Каждое подобное пробуждение — стресс для организма. Если это происходит изредка — ничего, переживем, если постоянно — стресс отразится на здоровье. Все программы тонкой настройки и переналадки работы внутренних органов, которые действовали во сне, в условиях отключения от внешнего мира, не будут корректно завершены, они будут грубо, принудительно прерваны. Такое даже обычному компьютеру неполезно, что уж говорить о человеческом организме.

Состояние новорожденного очень похоже на зависание между мирами при пробуждении, только он полностью просыпается к жизни дольше, примерно два-три месяца. Иногда этот период называют четвертым триместром беременности, настолько ребенок еще не выглядит полностью присутствующим здесь. Задача взрослых — обеспечить ему плавный и полный переход, без стресса и мучительного состояния «подняли, а разбудить забыли».

Ребенок словно медлит на пороге, и его нужно пригласить в жизнь, встретить запахами еды, теплом, лаской, заботой и покоем. Его пока не нужно ни развивать, ни воспитывать, ни «приучать» к чему бы то ни было. Его нужно просто донянчить, доносить. В буквальном смысле слова. Поэтому беременность — вынашивание — сменяется *донашиванием,* а роль пуповины постепенно начинает брать на себя психологическая пуповина — привязанность. В этот период ребенок почти не изменил своего положения по сравнению с беременностью, он все там же, тесно слит с матерью, только переместился по внешнюю стенку живота. И там ему надо побыть еще какое-то время.

Сегодня баталии на тему «не приучать к рукам» уже воспринимаются как анахронизм. А вот нашим родителям (и нам вместе с ними) досталось по полной программе. Не знаю, описаны ли в художественной литературе страдания молодой матери, которая стоит за дверью детской и слушает разрывающий сердце крик своего ребенка, но не подходит и не берет его из кроватки, потому что «нельзя приучать к рукам», потому что «он маленький манипулятор», потому что «потом на голову сядет». Молодая женщина готова биться головой об эту дверь, вся ее инстинктивная природа требует немедленно схватить детеныша, прижать к себе, укачать, утешить, все внутри нее кричит, что ребенок не должен так плакать, это неправильно, ненормально, это не может быть хорошо, но в книжке написано, что «крик развивает легкие», строгий участковый педиатр рассказал, что от ношения на руках «у него искривится спина», ее собственная мама, когда-то вынужденная отдать дочь в ясли через две недели после рождения и вернуться на работу, твердит: «не балуй, потом сама пожалеешь», а муж, хотя и сам нервничает, старается приводить аргументы: «ты же его покормила и переодела, он здоров, с ним все хорошо, покричит и успокоится, не переживай». Целые поколения матерей прошли через это.

Тут, пожалуй, подошел бы жанр трагедии. В ней обычно действуют и страдают хорошие люди, которые мучают и даже убивают друг друга не потому, что злодеи, а потому, что оказались втянуты в колесо Рока. В роли Рока — сложный сплав научных ошибок, трагической истории поколений, экономических процессов, призвавших женщин на производство, модных советов гуру от воспитания, ставших маркетинговыми брендами, и еще много каких могучих сил, которые сейчас прокатываются по этой женщине — и по ее младенцу.

Им потом расхлебывать последствия.

Чувство вины и несостоятельности, которое прочно укоренится в ее душе и обернется или гиперопекой и тревожностью, или защитной привычкой отстраняться от боли ребенка: «сам разберись, не маленький», «не драматизируй, это пустяки».

Отчаяние, которое накроет его, когда он так и не докричится и заснет в изнеможении. Раз накроет, два, десять, а потом это отчаяние обживется внутри, да и останется с ним на-

Здесь и далее на схемах мы рисуем маму, но имеем в виду любого значимого для ребенка взрослого, который заботится о нем: маму, папу, дедушку, бабушку и даже старшего брата или сестру. Или их всех вместе.

всегда, накрывая в моменты жизненных трудностей невесть откуда взявшимся иррациональным убеждением, что «все бесполезно, никто не поможет, я обречен».

Нашим предкам довольно странной показалась бы идея положить ребенка одного в нечто вроде деревянной клетки и уйти. Как можно оставить такого беспомощного детеныша в одиночестве? Да, мы живем не в пещере и даже не в избе, младенца из прекрасной детской, в которой все подобрано по стилю и цвету, не утащит в лес дикий зверь и не загрызут крысы. Но он-то этого не знает! Его инстинкт, за миллионы лет выращенный эволюцией ради его безопасности, говорит одно: либо ты рядом со своим взрослым, либо пиши пропало. Инстинкт матери, который теми же миллионами лет подогнан к инстинкту ребенка, как две сложнейшие детали одного механизма, твердит то же самое: не оставляй его, не позволяй ему долго кричать, это опасно для него и для тебя. Саблезубый тигр придет на крик и скушает вас обоих. Крик ребенка вызывает у взрослого непереносимый стресс, и вот этот-то стресс, цель которого — заставить действовать, срочно что-то предпринять, чтобы крик прекратился, — наша культура заставляет оттормаживать, гасить в себе усилием воли.

Ужасно грустно это все, ужасно всех жаль. И хорошо, что эти выморочные представления о том, что ребенка можно «избаловать», «испортить», просто давая ему необходимое, сегодня уходят в прошлое. Хочется надеяться, что даже в годы самых строгих запретов в большинстве случаев природа брала свое, и молодые мамы потихоньку их нарушали, и прижимали к себе детей, и кормили «не по часам», и целовали, несмотря на «риск занести инфекцию».

Когда появился на свет мой сын, мало кто слышал о слингах, а верхом прогрессивности в доступной литературе по воспитанию детей была знаменитая книга Бенджамина Спока, где среди прочего, часто вполне разумного, было вот это самое «покричит и привыкнет». Так вышло, что через три недели после родов я осталась с ребенком дома одна: у мамы кончился отпуск и она уехала, а муж угодил в больницу. Была самая середина зимы, темно и холодно.

Но, как ни странно, я вспоминаю это время как прекрасное. Мне не хотелось спускать ребенка с рук — и я не спускала. Просто держала все время и все. Мы спали вместе, ели вместе, читали, ходили за хлебом, замачивали пеленки и варили суп. Иногда посещали мысли: может, не стоит с ребенком у плиты-то стоять, мало ли. Но я просто не могла его положить. Его место было возле меня, так, чтобы нюхать, целовать, трогать, что-то говорить ему — столько, сколько хочется, то есть почти постоянно. Это было так естественно.

А может быть, в те неласковые годы «режима» и «неприучения к рукам» на помощь молодым матерям приходили их собственные бабушки, чьи представления о выращивании детей счастливо сложились в доиндустриальную эпоху. Эти бабушки — а иногда и дедушки — брали несчастного орущего младенца на руки, прижимали к себе покрепче, и начинали расхаживать с ним по комнате, потряхивая, покачивая, затягивали бесконечные «аа-аа-аа-а» или «шшш», и маленький страдалец наконец успокаивался и затихал.

Когда дочери исполнился месяц, к нам прилетела — за три тысячи километров — моя бабушка, посмотреть на правнучку. И однажды днем ребенок что-то очень раскричался, кормили-качали — ну, ничего не помогает. И вот тут на сцену вышел настоящий мастер.

Бабушка детку взяла покрепче и начала укачивать, вверх-вниз, энергично, и песню петь, ту самую, которую я с детства помню, ее собственного сочинения, а может, еще ее мамы: «Ты моя роднулечка, ты моя курулечка, а бай-бай, а бай-бай, мою деточку качай» — и так много раз с вариациями. Каждый звук, каждую интонацию помню и сейчас.

Мы к тому времени уже, конечно, устали от ночных пробуждений и всей обычной круговерти с новорожденным, спать хотелось постоянно. И вот дочь начала затихать — дай, думаю, и я пока прилягу, хоть немного подремать.

А бабушка все поет.

Через пять минут пришел муж, тоже рядом лег и мгновенно уснул.

Потом появился сын, ему было почти десять, и вообще-то он днем никогда не спал. Но тут он решительно залез между нами — и затих. Сопротивляться невозможно было этому «а бай-бай, а бай-бай...» Все спали до вечера, выспались до глубины души.

Это одно из самых счастливых воспоминаний в моей жизни, как мы спим все, вповалку, а над нами бабушкин голос, которому так сладко отдаваться во власть, доверяться полностью и каждой клеточкой чувствовать покой и защищенность. Древняя магия донашивания.

Смысл донашивания прост и понятен, если только вспомнить, что ребенок еще не вполне родился: нужно дать ему снова побыть в условиях, похожих на привычные, на его жизнь в матке, ведь другой он пока не знает. Тесно, со всех сторон, охватить мягким и теплым (руками, пеленками), качать, как покачивается живот женщины при любом движении, отгородить от мира коконом монотонных, но довольно громких звуков, как это было в животе у мамы, когда прямо над ухом стучало сердце, бурлил кишечник, шумела кровь в артериях. Дать немного побыть еще там, в полубытии, доспать, дозреть в тепле и покое. Не выдергивать в одиночество раньше времени, это не прибавит ребенку «самостоятельности», а родителям покоя.

ЧЕРЕЗ НАСЫЩЕНИЕ К НЕЗАВИСИМОСТИ

Во многих традиционных культурах младенцы весь первый год жизни проводят прижавшись к матери, она держит ребенка на руках, или носит, привязав на спине. Кормит, не отрываясь от дел, спит тоже с ребенком. Если бы опасения про «избалуются, приучится» были верны, их дети должны были бы чуть не до взрослого возраста настаивать на том, чтобы их носили. Однако наблюдения говорят ровно обратное: эти малыши намного более самостоятельны и независимы к двум годам, чем их городские сверстники. Они не склонны ныть, канючить, постоянно дергать мать и «висеть» на ней, они полны радостной любознательности и вовсе не выглядят «избалованными». А дети из современных мегаполисов, которых очень боялись «приучить к рукам», или чьи мамы не могли с ними быть, ненасытно требуют внимания взрослых, капризничают, изматывают родителей своим вечным недовольством и прилипчивостью.

Потому что все устроено совсем не так, как казалось строгим педиатрам, уверявшим: приучите — будет всегда требовать. А ровно наоборот.

Развитие ребенка похоже на путь по сложному извилистому лабиринту, как в компьютерной игре-квесте. На пути много развилок, в моменты развилок нужно получить ответ на вопрос. От ответа — не полностью, но существенно — зависит выбор пути.

Период новорожденности — первая развилка, когда ребенок словно решает: укореняться в мире или не стоит? Ждут тут его или нет? Есть вообще шансы-то выжить, или и стараться нечего? Он задает вопрос — криком. Он вопит, и перевести это можно примерно как «Есть тут на кого рассчитывать, а? Я тут нужен кому или некстати? Тут у вас как все устроено: можно спокойно жить и развиваться, или все время бороться за жизнь придется? Дайте знать скорее!»

Самый лучший ответ: «Привет, малыш, мы тут тебя очень ждали, можешь на нас положиться, расти спокойно, мы уж тебя не подведем. Все, что тебе нужно, у нас есть — расти, живи, радуйся!» Конечно, ребенку нужны не слова, а поступки и действия: постоянное присутствие матери, теплые объятия, молока сколько хочешь и когда угодно, внимание к его потребностям, которые сам он пока не может ни назвать, ни даже осознать. Тогда ребенок растет спокойно, и как только какая-то потребность насыщается, перестает быть актуальной, он с ней просто расстается. Настанет время — слезет с рук, и не удержишь. Вырастет большой — затребует отдельную комнату и будет в ней счастлив. Если мы наелись, мы не будем выходить из- за стола с куском в руке. Если мы выспались, мы не будем весь день искать возможность прилечь. **Когда потребность полностью, глубоко удовлетворена, за нее нет необходимости держаться.** Удовлетворенная потребность освобождает.

И наоборот: **если в какой-то значимой потребности нас ограничивают, она становится все сильнее.** После строгой диеты мы готовы съесть все содержимое холодильника. Человек, который в молодости очень нуждался, может потом быть зависим от денег и дорогих вещей. Если нас сильно испугало какое-то происшествие, мы можем долгое время быть излишне осторожны и склонны к перестраховке. Так же ребенок, если на свой вопрос: «Эй, я тут нужен, меня ждут?» он получает — действиями взрослых — неуверенный ответ; если к нему то подходят, то нет, если его кормят не когда он голоден, а «по расписанию», если его оставляют одного, когда он к этому совершенно не готов, он вспоминает про правило № 2: борись, раздобудь себе внимание и заботу взрослых любой ценой! И вот тогда уже в ход идут цепляния, плач по каждому поводу и без, нытье, капризы, беспомощность, а то и болезни. Потребность не удовлетворена, ребенок напуган пережитым «голодом привязанности». После этого, даже получая внимание родителей, он уже не может насытиться, поверить, что ему всего хватит, он перестраховывается, просит слишком много, поскольку уже знает: сколько надо — не дадут, чтобы получить самое необходимое, надо просить больше. Как в книжке про Чебурашку и Крокодила Гену: чтобы дали машину кирпичей, надо просить две машины кирпичей.

Каждый родитель младенца знает этот феномен: если тебе некуда спешить, если, укачивая ребенка, ты сам не прочь передохнуть и полежать с ним в обнимку, он заснет довольно быстро. Но если тебя ждет срочная работа, если на кухне кипит суп, если идет любимый фильм, в соседней комнате сидят и ждут тебя гости — укачивание может затянуться. Вроде все, заснул — но стоит положить в кроватку или попытаться встать и уйти, как снова плачет. Как ни старайся двигаться осторожно — словно чувствует, что взрослый хочет поскорее отделаться. И не отпускает.

Точно по такому принципу формируется устойчивое капризное, зависимое поведение: если ребенок часто чувствует, что взрослому не до него, он не может расслабиться, он все время должен быть начеку, проверять прочность связи. Родители устают, раздражаются, окружающие их уверяют, что ребенок «слишком избалован», они начинают проявлять строгость, «не идти на поводу» — и дело становится еще хуже, ведь он пугается еще больше и борется еще отчаянней. Образуется замкнутый круг, в котором все несчастны и недовольны.

Программа привязанности диалогична: запрос ребенка (мне нужно! мне страшно!) — ответ взрослого (я помогу! я защищу!). Если на запрос надежно следует ответ, цикл программы закрывается и процесс идет дальше. Когда потребность щедро и с радостью удовлетворена родителем, ребенок освобождается от нее. **Именно полностью удовлетворенная потребность быть зависимым, получать заботу и помощь приводит к независимости и к способности обходиться без помощи.** У вас есть только один способ сделать сосуд полным — заполнить его.

Но если ответ на запрос ребенка не получен, или он дается через неприязнь и раздражение, «на, только отвяжись, зла на тебя не хватает» — запрос «застревает», как поломанная шестеренка, цикл прокручивается вхолостую снова и снова, освобождения не происходит. Ребенок не становится самостоятельным: он остается в плену у потребности, даже если по возрасту уже не должен ее так остро испытывать. Дольше будет проситься на ручки как раз тот ребенок, кого в этом ограничивали. Если, конечно, он не вовсе разочаровался в способности родителей отвечать на его потребности и не сдался — но это уже серьезная травма привязанности, о которой пойдет речь не в этой книжке.

NB! Не надо воспитывать новорожденного. Не надо мучить себя и его. Природой задумано, чтобы мать в первые месяцы жизни почти не расставалась с ребенком. Это на самом деле очень короткое время, оно быстро пройдет и его потом не вернешь. Все может подождать: работа, друзья, хозяйство, всё это никуда не денется, а для будущих отношений с ребенком эти месяцы бесценны.

Конечно, женщине в современном мире донашивание дается сложнее. В архаичных культурах мать, быстро оправившись после родов, сразу же возвращалась в привычный круг общения, к обычным делам и развлечениям. Просто к ней был теперь привязан — буквально привязан — ребенок. Она могла кормить, качать, мыть его промеж других дел. В современном городе женщина с младенцем оказывается в изоляции: она не ходит на работу, ей сложнее выбраться к друзьям, приходится отказаться от привычных удовольствий вроде похода в кино или по магазинам. Это может быть тягостным, особенно если нет родных и друзей, приходящих в гости.

Понемногу современный город перестраивается, соглашается «принять» мать с младенцем в свои бурные потоки. Все больше общественных мест с пеленальными комнатами и кафе с детскими стульчиками, комнаты матери и ребенка появляются в офисах крупных компаний, популярны слинги и рюкзачки-кенгуру. Стоит использовать эти возможности, чтобы не расставаться с ребенком в его первые месяцы, ведь время донашивания так кратко, его не вернешь и ничем не заменишь, и вряд ли на свете есть много вещей, на которые стоило бы его променять.

КТО НА СВЕТЕ ВСЕХ МИЛЕЕ?

Время идет, и к концу «четвертого триместра» мы видим, наконец, ребенка как ребенка: он держит головку, он улыбается, любопытно смотрит по сторонам, он тянет ручки к родителям. Новорожденный для родителей во многом «черный ящик» — не поймешь, почему плачет, чему улыбается, куда смотрит. А вот трехмесячный — совсем другое дело. Его мимика нам понятна, его взгляд становится «включенным», мордашка — симпатичной, тело упругим, словом, можно начинать сниматься в рекламе. Малыш всем своим видом показывает: а вот и я, привет, ка-а-ак тут у вас интересно, это я, пожалуй, удачно зашел, давайте скорее жить!

С этого времени общение, обмен взглядами, улыбками, звуками, жестами становится важнейшим содержанием жизни ребенка. И каждый акт этого общения, каждый взгляд и улыбка становятся еще одной тонкой нитью, связывающей ребенка со своим взрослым, нитью в прочном канате привязанности.

Само это общение устроено очень интересно. То, как мы разговариваем с младенцами, подробно изучено и описано учеными, этот особый стиль общения называют «материнской речью», и ее черты одинаковы для разных культур и народов. Везде и всегда взрослые разговаривают с младенцами, повышая тембр голоса и растягивая гласные, используя много уменьшительно-ласкательных форм и утрированную интонацию, активно используя мимику и касаясь ребенка во время разговора. Так поступают и женщины, и мужчины, и подростки, и старики, и те, у кого есть дети, и те, у кого их не было никогда. Это модель поведения, которую мы усваиваем в собственном раннем детстве и бессознательно включаем, когда видим малыша.

Но особенно интересно подумать о содержании «материнского разговора», том что именно говорится, дословно. Если вдуматься, содержание выглядит довольно странным. «Кто это тут у нас такой хороший мальчик? А это Васенька у нас такой хороший мальчик! А что это наш Васенька глазки трет? Он спать уже хочет, наш маленький. А почему у нас Васенька расстроился? О, это соска упала, вот какая беда, куда же она укатилась? Что такое, что случилось? Ах, вот оно что, надо Васеньку помыть. Вот какой у нас стал чистый мальчик красивый! А какая у него новая рубашечка, с кисками. Киски говорят: «мяу-мяу», хотят с Васенькой дружить. Очень красивый чистый мальчик у нас сейчас пойдет баиньки» — и все в таком роде, непрерывно, каждый день и час. Согласитесь, в написанном виде это выглядит... скажем так, странно. Во всяком случае, во всех других наших актах общения мы не имеем обыкновения непрерывно сообщать собеседнику, как его зовут, его половую принадлежность, во что он одет, чего хочет и какое у него сейчас настроение. Если бы мы попробовали в такой манере общаться с людьми, они бы, определенно, решили, что мы нездоровы. Однако с младенцами люди разного пола и возраста, разных культур и социальных слоев, общаются ровно так.

Более того, вокруг младенца в первые месяцы жизни крутится вообще большинство коммуникаций в семье, в том числе и между взрослыми. Они говорят о нем, беспокоятся о нем, хвалят его, образуя вокруг эдакий хоровод восхищенных поклонников.

Такой «хоровод» описан в стихотворении Агнии Барто глазами десятилетнего мальчика, и ему он кажется довольно странным:

Моей сестрёнке двадцать дней,
Но все твердят о ней, о ней:
Она всех лучше, всех умней.
И слышно в доме по утрам:
— она прибавила сто грамм!
— Ну девочка, ну умница!
Она водички попила —
За это снова похвала:
— Ну девочка, ну умница!
Она спокойно поспала:
— Ну девочка, ну умница!
А мама шепчет: «Прелесть!»
В восторге от Алёнки.
«Смотрите, разоделись
Мы в новые пелёнки!»
«Смотрите, мы зеваем,
Мы ротик разеваем! —
Кричит довольный папа.
И он неузнаваем.
Он всю цветную плёнку
Истратил на Алёнку.

При этом самому ребенку такая своеобразная манера общения с ним не то что нравится — он ее ждет и требует. В знаменитом эксперименте «неподвижное лицо» мамы младенцев по команде психолога прекращали материнский разговор со своими детьми, замолкали и держали лицо непроницаемо-неподвижным. Реакция ребенка на это быстро миновала стадии изумления, тревоги и протеста и переходила в откровенную панику с громким ревом, так что эксперимент ни разу не удалось продлить более двух минут. Кажется, малыши буквально жить не могут без постоянного с ними «сюсюканья».

В чем суть этого особого типа общения? Взрослые, прежде всего родители, постоянно сообщают ребенку о нем самом, о его потребностях и чувствах. Словно говорят ему: мы тебя видим, ты существуешь для нас, ты важен. Да и откуда бы еще ребенку узнать о том, что он — существует, что он есть как таковой, сам по себе? Это совсем неочевидное знание. Его надо получить от другого — больше никак.

Помните, в фильме «Аватар» жители Пандоры при встрече приветствовали друг друга словами: «Я тебя вижу»? Это не фантазия, во многих языках ровно так и звучит приветствие при встрече. Я тебя вижу, ты существуешь, я признаю твое бытие в мире. А после этого можно уже и о делах.

И наоборот: один из самых страшных для человека сюжетов, вся мучительность которого показана в фильме «Призрак»: ты есть, ты чувствуешь, думаешь, чего-то хо-

чешь, но тебя никто не видит, не признает твоего существования, ты исключен из мира живых.

На этой зависимости человека от признания окружающими строится жестокая и крайне действенная практика бойкота: никто тебя не трогает, не причиняет вреда, тебя просто игнорируют — а жизнь становится немила.

Мы общественные создания, мы так не можем. Нам нужно «быть видимым» окружающими, знать, что они нас слышат и понимают.

Только от окружающих взрослых младенец может узнать, что он существует, только отразившись в их глазах, только увидев свои чувства отзеркаленными на знакомых лицах и услышав их описание от взрослых. Неудивительно, что дети, которые растут в домах ребенка, лишенные постоянного общения с любящими их взрослыми, на много месяцев, а то и лет позже, чем обычные младенцы, начинают узнавать себя в зеркале. Так же они гораздо позже переходят от называния себя в 3-м лице «Ваня хочет», «Дайте Ване» к употреблению слов «я», «мне». В каком-то глубоком смысле они для себя не существуют.

Итак, взрослые служат постоянными зеркалами для ребенка, но зеркала эти — не холодное стекло, равнодушно отражающее ровно то, что перед ним. «Материнская речь» полна ахов-охов и восторгов, ласковых слов, нежных интонаций, улыбок и мягких прикосновений. Она словно обволакивает ребенка невидимым светящимся коконом любования и одобрения — каждое его проявление, каждый звук, каждое отразившееся на его мордашке чувство мать приветствует, понимает, называет вслух, утрированно повторяет на своем лице и подчеркивает важность. Она не просто служит зеркалом — она служит зеркалом, в котором ты всегда хорош, любим и важен. Такое общение называют *позитивным отзеркаливанием,* то есть это неравнодушное, любящее, одобряющее зеркало.

Какой же вывод сделает ребенок, которому весь первый год жизни все окружающие постоянно сообщают о нем самом, о его потребностях, при этом постоянно нахваливая и умиляясь? Вывод очень важный, фундаментальный для всего развития его личности: **«Я существую, и это хорошо».** Сама мама сказала. Сам папа дал понять. И все с ними согласны, и бабушка, и соседка, и даже случайный прохожий.

Подумайте, насколько важное знание: «Я существую, и это хорошо. Это означает — я в этом мире по праву, легально, он мне рад и принимает меня. Я ровно такой, как нужно, я принят и любим полностью, без условий. «И это хорошо» — как знак сотворения личного мира, микрокосма, личной вселенной человека. Дальше он будет в ней жить, обустраивать, распоряжаться по своему, но в основе — «и это хорошо».

Это то самое чувство, которые психологи называют **базовым доверием к миру**, и оно очень сильно определяет будущие отношения человека с собой и с жизнью. Есть версии, что именно сложности с базовым доверием лежат в основе некоторых депрессий, зависимостей и других малоприятных состояний. Потому что, к сожалению, далеко не всем детям везет в начале жизни купаться в позитивном отзеркаливании. Если родители держатся отстраненно, холодно, если мать страдает от послеродовой депрессии или переживает горе, если она слишком переутомлена, тяжело болеет, если он слишком рано оказывается в яслях, где ему уделяют мало внимания, — базовое доверие может не сложиться.

Позитивное отзеркаливание закладывает основы самооценки, становится стержнем внутри личности, образующим самую ее сердцевину. Если в основе личности — прочный, как из титана, стержень убеждения «я существую и это хорошо», человек гораздо меньше зависит от внешней оценки. Стрелы критики, осуждения не разрушат его. А значит, будучи спокойным за свою безопасность на самом глубинном уровне, взрослый человек сможет отнестись к критике разумно, что-то принять, что-то отвергнуть, виноват — исправить и принести извинения, сделать выводы на будущее. Критика воспринимается как субъективное суждение другого человека, которое может быть как верным, так и ошибочным, как важным, так и не имеющим особого значения. То же и с положительной оценкой, похвалой. Она приятна, но не остро необходима, в самые потаенные глубины личности не проникает, не существует такой похвалы, которая была бы сильнее и важней той базовой убежденности «я хороший», усвоенной в младенчестве.

А если титанового основания, прочного позитивного отношения к себе нет? Тогда критика, особенно от близких или значимых людей, воспринимается как угроза личности в целом, как послание мира: «Ты недостаточно хорош. Лучше бы тебя не было». И хотя разум понимает, конечно, что критика сама по себе не может убить, отменить, вышвырнуть из жизни, подсознательно осуждение воспринимается как смертный приговор. Стоит ли удивляться, что человек в этом случае не может извлечь из критики пользу, он будет либо обороняться любой ценой, как раненый гладиатор, не церемонясь в средствах, нападая и раня в ответ, либо опять же любой ценой избегать всякой активности, впадать в паралич, чтобы не рисковать совершить ошибку. Как ни странно, похвала тоже не идет впрок: она либо крайне смущает, воспринимается мучительно, поскольку всегда кажется «незаслуженной». «неискренней». либо превращается в необходимый допинг, и тогда человеком легко можно управлять с помощью лести и комплиментов.

И то, и другое в жизни встречается, и, увы, чаще, чем хотелось бы. А в самых тяжелых случаях принимает форму болезненной зависимости от оценок окружающих — нарциссического расстройства личности.

Сколько их вокруг нас, людей, которые словно не уверены, что существуют, что они в мире по праву? Не обязательно бывших сирот, но почти всегда обделенных в свое время вниманием и принятием самых значимых в своей жизни людей.

Мы просыпаемся среди ночи от рева мотоцикла, который без глушителя несется по спящим улицам города. Что заставляет ездока так агрессивно сообщать миру о своем существовании, почему в другой способ заявить о себе он не верит?

Мы видим толпы людей, на кастингах в глупые телешоу, людей, готовых утратить на потеху публики не только приватность, но и чувство собственного достоинства только ради того, чтобы «круто попасть на ТВ» и, появившись на тысячах экранов, хоть на время поверить, что они существуют.

Сколько мелодрам заканчиваются хэппи-эндом, который состоит в том, что герой видит себя на первых полосах газет — только после такого радикального подтверждения социумом своего существования он начинает верить в себя, в свое право жить и быть таким, какой есть.

Сколько людей бесконечно постят в соцсетях фото и отчеты о каждом своем дне, о любой детали своей жизни, словно без ответных лайков не вполне уверены, что у них и правда есть лицо, фигура, машина, дача, кошка, ребенок и пирог с ягодами на десерт. Помните, еще у Гоголя: «Передайте государю императору, что есть на свете такие Добчинский и Бобчинский»...

Конечно, позитивное отзеркаливание не заканчивается в младенчестве, мы продолжаем и дальше давать ребенку понять, что он любим, важен, что мы рады его присутствию в нашей жизни. Потребность в таком «теплом душе» может вновь обостряться в кризисные периоды жизни, в периоды тяжелых испытаний или возрастных трудностей, например, в подростковом возрасте. В эти моменты ребенку вновь бывает очень важно увидеть в глазах родителя, услышать в его словах понимание, одобрение и безусловное принятие, чтобы вновь убедиться: «я существую — и это хорошо».

Хотя само по себе позитивное отзеркаливание младенцев распространено повсеместно и устроено универсально, степень его выраженности может очень различаться в разных культурах.

Один мой знакомый рассказывал, как у его маленького сына появилась няня — женщина, только что приехавшая из кавказского села. Добрая, заботливая — она очень понравилась молодым родителям и ребенку, и папа с мамой были удивлены, когда через пару недель няня сказала: «Я чувствую, что чего-то не знаю про ребенка. Что вы от меня скрываете?Клянусь, я его не брошу, но скажите: чем он таким болен?» Родители были в шоке, но слово за слово выяснилось, откуда возник вопрос.

Няне, которая провела всю свою жизнь среди эмоциональных, открытых в общении соотечественников, там вырастила детей и внуков, было совершенно непонятно поведение жителей Москвы при виде ребенка. Она привыкла, что если идешь по улице, и у тебя в коляске — симпатичный пухленький младенец, буквально каждый встречный-поперечный считает совершенно необходимым остановиться и разразиться бурными восторгами: «Вах, какой красавец! Какой богатырь! Какое счастье для родителей! Дай Бог здоровья!» — и все в таком духе. Когда в Москве встречные люди скользили по лицу ребенка взглядом и молча отворачивались, не меняя обычного для жителя мегаполиса отстраненно-депрессивно-раздраженного выражения лица, женщина нашла для себя только одно объяснение: наверное, по ребенку видно, что он тяжело, ужасно, неизлечимо болен. Все это сразу видят, и деликатно отворачиваются, и лишь она одна чего-то не замечает.

История эта скорее грустная, чем смешная. Она показывает, насколько, на самом деле, обделены наши дети позитивным отзеркаливанием, этим постоянным теплым потоком любования, в котором купаются их сверстники, растущие не только на Кавказе, но и в Турции, Италии, Таиланде — в разных концах света, где лучше сохранилось непосредственное отношение к детям, где любоваться ими, своими или чужими, нахваливать и ласкать их — совершенно естественно и само собой разумеется. Российские же молодые мамы, путешествуя с ребенком, частенько бывают шокированы и даже возмущены — чего это они все лезут к моему ребенку? И только мамы на самом деле больных детей, наоборот, стремятся при любой возможности попасть в те края, где их малыш будет с утра до вечера слышать, что он «сладкий», «красавец» и «чудесный малыш», где его будут тискать, тормошить и стараться вызвать его улыбку, а не шарахаться от него и не мерить саму маму осуждающе-жалеющим взглядом.

Похоже, что так же, как есть территории с дефицитом каких-то важных для здоровья веществ, например, йода или витаминов, так же есть территории с дефицитом позитивного внимания к детям.

Кстати, встречаются люди, которых «сюсюканье» с детьми ужасно раздражает, кажется фальшивым, они предпочитают говорить даже с младенцами «как со взрослыми» или не общаться с ними вовсе. Чаще всего, если узнать побольше про детство такого человека, мы найдем там либо дефицит общения с родителями, либо отстраненных, «замороженных» родителей. Позитивное отзеркаливание — бессознательно усваиваемая модель поведения, и если ее неоткуда было взять, она и не включается в моменты общения с детьми. И грустная эстафета передается дальше.

NB! Понимая роль позитивного отзеркаливания в развитии ребенка, мы можем оценить, насколько важно психологическое, эмоциональное состояние матери в это время. Ее болезнь, усталость, конфликты с мужем, страх за будущее могут привести к тому, что ухаживать за ребенком она сможет, а позитивно отзеркаливать — нет. Поэтому самое лучшее, что могут сделать для младенца члены семьи, близкие — помочь его маме быть отдохнувшей, спокойной счастливой и проводить в общении с ребенком больше времени. Лучше не сидеть вместо нее с ребенком, а позаботиться о ней самой: освободить от домашних дел, вкусно накормить, сделать массаж, наполнить ароматную ванну. Когда мама сама хорошо себя чувствует, она будет общаться с ребенком естественно и с удовольствием.

С МАМОЙ НЕ ПРОПАДЕШЬ

Сколько раз мать подходит к младенцу, отзываясь на его плач, в течение первого года жизни? Три тысячи? Десять? Раз за разом между маленьким ребенком и ухаживающим за ним взрослым происходит один и тот же «диалог»:

— Аааааа! Мне плохо!

— Я уже здесь, чтобы тебе помочь. Сейчас покормлю (помою, укачаю, возьму на ручки). Вот так.

— Чмок-чмок. Жизнь-то наладилась!

Раз за разом повторяясь, эта последовательность действий формирует *круг заботы:* у ребенка возникает дискомфорт — он подает сигнал — приходит родитель, что-то делает — наступает комфорт, и так до следующей проблемы.

Круг заботы сначала немного буксует, в первые дни родителям сложно бывает угадать, чего хочет младенец, особенно если это первенец. Иногда его не удается утешить ничем: ни грудью, ни сменой пеленок, ни ношением на руках. Живот болит, погода меняется, еще какой-то дискомфорт — что про такого маленького поймешь, орет и все тут. Но уже к двум-трем месяцам «диалог» налаживается. Родители и ребенок приспосабливаются друг к другу, мама начинает различать оттенки плача и выражения лица, она уже хорошо догадывается, есть он хочет, спать или просто на ручки. Колесо крутится дальше, с каждым поворотом добавляя ребенку доверия к родителям: вот и на этот раз помогли, и на этот, и еще, и всегда. И никто не знает, через сколько точно поворотов, но где-то к концу первого полугода жизни мы видим, что происходит нечто очень значимое в отношениях между ребенком и его взрослым. Ребенок начинает доверять.

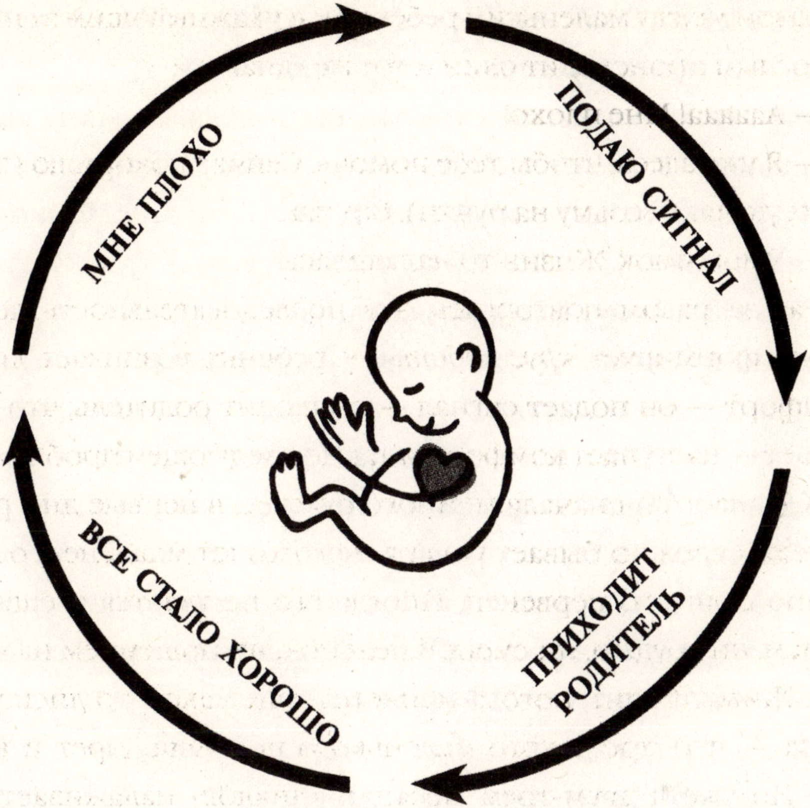

Как плачет от голода новорожденный? Так, словно его режут. Словно он вот прям сейчас умирает. Это резкий крик, сквозь который не пробиться никакими уговорами, его глаза зажмурены, он закрыт от контакта с миром, заперт в своем страдании. И это понятно: голод — витальное чувство, имеет прямое отношение к жизни и смерти, опыта у ребенка еще совсем мало, откуда ему знать, что его наверняка покормят, не оставят умирать с голоду? Вот он и орет, и только когда в рот попадут первые капли молока — замолчит, чтобы приступить к еде. Никак его не утешить, кроме прямого немедленного удовлетворения его потребности.

А вот полугодовалый. Он тоже проголодался. Мама ушла в магазин, задержалась, а уже очень кушать хочется, и он ревет на руках у папы или бабушки. И вот — что это? Мамин голос в прихожей! Пауза. Разворот всем телом — туда. Мокрые от слез глаза ищут маму, ручки тянутся к ней. Он чувствует голод по-прежнему, но уже не орет, скорее нетерпеливо хнычет. Мама еще не подошла к нему, еще не успела дать грудь, — а ему уже не так плохо и страшно. Почему? Да потому, что за прошедшие полгода круг заботы провернулся столько раз, столько раз мама приходила и кормила, и противное страшное чувство голода отступало, что его маленький мозг сделал вывод: тенденция, однако. С мамой не пропадешь. Если я ее вижу и слышу, значит, УЖЕ спасен.

Пройдет еще год, и когда он проголодается в свои полтора, мама сможет сказать ему: «Подожди, милый, сейчас я сварю тебе кашу», и он будет ждать 10-20 минут, не впадая в истерику, потому что мама же вот она, а значит, все будет хорошо.

Так формируется **волшебное свойство привязанности: успокаивать и утешать самим фактом присутствия «своего» взрослого**. Рядом с ним — не страшно, потому что он всегда как-нибудь, да сделает так, что мне будет хорошо.

Это убеждение ребенка иррационально, объективный уровень комфорта его мало интересует, ну, кроме явного голода, холода и боли. Есть поговорка «с милым рай и в шалаше», хотя ее часто подвергают сомнению, когда речь идет о взрослых.

Мол, любовь пройдет, а шалаш останется, и как бы тут любовная лодка не разбилась о быт. Для детей поговорка справедлива на все сто процентов. Им хорошо в любом шалаше, с любым бытом — если они со своей семьей, и семья о них заботится.

Ребенок беженцев, которые остались без кола и двора, побывали под обстрелами и пережили нехватку еды, живут в лагере для переселенцев, не зная, что с ними будет дальше, может быть безмятежно счастлив, если родители с ним и сами не теряют присутствия духа.

И наоборот, ребенок, живущий в дорогом богатом доме, с самыми лучшими материальными условиями, находящийся в полной безопасности, может быть совсем неблагополучен, потому что у папы бизнес и любовница, и дома он почти не бывает, мама в депрессии, и уже раз пыталась выпить упаковку снотворного, а малышом занимаются постоянно меняющиеся домработницы и няньки. И именно он, а не его сверстник из семьи беженцев имеет все шансы на невроз, энурез, нейродермит и прочие последствия тяжелого длительного стресса.

Сколько раз приходилось слышать недоуменные рассказы сотрудников детских домов и приютов. «Как же так, забрали ребенка у мамы, он был весь во вшах и чесотке, они ночевали в каком-то подвале на груде тряпья, но в целом ребенок был здоров. А у нас, в прекрасных условиях, с хорошим питанием, в теплой одежде — третья госпитализация за год, то пневмония, то пиелонефрит.»

Вот так и есть. Потому что с мамой в подвале было не страшно, если она хоть и не имела дома и работы, но о ребенке старалась заботиться, кормила его, качала[1]*. А без мамы, в тепле и уюте, но среди чужих людей — постоянный стресс, подрывающий иммунитет.*

С каждым поворотом колеса заботы привязанность получает подтверждение, крепнет, каждый акт заботы, как и каждый акт позитивного отзеркаливания, ласки — еще одна нить, связывающая ребенка с родителем. Ребенок по умолчанию уверен, что колесо заботы сработает снова и снова. С мамой не пропадешь. С папой ты можешь быть за себя спокоен. Складываясь, сплетаясь, эти нити образуют все более прочный и надежный канат привязанности, и чем он надежней и прочней, тем большей волшебной силой обладает родитель. Его поцелуи снимают боль, его прикосновения и голос прогоняют прочь страх. Он теперь способен буквально «тучи развести руками».

Для любого ребенка родители — демиурги, могущественные боги его мира. Он пока не представляет себе, что могут существовать проблемы, с которыми они не в силах справиться. Что у них может не быть денег или сил, что они могут бояться за свое или его здоровье, могут не быть уверены в будущем благополучии — ребенок всего этого счастливо не знает, может не задумываться, как именно они о нем позаботятся, что придумают, чем для этого пожертвуют. Его это

---

[1] Если забота о ребенке была явно недостаточной, можно говорить о травме пренебрежения. Подробно о ней пойдет речь в книге «Дети, раненные в душу».

не интересует. Он просто доверяет и ждет помощи — всегда. **Тот, к кому ребенок привязан, утешает и придает ему сил просто фактом своего присутствия**.

Живет ли семья в роскошном особняке или в трущобах, в мегаполисе или в джунглях, живет ли она как все семьи вокруг, или сильно отличается от социальной нормы — ребенку все равно. Родители есть, они рядом, они смотрят на меня с любовью, они отзываются на мой плач — все в порядке. Вокруг может быть экономический кризис, глобальное потепление, эпидемия, наводнение или война — если сами родители в порядке, если они с ребенком не разлучаются слишком надолго и выглядят достаточно уверенными и спокойными — ему хорошо. Потому что **благополучие ребенка зависит не от условий, в которых он живет, а от отношений, в которых он находится**.

NB! Не стоит считать себя плохими родителями на основании того, что вы живете в тесноте, покупаете одежду в сэконд-хенде или у вас не всегда есть деньги на фрукты. И уж тем более, если у вас нет отдельной детской как на картинке, детских одежек известной фирмы, десятка приспособлений для ухода, «специально разработанных лучшими специалистами для того, чтобы сделать вашего малыша счастливым». Не они сделают его счастливым.

Если честно, ребенку не нужно примерно три четверти из всего, что ему покупает типичная городская семья со средним уровнем доходов. Есть возможность — почему бы и не купить, ведь это так радует родителей. Но вот доводить себя до истощения дополнительными заработками, выходить на работу раньше времени, чтобы «все было на уровне» — зачем? Не стоит жертвовать общением с ребенком ради того, чтобы «дать ему все самое лучшее». Лучше вас и ваших объятий на свете все равно ничего нет, доверие и душевное спокойствие ребенка не купишь ни за какие деньги.

В ВОДЕ И БЕЗ ВОДЫ

Не думаю, что в этой главе вы нашли что-то совершенно для себя новое и неизвестное. Привязанность настолько естественна, настолько обычна — ну, конечно, дети нуждаются в родителях, в их любви и заботе. О чем тут говорить, что изучать?

Альберт Эйнштейн сказал как-то: «Рыба будет последней, кто обнаружит воду». Ведь вода — ее мир, ее способ жить. Вот так и с привязанностью. Она настолько естественна и настолько глубоко в нас вшита, что подумать о ней отстраненно, осознать ее как особое явление, начать изучать людям почти всю историю науки в голову не приходило.

Но в какой же ситуации рыба все же обнаружит воду? Если воды не станет. Точно так же и привязанность как явление была обнаружена при наблюдении за детьми, лишившимися родителей.

Основатель теории привязанности английский психиатр и психоаналитик Джон Боулби работал с детьми, живущими в сиротских приютах, и детьми, которых разлучила с родителями Вторая Мировая (их отправляли в эвакуацию из английских промышленных городов, подальше от бомбардировок). Именно Боулби впервые осознал и сформулировал, что быть рядом со своим взрослым — отдельная и очень значимая потребность маленького ребенка, и в разлуке он страдает, даже если сыт, одет и находится в безопасности. Боулби первым увидел эволюционную суть привязанности — как программы, обеспечивающей эмоциональную связь между ребенком и взрослым, буквально «привязывающей» их друг к другу, чтобы ребенок не остался один и не пропал. Присутствие «своего» взрослого само по себе означает для ребенка защиту и покой, ребенку нужна мама как таковая, а не только ее грудь или руки, что-то для него делающие. Казалось бы, такая естественная мысль, но Боулби пришлось отстаивать ее в ожесточенных спорах с господствующей в те годы психоаналитической теорией о том, что младенец воспринимает мать лишь как продолжение груди, как источник пищи и удовольствия от сосания. *«Младенцу неотъемлемо присуща потребность прийти в соприкосновение с человеком и привязаться к нему. Потребность в объекте привязанности независима от потребности в пище, потребность в объекте является такой же первичной, как и потребности в питании и тепле»* — писал Боулби в 1958 г.

После Боулби привязанность изучали тоже в ситуациях «рыба без воды». Только когда ребенок лишается столь необходимой для него эмоциональной связи со своим взрослым, мы видим по последствиям, насколько эта связь для него важна.

Англичане Джеймс и Джойс Робертсон, продолжая начатое Боулби, изучали влияние разлуки с родителями на маленьких детей. Они сняли знаменитый фильм «Джон» о маленьком мальчике, всего на девять дней попавшем в дом ребенка, пока его мама была в роддоме, и фильм «Лора» — о двухлетней девочке, которая лежит в больнице и родителей пускают к ней лишь ненадолго. Эти фильмы, снятые подчеркнуто спокойно, невозможно смотреть без слез — такова сила страданий человеческого детеныша, разлученного с матерью и отцом, хотя объективно дети находились в хороших условиях и в безопасности.

Классические эксперименты ученицы Боулби — Мэри Эйнсворт — построены на том, что малыш ненадолго остается без матери в незнакомой комнате с незнакомым человеком — она выходит, и возвращается спустя некоторое время. То, как по-разному остро переживают дети эту ситуацию, связано с качеством их привязанности к матери, с тем, считают ли они мать источником защиты и поддержки и уверены ли в ней.

Чешский психолог Зденек Матейчик изучал привязанность, работая с детьми в детских домах и круглосуточных яслях, а также с детьми, рождение которых было нежеланным для их родителей. Ниже я буду рассказывать о некоторых его наблюдениях.

Книга канадского психолога Гордона Ньюфелда «Не упускайте своих детей» посвящена детям, которые подпадают под слишком сильное влияние сверстников, поскольку их привязанность к родителям недостаточно глубока и надежна.

Я тоже заинтересовалась теорией привязанности и оценила всю ее методологическую и практическую мощь в практике работы с приемными родителями, которым приходится выправлять, лечить травмированную программу привязанности у своих детей. Основополагающие идеи и методы других подходов просто не работали с детьми, лишенными удовлетворения самой базовой витальной потребности. Зато понимание того, как влияет на поведение и развитие ребенка его опыт привязанности, нередко действительно позволяет творить чудеса в реабилитации детей, чья привязанность была травмирована.

После того, как были очерчены основные положения теории привязанности, когда о них стали писать книги и снимать фильмы, после знаменитого доклада Боулби в английском парламенте, в котором он обобщил свои исследования, доклада, переведенного на десятки языков мира, стало меняться отношение к детям и их потребности быть вместе со своими родителями.

Родителей стали пускать в детские больницы, круглосуточные ясли и сады перестали считаться нормой, детей, оставшихся без родителей, стали не держать в казенных сиротских домах, а устраивать в приемные семьи, во многих странах удлинились оплачиваемые отпуска по уходу за ребенком. Право ребенка быть со своим взрослым стало осознаваться как базовое право, наравне с правом на безопасность или образование.

Можно надеяться, что в результате всех этих изменений дети сегодня вырастают более защищенными, спокойными и душевными. Научное подтверждение этих ожиданий требует серьезных длительных исследований, но мне, например, кажется, что сегодняшние молодые родители, те, кому 35 и меньше, стали добрее к детям, лучше чувствуют их потребности, думают не только об уходе за ними, но и о их чувствах. Эти родители сами были рождены и росли уже в те времена, когда в стране стало считаться нормальным сидеть с ребенком первые два-три года его жизни, а не отдавать в ясли вскоре после рождения, они получили больше семейной заботы, и, возможно, это дает им ресурс лучше заботиться о своих детях.

Меня теория привязанности впечатляет тем, что позволяет увидеть механизм трансформации полной зависимости, в которой человеческий детеныш начинает свою жизнь, в автономию взрослого. Понимая, как устроена привязанность, мы можем в совершенно привычных моментах общения родителей с детьми буквально увидеть и услышать, как это происходит день за днем, год за годом. А значит, можем увидеть за ярлыками вроде «капризы», «избалованность», «агрессия», «вредный характер», «лень» суть происходящего – реакцию ребенка на угрозу привязанности. И понять, чем ему помочь, чтобы он рос и развивался, а не тратил силы на борьбу за нашу любовь[1].

---

[1] Про это написана моя книга «Если с ребенком трудно», ее тема – практическое применение теории привязанности в воспитании ребенка.

ГЛАВА 2

КРИЗИС 1 ГОДА
СВОИ И ВСЕ ОСТАЛЬНЫЕ

«ОН СТЕСНЯЕТСЯ»

Обычно это случается внезапно, когда ребенку месяцев 7–8. Иногда позже, ближе к году. Вы в очередной раз приходите с ним в детскую поликлинику. Раньше ваш малыш весьма лояльно относился ко всем этим тетенькам, которые хотят на него посмотреть, его потрогать, что-то ему говорят (ну, конечно, если они не делают больно), благосклонно принимал их знаки внимания, улыбался, тянулся к блестящему фонендоскопу. Теперь всё иначе. Внутри у ребенка как будто что-то переключилось. Он их не хочет. Он их боится. Он пытается ввинтиться головой маме за пазуху, прячась от взглядов и рук чужих людей. А если они настаивают и тянутся, да еще и трогают, — тут уж жди грандиозного рева. Или к вам в гости может прийти подруга, которая приходила всегда, которая раньше тетешкала вашего малыша к обоюдному удовольствию, он шел к ней на ручки и радостно лепетал, а тут вдруг — раз! — и словно не узнает. Отворачивается, прячется, а то и орет в голос, как будто не давнюю знакомую увидел, а Бармалея.

Что это с ним?

А он просто вырос. И скорее всего, в последние дни или недели начал осваивать свободу передвижения: пополз, стал все чаще проситься с рук — на пол, в свободное плавание.

Если мы вспомним, что поведение ребенка, заложенное в природной программе привязанности, призвано обеспечить его выживание и безопасность, станет понятен смысл перемен. Пока ребенок не может перемещаться сам, очень удобно, что мать может дать его подержать любому человеку, которому сама доверяет. Мало ли зачем — горячий суп в котле помешать, например, или в туалет сходить. Малыш чаще всего не будет возражать, если его держат уверенно и удобно, с ними ласково разговаривают, а мама не отсутствует слишком долго.

Но вот он слез с рук и пополз. Ситуация меняется. Теперь он сам может последовать за матерью или за другим взрослым. Который мало ли куда идет — может, в лес? Может, к краю обрыва? Может, к болоту, где змеи в траве? Если дети начнут ползать за любым и каждым, в том числе за человеком, который и знать не знает, что за ним следует ребенок — ведь это не его ребенок, у него не включена родительская бдительность, — все становится очень опасным. С того момента, когда ребенок обретает свободу передвижения, он должен знать, за кем следовать, а за кем нет. Выделять своих взрослых. Тех, кто про него помнит и думает. Очень кстати, именно к этому времени в его мозге созревают те участки, которые отвечают за хранение целостных зрительных образов. И он начинает узнавать маму или папу, отличать их от остальных людей даже на расстоянии в несколько десятков метров.

Типичная сцена, которую каждый может наблюдать прямо у себя во дворе: вечер, малыш в коляске, с ним гуляет мама, няня или бабушка, они встречают папу с работы. Или маму, если она уходила. На улице немало других, чужих людей, ребенок равнодушно и с любопытством скользит по ним взглядом, и вдруг — просиял, задвигался всем телом, зазвучал — это оно! Родное лицо! Вот радость то! Кажется, мог бы — выскочил бы из коляски и побежал навстречу — скорее на ручки, воссоединиться после расставания. А совсем скоро и побежит...

Совсем маленький так не может, он отреагирует на маму, только если она подойдет близко, посмотрит ему в глаза, заговорит — тут он и выдаст «комплекс оживления»: улыбку, активные движения руками и ногами, звуки. Но если мама буквально в пяти шагах, но не разговаривает с ним, чем-то занята, он может грустить и хныкать, словно потерял ее, хотя она в поле его зрения.

К этому важному переломному моменту, который называют кризисом 1 года (хотя мы помним, что чаще он бывает немного раньше) у ребенка складывается *круг привязанностей.* Это все те люди, которые регулярно осуществляли по отношению к нему поведение защиты и заботы. То есть те, кто живет с ним вместе или приходит очень часто и занимается ребенком. Мама, папа, бабушка, дедушка, старшие дети, няня, иногда даже кошка или собака. Все те, с кем у ребенка связано чувство безопасности, кого он будет звать на помощь в случае чего, и кто своим поведением уже много раз показал, что на него можно положиться, с ним не пропадешь: покормит, согреет, утешит, побудет с тобой. Тот, с кем можно не бояться и расти. Это «свои» люди. А все остальные — это все остальные. Чужие. С ними расслабляться нельзя. Следовать за ними не стоит. Позволять им себя трогать и хватать, оставаться с ними — не надо, мало ли, чего от них ждать.

Пятимесячного чужого ребенка обычно можно просто взять из коляски, даже если он впервые вас видит. Если его при этом не испугать, не схватить больно, он не будет против. Попытка проделать такое с годовалым не пройдет: он будет орать, выкручиваться и вертеть головой в поисках «своих» взрослых.

Это не значит, что после года невозможно стать близким ребенку человеком, заслужить его доверие. Можно, но для этого надо исполнить некий ритуал, «попроситься» в круг и дождаться благосклонного согласия.

Интуитивно мы все знаем, как войти в доверие к малышу. Мягко, без нажима, отзеркалить его выражение лица, коротко улыбнуться. Потом еще раз. Показать издалека игрушку.

Помахать рукой — не приближаясь. Обменяться парой слов и улыбок с матерью. Только когда заинтересованный взгляд ребенка остановится на вас — просмотреть ему прямо в глаза, что-то сказать ласковым веселым голосом, подмигнуть. Если улыбнется в ответ — только тогда тянуть руки, сделать приглашающий жест «хочешь ко мне?». И только когда он протянет в ответ ручки, можно его брать — но быть готовым к тому, что он немедленно захочет обратно к матери.

Для того, чтобы ребенок был готов остаться с вами наедине, без своих взрослых, должно пройти еще больше времени, в течение которого вы будете постоянно подтверждать, что надежны и безопасны.

NB! Желая услужить окружающим, взрослые иногда пытаются сломать эту программу обеспечения безопасности ребенка. Они настойчиво требуют от него коммуникабельности, ругают или высмеивают ребенка за то, что он стесняется, дичится чужих, выталкивая его насильно в центр внимания, вынуждая быть «вежливым» и мило общаться с гостями или соседями, встреченными в лифте. Для маленького ребенка это неестественно и довольно мучительно. Ему бы гораздо больше хотелось, чтобы мама или папа позволили спрятаться лицом на своей груди или за свою ногу, если ребенок уже стоит, успокаивающе положили руку ему на голову и продолжали сами общаться с чужими взрослыми, давая ребенку привыкнуть, повыглядывать, поприсматриваться. Обычно, если новый человек ведет себя правильно, уже через пятнадцать-двадцать минут начнутся улыбки и дело пойдет на лад. Ну, а если незнакомец, вместо того, чтобы исполнить ритуал завоевания доверия, описанный выше, начнет выговаривать ребенку за то, что он «не здоровается», говорить громким резким голосом, настырно заглядывать в лицо — не стоит удивляться, что ребенок вовсе отвернется, а то и заплачет.

Родителю важно понимать: малыш делает то, что велит ему программа, цель которой — обеспечить его безопасность, а не доставить удовольствие не в меру общительной соседке. Представляете, что он чувствует, когда собственная мама настойчиво подталкивает его к тому, чтобы нарушить технику безопасности? Можете себе представить родителя, который сказал бы: «А ну-ка, иди поиграй в мяч вот там, на проезжей части, ведь это очень понравится Анне Петровне!» Дикость какая-то. Но для ребенка принуждение к контакту с чужим взрослым — примерно такая же дикость.

С возрастом напряжение при встрече с незнакомыми людьми будет слабеть, но **разделение на своих и чужих останется как одно из базовых на всю жизнь**. Чуть позже мы увидим, почему оно очень важно.

НЕЗАМЕНИМЫЕ ЕСТЬ

Разделение на своих/чужих связано с таким важным свойством привязанности, как *избирательность*. Это отношения, в которых нам важен сам человек, именно этот, уникальный.

Когда мы приходим в парикмахерскую стричься, мы можем поболтать с мастером о чем-то и установить неформальный контакт. Но если он будет стричь плохо, или поведет себя невежливо, то мы с легким сердцем поменяем его на другого, поискусней и подружелюбней. Когда мы приходим на новую работу, нам важно, чтобы коллеги были достаточно профессиональны, надежны и хорошо сотрудничали с нами. Мы можем привыкнуть к ним, но если завтра кого-то из них заменят на более профессионального, добросовестного и менее конфликтного, мы скорее будем рады, чем огорчены. Это отношения неизбирательные, в партнерах нас интересует скорее функционал, их способность и желание что-то делать, их качества, а не их уникальность.

Другое дело — привязанность. Когда мы думаем о своих детях, мы, конечно, рациональной частью своего сознания понимаем, что есть дети умнее, красивее, здоровее, талантливее наших. Но если представить себе, что нам предложили поменять нашего на образцового, на самого распрекрасного, мы же ни за что не согласимся. Нам нужен наш. Это привязанность. Мы к нему привязаны сердцем, к уникальному человеку, не просто к роли «мой ребенок».

Если в силу обстоятельств ребенок не имел возможности разделить мир на своих и чужих — такое бывает, например, с детьми в домах ребенка, о которых заботится множество постоянно меняющихся людей, это может иметь довольно серьезные последствия для развития его личности, его привязанность может стать неизбирательной, размытой. Кто приласкал, кто угостил — тот и «свой». А значит, никто по-настоящему не свой, ни к кому глубокой привязанности нет.

В антиутопии Лоиса Лоури «Дающий» (по ней снят фильм «Посвященный») люди живут, отказавшись от чувств, в том числе и от избирательной привязанности. Это на первый взгляд идеальный мир, где все друг другу в равной степени дороги, нет ссор и ревности. Родители и учителя никогда не сердятся на детей, они терпеливы и разумны, заботливы и внимательны. Дети не дерутся и не безобразничают. Все всегда готовы друг другу помочь.

Детей там раздают родителям уже годовалыми, учитывая при этом особенности семей и младенцев, мудро подбирая их друг к другу. А если какой-то ребенок оказался «лишним», от него легко избавляются, и никто, даже люди, растившие его, не возражают — ведь вместо него будет другой, поздоровее и получше.

Чем дальше разворачивается сюжет, тем ужаснее оказывается этот «идеальный» мир заменимых, мир без избирательной привязанности.

Избирательность привязанности обрекает нас на тревогу за близких — ведь их не заменишь, на боль при расставании и утрате — ведь другого такого человека нет. Она же заставляет нас бороться за своих близких, жертвовать и рисковать ради их спасения. И дает невероятное счастье в минуты встреч, в часы, когда мы можем быть вместе — даже ничего особо не делая, просто быть рядом, слышать, видеть, чувствовать друг друга. Она делает нас очень уязвимыми — но и очень сильными. Можно сказать, делает нас людьми.

ГЛАВА 3

ОТ ГОДА ДО ТРЕХ ПОКОРЕНИЕ МИРА

Малышу год. Уже совсем человечек. Стоит, пробует ходить, говорит несколько слов.

Если этот год в его жизни был благополучным, он приходит к своему первому дню рождения с самым ценным подарком от родителей — прочной привязанностью, дающей уверенность в себе, поддержку, чувство защищенности и силы для исследования мира. Исследование мира — вот чем он займется на следующем этапе.

Держитесь, кошки, мобильники и мамины новые туфли. Вставайте с кресла, родители, — теперь вам предстоит побегать. Вашего отпрыска ждут великие дела.

СЛЕДУЙ ЗА МНОЙ!

Слезая с рук около года, следующие пару лет ребенок проводит рядом с родителем — «у маминой юбки». Интересно, что в некоторых диалектах русского языка (и в других языках) есть даже отдельное слово «юбошный» как обозначение возраста ребенка, вот именно этого, с года до трех

Самое главное, базовое желание маленького ребенка — оставаться рядом со «своим» взрослым. Желательно всегда. Пока малыш не способен сам перемещаться в пространстве, вариантов у него немного — только звать криком. В самом деле, что может сделать совсем маленький, не способный самостоятельно перемещаться детеныш, если в минуту опасности вдруг оказался не рядом с родителем? Драться он не может, убегать и хитро прятаться тоже. Его единственная надежда на спасение — что к нему вернется родитель и очень быстро заберет отсюда в безопасное место или как-то еще разберется с угрозой. Что детеныш может сделать от себя? Только одно: оставаясь на месте, поставить звуковой маяк, чтобы взрослый не тратил время на его поиски, скажем в высокой траве. Эта первая, самая примитивная программа «оставайся на месте и кричи громко», и она более-менее сносно работает весь первый год, если родители в порядке и отзывчивы.

Но вот наконец ребенок научился преодолевать силу земного тяготения, хотя бы пока на четвереньках и — о, чудо, надо же! Теперь я могу сам приблизиться к маме, когда захочу!

Стоит ли удивляться, что потом двигательная активность развивается стремительно: пополз, потом пополз быстро, и вот уже первые шаги, которые ребенок делает всегда по направлению к родителю, навстречу его протянутым рукам — вот оно, счастье! Больше не надо ждать милостей от взрослых, захотел — и пошел! Потом побежал! Ведь стимул мощнейший — исполнение самого главного желания, самой базовой потребности.

Так начинает свое становление важнейшая поведенческая программа, которая обеспечивает безопасность ребенка, его развитие и взросление — *поведение следования*.

Программа следования есть почти у всех млекопитающих и у многих птиц: детеныши следуют за мамой, куда бы она ни пошла. Они сами не решают, куда бежать, не выбирают путь, не рассматривают варианты. Никаких «налево пойдешь... направо пойдешь...». Залог выживания: следовать за своим взрослым, а уж он знает, куда. Слоненок трогательно держится хоботом за хвост слонихи, олененок бежит за ярким белым пятном у мамы под хвостом — чтобы легче было не терять из поля зрения на бегу, утята смешно семенят за уткой, человеческий детеныш идет рядом с родителем, держась за его руку или одежду.

Поведение следования очень — сложная программа, ведь нужно одновременно делать несколько дел: удерживать в поле внимания «своего» взрослого, который при этом быстро движется, оценивать свое от него расстояние: не отстал ли? не прибавить ли ходу? да еще в процессе смотреть под ноги — взрослый движется вперед, ему не до этого. Сложно. Следованию не научишься за один день, на это уходит время.

Наверняка вы много раз наблюдали, что происходит, когда малыш еще не вполне освоился со следованием.

Вот ребенок лет полутора идет куда-то с мамой. Скажем, в поликлинику.

Идет то за руку с ней, то просто рядом. И вдруг увидел под ногами что-то интересное. Или просто зазевался, притормозил. Мама прошла по инерции вперед на несколько шагов. Обернулась, видит, что малыш отстал, и зовет его: «Догоняй скорее!»

Если она успела уйти на пару шагов, то он догонит. А вот если на несколько метров...

Ребенок вдруг обнаруживает себя в незнакомом месте, на улице, среди чужих людей. Мама далеко. Ему становится тревожно. При этом ходит он пока еще не очень. Следование освоил нетвердо. Поэтому включается старая добрая «программа для самых маленьких»: оставайся на месте и поставь звуковой маяк. Малыш стоит как вкопанный и готовится зареветь. Если мама догадается вернуться к нему, обнять, взять за руку — все будет хорошо.

Но если мама нервничает, торопит: «Давай скорей, опаздываем, врач уйдет!» — тревога ребенка взлетает, он «укрепляется на местности» еще прочнее, например, может сесть на попу, и начинает плакать. Не из вредности, и не из непослушания — просто так ему говорит инстинкт, он делает как раз то, что положено.

И совсем беда, если мама решила, что это подходящий момент повоспитывать, начинает его ругать или, того хуже,

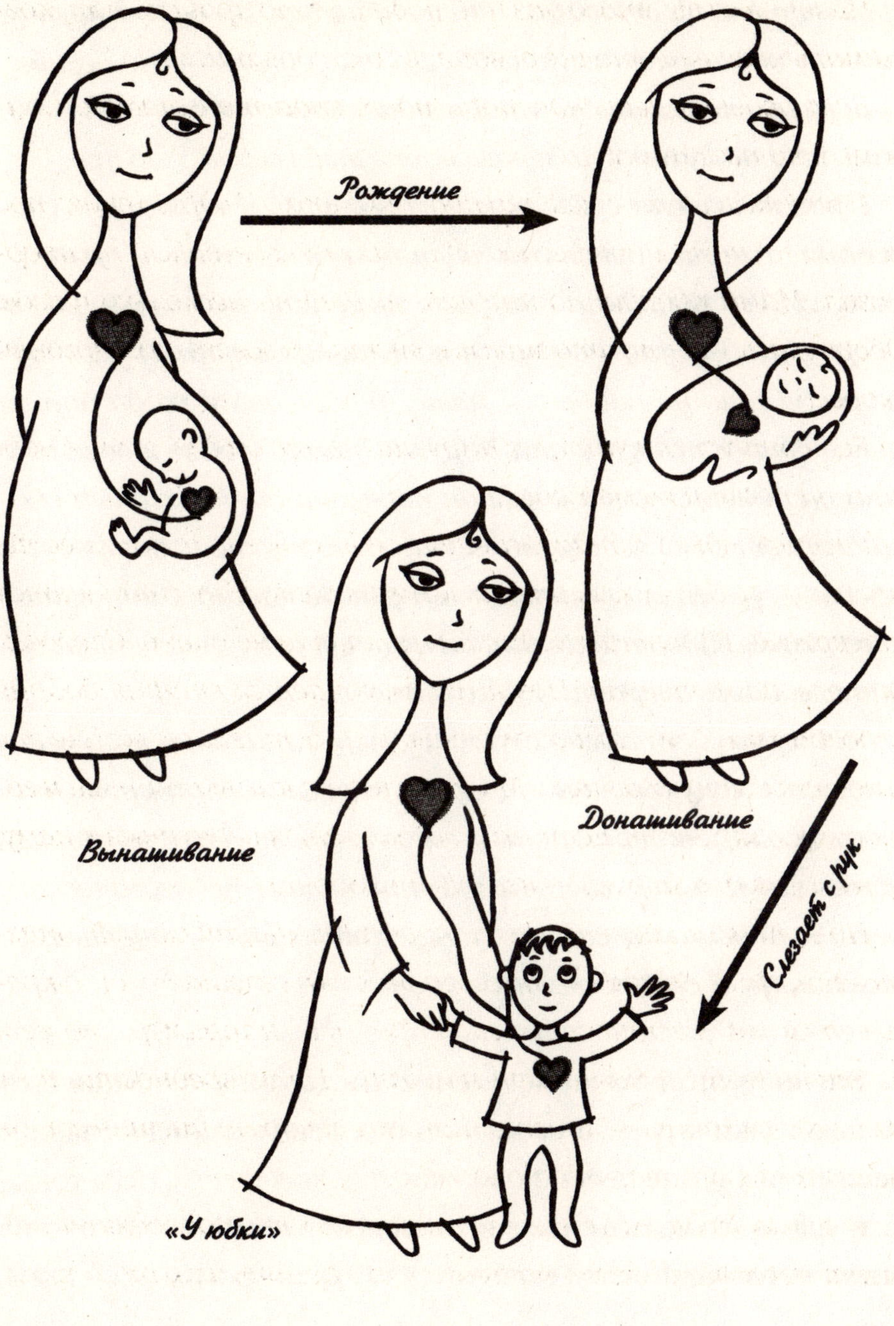
Рождение
Донашивание
Вынашивание
Слезает с рук
«У юбки»

грозит уйти и оставить: «Ну, и сиди тут, а я без тебя уйду, раз ты такой непослушный!». Да еще обязательно возникнет рядом какая-нибудь добрая бабушка с текстом: «А кто это тут маму не слушается, вот я тебя сейчас заберу».

Представляете себе ужас положения? Уж какое тут следование, малыш буквально вцепляется в землю — кажется, если бы у него была саперная лопатка, он стал бы рыть окоп — и орет уже всерьез, в полном отчаянии. И уж точно ни за что не пойдет к маме. Теперь даже когда она за ним вернется (а куда она денется?) понадобится довольно много времени, прежде чем он перестанет плакать и снова сможет сам следовать за ней. Если такое повторяется часто — ребенок становится тревожным, формирование следования задерживается, он не идет сам, а виснет на родителе, боясь отпустить его от себя.

Интересно, что если с ними гуляет еще и старший ребенок, лет пяти хотя бы, он часто первый соображает, что происходит, возвращается за младшим, чтобы притащить его к маме, одержимой приступом педагогического рвения. Словно еще сам не забыл, каково это — сидеть там и слушать «Я сейчас от тебя уйду».

Вполне устойчивое поведение следования формируется только годам к трем, а наверняка не отстать от родителя при движении в толпе ребенок сможет только к шести. Но и тогда, если вдруг его все же оттеснят и он потеряет мать или отца из виду, у него очень скоро включится та самая программа «стоять на месте и плакать». Которая и в переполненном супермаркете остается оптимальной, самой эффективной для Очень Маленького Существа, именно этому мы учим детей: потерялся — никуда не уходи, стой на видном месте, я тебя найду.

Устойчивое поведение следования очень важно для безопасности ребенка, особенно если в жизни часто приходится уносить ноги от опасности. Неудивительно, что у некоторых кочевых племен существовали практики, регулирующие разницу в возрасте между детьми. Ведь взрослый человек не может долго нести на руках двоих младенцев. Если один ребенок на руках или привязан к матери, важно, чтобы другой бежал следом сам. А это значит — разница в возрасте хотя бы три года.

Поэтому существовали строгие табу на возобновление половой жизни после рождения ребенка. Момент, когда мужа снова можно было допускать в шатер к жене, определяли старейшины оригинальным способом: в малыша бросали тяжелой шапкой из овчины. Если он устоял на ногах — значит, уже хорошо ходит, к рождению младшего и вовсе будет уверенно следовать. А если упал — значит, еще рано папе «требовать продолжения банкета».

Поведение следования очень важно не только в буквальном смысле, как передвижение в пространстве. В более общем смысле следование — это подражание. Делай как твой взрослый — тоже базовое, заложенное в любого ребенка от природы поведение. Именно через подражание родителям ребенок усваивает самые важные, самые значимые умения в своей жизни: ходить, говорить, манипулировать с предметами. Все это результат не каких-то специальных занятий и уроков, а просто подражание: смотри на них и повторяй, пока у тебя тоже не получится.

Еще одно проявление поведения следования — послушание, то есть, буквально, следование указаниям родителя. Возможно, для кого-то эта мысль покажется неожиданной, но **дети на самом деле от природы послушны. Это часть программы привязанности — следовать за своим взрослым в прямом и переносном смысле**. Даже если вы возьмем самого отъявленного неслуха, от строптивости которого родители уже рыдают, внимательно понаблюдаем за ним и занудно посчитаем, сколько раз за день он послушался родителей и сколько нет, мы убедимся, что актов послушания будет в несколько раз больше.

Мы сами не замечаем, как много указаний даем маленькому ребенку: «Иди-ка сюда... дай нос вытру... постой минутку... на, попробуй... руку дай мне... отойди-ка... открывай скорей ротик... смотри, что у меня есть...» И так целый день. Это нормально — ребенок мал, неопытен, он нуждается в руководстве, и ему естественно следовать указаниям. Да, он может когда-то заупрямиться, отказаться, или просто не понять, не суметь остановиться — но на это всегда есть особые причины. А просто так, по умолчанию — он слушается. Поведение следования.

Теперь мы понимаем, насколько важно, чтобы к тому моменту, как малыш слезает с рук и обретает свободу передвижения, он уже разделил людей на своих и чужих. Чтобы следовать — только за своими взрослыми. За теми, кто помнит и знает, что у них есть ребенок, кто ответственен, кто понимает, что ребенку хорошо и что плохо. Психологи, врачи, логопеды, работающие с маленькими детьми, знают: на первых встречах ребенок не будет выполнять никаких заданий и инструкций, пока не глянет на своего взрослого и не дождется его кивка. Никому не придет в голову оставить маленького ребенка даже с самым опытным педагогом, не побыв рядом, пока взаимодействие не установится. «Своих слушайся, чужих нет, по крайней мере, пока свои не разрешат» — гласит программа, и, согласитесь, ничего разумнее нельзя было бы придумать.

Представьте себе, что вы едете в электричке. Напротив сидит малыш лет трех-четырех, скучает. А у вас как раз есть в сумке конфета. Или картинка интересная. Вы достаете и протягиваете ему:

— Хочешь?

Что произойдет дальше? Даже если ваше подношение очень привлекательно, ребенок обязательно посмотрит на своего взрослого, словно спрашивая взглядом: можно? И только после того, как взрослый кивнет, улыбнется, разрешит — протянет руку за подарком. Это происходит очень быстро и кажется настолько естественным, что обычно люди даже не замечают короткого запроса от ребенка родителю.

Помню забавный случай. В гостях у друзей давали на десерт клубнику с мороженым. Их сын двух с половиной лет быстро управился со своей порцией и явно хотел еще. Я протянула ему ягоду на ложке, он открыл рот... и тут сработала программа. Он замер. Взгляд на маму — а мама как раз отвернулась, болтает с кем-то. И он так и висел над столом, подавшись всем телом к ложке, с открытым ртом, с минуту — пока я не окликнула маму и она ему не кивнула. Он тут же ожил и занялся клубникой.

NB! **Готовность ребенка слушаться определяется не нотациями и поучениями, не наказаниями и призами, а качеством привязанности**. Чем надежнее связь с родителями, чем больше они для ребенка «свои», тем естественней для него их слушаться, а незнакомых — нет, по крайней мере пока свои не одобрят их указания.

Не хотите, чтобы ребенок в более старшем возрасте «попал под дурное влияние»? Значит, постарайтесь, чтобы ваша с ним привязанность была надежной, прочной, чтобы он был уверен, что может на вас рассчитывать. Будьте для него надежным источником защиты и заботы в любых обстоятельствах. Тогда именно ваши ценности лягут в основу его личности, именно вы будете самыми авторитетными для него людьми даже спустя годы. Природа на вашей стороне. Главное — свою часть партии сыграть как положено.

ПОБЕЖДАЯ РАССТОЯНИЕ

К концу «юбошного» периода, годам к трем наша способность заботиться о ребенке и защищать его поднимается на новый уровень. Когда ему был год и он лез туда, куда нельзя, был только один способ остановить его: подойти и забрать его из опасного места руками. Сидеть на другом конце комнаты и кричать годовалому: «Не лезь туда! Нельзя!» — совершенно бессмысленно.

Другое дело — трехлетка. Он способен устойчиво следовать не только за самим родителем, но и за его голосом, его словами. Мы можем предупредить его: «Стой! Там машины ходят!». Можем помочь позаботиться о нем: «Прохладно стало, иди-ка надень куртку». Если он хочет пить, а мы заняты или просто лень вставать, можно давать ему инструкции: «Видишь, стоит пакет с молоком на столе? А вон там, на полке — чашка. Возьми чашку, поставь на стол и аккуратно налей молока из пакета. Подальше от края поставь. Вот так, молодец!» — и ребенок напился, а мы и пальцем не пошевелили.

Это что-то новое! Похоже, теперь у нас есть пульт дистанционного управления! Наша с ребенком связь становится растяжимой, как эластичный собачий поводок. Мы можем осуществлять поведение привязанности — поведение защиты и заботы на расстоянии, словами, а не прямым действием. Мы как бы передаем ребенку часть своей ответственности за его безопасность и благополучие — пока совсем небольшую.

Осваивая поведение следования и речь, ребенок может теперь уходить подальше от маминой юбки, исследуя мир — ведь с ним постоянно голос родителя, оберегающий, помогающий, страховочная веревка в малознакомых обстоятельствах.

Дело было зимой, на детской ледяной горке. Детей много, горка одна. Наверху все время очередь. Поэтому тот, кто скатился, должен был быстро встать и отойти, во избежание кучи малы. Дети постарше сами это понимали и шустро вскакивали, а младшим сверху кричали родители, поторапливали.

Вот съезжает с горки красотка лет трех с половиной, с ресницами в половину румяных щек, обстоятельная и серьезная. Как только она съедет, ей сверху мама кричит: «Соня, отходи скорее!» — и Соня встает на ноги и отходит. Все шло прекрасно, пока в очередной раз Соня не съехала — а маме кто-то позвонил на мобильник. И она отвлеклась. Соня съехала — а спешить ей некуда. Она немного посидела, щурясь на солнце. Потом встала, не уходя с ледяной дорожки, начала отряхивать попу — обстоятельно, как все, что она делала.

Наверху ситуация накаляется. Другие родители начали кричать: «Девочка, отойди!» Ноль внимания. Кто-то вспомнил, как ее зовут, кричит: «Соня, отходи в сторону!». Полное безразличие. Соня словно не слышит. Кто все эти люди и чего они кричат? Какая разница?! Хоть все прогрессивное человечество начало бы скандировать. Тут мама наконец заметила, что происходит и крикнула: «Соня, отойди!» Соня мгновенно сделала шаг в сторону. Мамин голос. Единственный, имеющий значение.

Соня уже большая, она четко различает своих и чужих, и поведение следования у нее сформировано на высоком уровне — на уровне следования словам. Она спокойна, довольна и уверена, что все делает правильно. Как мама сказала.

Способность слушаться родителей, следуя за их голосом и словами, — это на самом деле огромный рывок в развитии ребенка. Канат привязанности растягивается, **привязанность начинает перекрывать расстояние**. А это значит, что ребенка теперь можно отпускать от себя на более длинную дистанцию — защита и забота родителя останутся с ним.

Какой оперативный простор открывается!

СЕКРЕТ ТЕРМИНАТОРА

Сравним годовалого и трехлетку. Первый — беспомощный малыш. Стоит нетвердо, говорит от силы несколько слов. Сам не может о себе позаботиться практически ни в чем. Без взрослого пропадет сразу.

Проходит всего два года.

Перед нами — маленький человек. Может свободно перемещаться в пространстве: ходить, бегать, прыгать, залезать, проползать, протискиваться, практически нет места, куда бы он не мог попасть, если б захотел. Говорит, строит фразы, может внятно объяснить, чего хочет. Обслуживает себя: сам ест, одевается, пользуется туалетом. Манипулирует с предметами, пользуется карандашом, кистью, ножницами, катается на велосипеде и качелях, строит из песка и из кубиков. Осознает свои потребности, имеет желания и строит планы, проявляет упорство в достижении целей. В принципе, не будь техногенных опасностей большого города, трехлетка вполне мог бы и целый день проводить, не нуждаясь в помощи взрослых. Сам поест, сам попьет, сам себя займет, а будет что надо — придет и попросит.

Мы видим, что разница между годовалым и трехлетним — практически как между головастиком и лягушкой. Это совсем разные существа. Скачок в развитии фантастический — и всего за два года. Так интенсивно, как мы учимся в этот период, мы больше не сможем никогда. И знаний и умений, столь же важных для качества жизни, мы тоже больше никогда не получим.

Проделайте простой мысленный эксперимент. Представьте себе, что вдруг внезапно вы раз — и забыли все свое высшее образование, все, чему учились в институте или университете. Как это отразится на качестве вашей жизни? У кого-то вообще никак, если он работает не по той специальности, по которой учился, а таких людей сейчас много. Кому-то придется сменить работу.

Теперь представим, что нам придется забыть все школьное образование — считать, писать, читать разучимся. Качество жизни, конечно, просядет, многое станет сложно или невозможно. Но с другой стороны, живут же целые страны с неграмотным в большинстве своем населением, и ничего. И наши предки жили. Работали, любили, растили детей — в целом были вполне успешны и счастливы. Если, допустим, пенсию будут платить, то жить можно.

Но если представить, что мы забыли все, чему научились с года до трех: самостоятельно есть, передвигаться, ходить в туалет, одеваться, разговаривать, пользоваться инструментами и предметами? Вот это — настоящая катастрофа. Такое происходит после сильных инсультов, после аварий с черепно-мозговыми травмами, это по-настоящему ужасно, о качестве жизни тут говорить уже сложно. Человек в таком состоянии совсем лишается независимости.

То есть, на самом деле, самые базовые вещи, которые определяют наше качество жизни на 90%, осваиваются с года до трех. Три университета потом — это такой легкий рисунок, штриховка на базовом, основном массиве знаний и умений. Поэтому все это время ребенок самозабвенно учится, все время что-то пробует, осваивает, совершенствует, проявляя чудеса упорства и целеустремленности. Все время, пока не спит и ест.

Вот он собирает пирамидку, и у него не получается. То колесико укатится, то стерженек в дырку не попадает. Десять раз не получается, сто раз. Если бы у взрослого человека что-то столько раз не получилось, он бы давно уже бросил, решил, что это не для него, что нет у него способностей, что не судьба. А малыш — нет, он пробует снова и снова, не разочаровывается, не бросает, не решает, что «это не для меня, я не способный». Просто какой-то Терминатор в обучении, которого невозможно сбить с поставленной цели.

Возникает вопрос: а как это ему удается? За счет чего? Где он силы берет, не физические, это понятно, а душевные силы: не сдаваться там, где взрослый давно бы уже махнул рукой? И это самый подходящий момент, чтобы разобраться еще с одним важнейшим назначением привязанности.

В 70е годы чешские психологи под руководством З. Матейчика исследовали привязанность. В том числе они снимали фильмы, в которых показывали наглядно, как привязанность проявляется. В фильме смонтированы один за другим эпизоды из жизни маленьких детей: детей, живущих в семье, с родителями, и детей из дома ребенка.

Вот мы видим мальчика, на вид ему немного больше года. Он дома и исследует комнату, пока мама что-то готовит на кухне. В какой-то момент малыш подбирается к тумбе с захлопывающейся дверцей, открывает ее, закрывает — и попадает себе по пальцам. Ему больно, он испуган. Но видно, что у него в голове есть четкая стратегия действий на такой случай: он громко плачет и идет прямым ходом в сторону кухни — там мама. Мама услышала рев и спешит ему навстречу, они встречаются, она берет его на руки, целует, через какое-то время он утешается. Мама опускает его на пол. Угадайте, что он делает?Немедленно идет к той же тумбе, чтобы выяснить: что это было? Он принял вызов мира и не собирается сдаваться.

Следом показывают малыша того же примерно возраста, но в доме ребенка. С ним тоже случилась неприятность: пробегали мимо дети, вырвали из рук машину. Он потерял равновесие, плюхнулся на попу и плачет. При этом видно, что никакой стратегии действий у него нет. Рядом ходят воспитательницы — он к ним не обращается. Не пытается вернуть себе машинку. Он не делает ничего, он просто страдает, его деятельность по освоению мира прекращена надолго.

Что мы видим? Когда усилия ребенка наталкиваются на препятствие, которое оказывается для него чересчур сложным и болезненным, настолько, что даже его терпения не хватает, он идет к маме. Если не получилось, если все рассыпалось, если он ударился или испугался, — у него есть всегда возможность обратиться за утешением к своему взрослому, который в этот момент в доступе — мама, папа, бабушка, няня, кто-то еще. Он прижимается, залезает на руки, то есть фактически возвращается на стадию донашивания. Словно становится на время опять маленьким, забирается, как в кокон, в объятия родителя, в его любовь. Психологи употребляют термин *психологическая утроба* — это успокаивающие, утешающие отношения, в которые можно укрыться от жизненных невзгод.

Объятия — вообще универсальный человеческий способ решения трудных проблем. Люди — социальные существа, наши предки жили в довольно опасном и враждебном мире, в котором надеяться можно было только на соплеменников, и расслабиться, перестать сканировать пространство в поисках потенциальной опасности удавалось только в кругу своих, чувствуя их прикосновения, слыша их дыхание.

Иногда это выглядит довольно странно с прагматической точки зрения. Вот фильм-катастрофа, в котором герои и все человечество вот-вот погибнут от цунами, метеорита или гигантского ящера. Все очень плохо, опасность неминуемо приближается. Что же делают наши герои? Они обнимаются. Объективно ни один из них не может защитить от надвигающейся гибели ни себя, ни другого, но они бросаются в объятия друг друга, словно это их убережет. И, странным образом, это действительно придает им сил, чтобы действовать дальше. Или хотя бы чтобы меньше бояться.

Объятия — это наш ответ всем угрозам мира, самой смерти, и согласитесь, в этом есть что-то возвышенное.

Способность одного человека быть для другого психологической утробой, дать ему утешение и успокоение, «принимая» его чувства, называют способностью к *контейнированию* — от слова «вместилище» — по смыслу сходно с выражением *психологическая утроба.* Что вмещает контейнер? Те самые чувства, с которыми человеку не под силу справиться самому. Боль, страх, обиду, разочарование — все то, что мы испытываем в ситуации сильного стресса.

Давайте подробнее рассмотрим этот механизм. В жизни бывают ситуации, когда что-то идет не так, как нам хочется. У нас не получается что-то, мы что-то важное теряем, наша потребность не удовлетворяется или мы боимся, что такое произойдет в будущем. Простейший случай: ребенок увидел на полке что-то красивое и блестящее, хочет достать. И не дотягивается. Слишком высоко. Налицо препятствие в удовлетворении потребности — *фрустрация.* Очень хочу — и не могу взять.

Первая реакция на фрустрацию — мобилизоваться и преодолеть барьер, вставший на пути. Малыш старается еще раз и еще, встает на цыпочки, тянется изо всех сил. Но никак. Тогда он оглядывается вокруг и тащит к полке стул — пыхтит, старается. Он весь собран, устремлен, мобилизован на преодоление препятствия. Если стул не помог — еще не все потеряно, можно позвать взрослых и попросить их дать эту штуку, такую желанную и нужную. Не дают сразу — постараться получше, понастойчивей попросить.

То есть сначала включается план А — преодолеть, постараться, выложиться. Для этого в организме выделяются гормоны стресса, они усиливают обмен веществ, заставляют быстрее действовать и думать, помогают выложиться в борьбе с препятствием. И в большинстве случаев это завершается успехом — достал, добыл, получил — ура, победа, торжество, стресс сменяется радостью.

Но случается, что барьер не дается. Полез на стул — и упал, ударился. Потянулся — и все равно не достал. Попросил взрослого дать эту штуку, — а он ни в какую, нельзя и точка. Гормоны стресса уже в крови, мобилизация пошла — а победа сорвалась. Что тут делать? Переходить к плану Б. Смириться с поражением, по крайней мере на данный момент. Принять ситуацию, пережить фрустрацию и утешиться. То есть перейти от мобилизации к демобилизации, выйти из состояния стресса в другую сторону — не в сторону радости и торжества, а в сторону печали и смирения. Здесь хороший помощник — слезы[1]; плач расслабляет, дает возможность «излить» свои чувства, причем в буквальном смысле: со слезами выделяются продукты распада гормонов стресса — кстати, довольно ядовитые в больших количествах.

---

[1] Гордон Ньюфелд поэтично называет эти слезы «слезами тщетности».

Мы можем слышать, как в ситуации фрустрации меняется характер плача ребенка. Сначала это протест: скорее крик, чем плач, с небольшим количеством слез, напряженным лицом и телом. Это резкий, высокий звук: «А! а! а!». Руки могут быть сжаты в кулаки, ноги топать, глаза зажмурены — ох, он и сердит! Немедленно сделайте, как он хочет, и никаких отговорок! Или, наоборот: немедленно уберите это!

По мере того, как протест сменяется печалью и обидой, тело и лицо ребенка обмякают, слезы текут ручьем, плач становится низким и протяжным: «Ы-ы-ы... Ы-ы-ы...». Он уже не борется, не требует — он хочет, чтобы его пожалели и помогли утешиться.

В случае столкновения с фрустрацией бывает важно уметь как собраться и прорваться, так и смириться и расслабиться. Как говорится в древней молитве «Боже, дай мне силы изменить то, чего я не могу принять, и принять то, чего я не могу изменить». Там еще есть продолжение про мудрость, чтобы отличить первое от второго, но в три года мудрость — это както рановато, поэтому чаще всего ребенок просто действует последовательно, он пробует сначала план А — прорваться, а уж если не вышло, то план Б — поплакать и смириться.

Вот для перехода от плана А к плану Б, от протеста к печали, и необходимо бывает контейнирование. Переход от мобилизации к демобилизации требует расслабления, в этот момент надо перестать бороться с миром, вообще перестать о нем думать, быть в него включенным, ведь пока мы сканируем мир — мы мобилизованы. А нужно погрузиться в себя, отдаться чувствам, утратив на время бдительность, позволив себе «ничего не видеть» от слез, уйти в свои переживания. Это сложно сделать, если нет защитного кокона вокруг, контейнера, психологической утробы. Если нет кого-то, кто своим поведением даст понять: «Положись на меня, в эти минуты за твою безопасность отвечаю я. Я ограждаю тебя от мира, а ты просто расслабься и позволь стрессу уйти».

Вспомним опять сюжеты фильмов, классическая история из голливудских боевиков: юную девушку похищают злодеи, ее отец или молодой человек ее спасает. Все время, пока длится фильм, девица в плену у злодеев демонстрирует чудеса стойкости: она не теряет присутствия духа, обдумывает планы бегства, дерзит негодяям и дает понять, что ее просто так не сломить. Опасность не позволяет ей «нюни распускать», в ее крови — гормоны стресса, она борется за свою жизнь, отложив страх и слабость на потом.

Наконец, папа или бой-френд, покрошив злодеев на винегрет, сквозь огонь, взрывы и падающие металлоконструкции пробивается к девице и заключает ее в объятия.

И что же она делает, наша храбрая и стойкая героиня? Кончено, рыдает, уткнувшись в его могучую грудь и всхлипывая. Она вмиг становится беспомощным ребенком, переходит к демобилизации. И это очень правильно, это лучшая профилактика постстрессового расстройства. Как только появилось кому контейнировать, самое лучшее — сра-

зу перестать «держать себя в руках», интенсивно выплакать стресс и размякнуть в надежных объятиях. Мощная теплая волна гормона доверия окситоцина смоет стресс, сосуды и мышцы расслабятся. Завтра девушка будет как новенькая и начнет готовиться к свадьбе.

Конечно, не все стрессы в нашей жизни так же серьезны, как у героев боевиков. Поэтому взрослые часто могут переходить от мобилизации к демобилизации и без помощи других людей. Уехал из-под носа автобус, а мы-то мобилизовались, бежали — но не успели. Не искать же из-за такой мелочи утешающих объятий, мы чертыхнулись с досады — и утешились. Порвались колготки, сгорел пирог, поцарапалась машина — мы вздохнем и расстроимся, но справимся сами. Потому, что знаем как, умеем себя утешить, в свое время мы научились этому, когда нас контейнировали наши взрослые.

Но если стресс серьезный, обойтись без контейнирования нам будет сложно. Поэтому, будучи включены в человеческие отношения, мы постоянно в большей или меньшей степени становимся для своих близких психологической утробой, даже не всегда замечая это. Поведение контейнирования, как и поведение следования, — это бессознательное, свойственное нашему виду социальное поведение.

Представьте себе, что вы находитесь на работе, и вдруг вашему коллеге звонят из дома с трагическим известием. Он пребывает в состоянии шока. Вы не задумываясь присту-

пите к поведению контейнирования: займете положение в пространстве между страдающим человеком и остальным миром, отгородите его телом, обнимете за плечи, сосредоточите на нем все свое внимание. Вы начнете проявлять базовую заботу: нальете воды, подставите стул. Если в этот момент в комнату войдет кто-то, кто ничего не знает, и попробует обратиться с вопросом, вы знаком и взглядом остановите его, чтобы он не проник в созданный вами контейнер поддержки и оберегания. Вы не будете планировать эти действия, размышлять, это включится само по себе: ближнему плохо, стресс серьезный, создай ему защитный кокон.

Поведение контейнирования может не включаться только у людей с особенностями (например, с расстройствами аутического спектра) или у тех, кому в детстве никогда не помогали справиться со стрессом.

Дети более уязвимы перед стрессом, чем взрослые. Их нервная система незрела, их способность к совладанию со стрессом не подкреплена жизненным опытом. Поэтому фрустрацию они переживают очень остро, даже болезненно. Если ребенок чего-то хочет, или ему что-то не нравится, это захватывает его целиком, не оставляя места сомнениям, другим возможным вариантам, разумным доводам. Стресс захватывает, закручивает в свою воронку, перейти к демобилизации ребенку сложно, без контейнирования он не справится. Но **если у ребенка все хорошо с привязанностью, у него в доступе свой взрослый, и этот взрослый всегда готов**

принять его в объятия, психологическая утроба становится для него волшебным средством возрождения.

Еще один популярный сюжет из фантастических фильмов: пострадав в столкновениях с инопланетными злодеями, израненный герой благодаря своему мужеству и самопожертвованию верных друзей, наконец, попадает к своим. То, что от него осталось, загружают в капсулу, опутанную проводами, в ней бурлят какие-то пузырьки и мигают огоньки. Вокруг стоят врачи и озабоченно смотрят сквозь стекло. И вот, — процесс восстановления завершен, герой выходит из капсулы, готовый снова спасать мир. Как новенький, и даже лучше.

Примерно так же возрождается в родительских объятиях ребенок, жизнь которого тоже полна трудов и опасностей — с такой-то интенсивностью освоения мира! Он, словно самолет с корабля-матки, совершает разведывательные и боевые вылеты, каждый раз возвращаясь на базу, на дозаправку безопасностью и заботой. Неудивительно, что в этом возрасте детям особенно важен вечерний ритуал отхода ко сну. Им хочется, чтобы родитель подержал на руках, покачал, полежал рядом, обнимая, спел колыбельную. Колыбельная звучит протяжно, как стон или жалоба, словно предлагая погрустить обо всех случившихся за день невзгодах и утешиться. И очень частый сюжет колыбельных — о том, как завтра будет новый день, и малыш вскочит на ножки и побежит к новым свершениями. «Сто путей, сто дорог для тебя открыты».

Да и потом, когда ребенок станет старше и даже, возможно, уже вырастет выше вас, после стрессовых, тяжелых дней он будет просить: посиди со мной, полежи со мной, ему будет очень важно закончить тяжелую вахту этого дня в ваших объятиях, под ваши ласковые, убаюкивающие слова. Не только дети — и взрослые бы от такого не отказались.

Так что секрет двухлетнего Терминатора прост: вовремя залезть на ручки. И будешь как новенький.

ЗАЩИТНАЯ КОРКА БЕСЧУВСТВЕННОСТИ

А если родитель не контейнирует? Если вместо успокаивающих и утешающих объятий проявляет равнодушие или начинает стыдить ребенка, ругать его, угрожать? Что тогда?

Сравним две ситуации.

Обе они начинаются с того, что ребенок переживает сильный стресс, например, на прогулке к нему подбежала чужая злая собака, зарычала, чуть не укусила. Он очень перепугался.

В первом случае родитель, с которым он гулял, немедленно подхватил его на руки, держал, пока собаку не отозвали, потом ребенка обнимал, утешал, позволил поплакать, пообещал, что никогда не даст его обижать никаким собакам.

Во втором родитель, который считает, что нужно «растить мужчину» и «нечего трусить», начал ребенка стыдить, внушать ему, что собака не страшная, заставлять к ней подойти.

Или сам испугался, закричал, побежал, потерял самообладание.

Или вообще оставил ребенка и пошел ругаться с хозяином собаки, потом вернулся весь злой, взвинченный и молча потащил ребенка домой.

Исходная стрессовая ситуация одна и та же, последствия скорее всего будут разные. В первом случае ребенок получил в ситуации стресса всю возможную защиту и заботу, его контейнировали, его взяли на руки, а не стали требовать, чтобы он сам «взял себя в руки».

А вдругих вариантах ребенок не дождался контейнирования, ему фактически отказали в защите и заботе (хотя сам родитель может считать, что именно защищал и заботился). Испытывая сильный стресс, ребенок должен был по-прежнему рассчитывать на себя, он не мог позволить себе расслабиться, демобилизоваться. Его не взяли на руки — и для него разрешения ситуации не наступило, он вынужден был «держать себя в руках» сам. Но куда же ему было девать свои чувства, раз выразить их оказалось невозможно? Ему пришлось их проглотить, подавить, заблокировать. Как бы заморозить внутри своей психики тот момент, с которым он сам справиться не смог, а помощи не получил. Так происходит «запечатывание» травматического опыта, стресс остается в психике, как невытащенная заноза. И теперь будет болеть — иногда тихонько ныть, а иногда что-то за нее заденет (чем-то похожая ситуация, обстоятельства), и станет так же плохо и страшно, как было в тот самый момент.

Понятно, что если такая ситуация возникает не один раз, а еще и повторяется, то есть ребенка все время воспитывают, вместо того, чтобы утешать, или бросают без помощи, происходит длительное отравление стрессом, и с освоением мира возникают проблемы.

Как рваться вперед, не боясь новых испытаний и фрустраций, если знаешь, что из стресса не будет выхода, что в случае чего — никто не поможет? Поэтому у детей, которые в это время остаются без помощи своих взрослых (либо потому, что этих взрослых просто нет рядом, либо потому, что они не считают нужным или не способны контейнировать), нередко бывают сложности с обучением, со способностью преодолевать трудности и восстанавливаться после неудач.

Что происходит, если ребенка не контейнируют? Стресс вот он, нервы напряжены, боль от разочарования, от неудачи, от падения, от испуга никуда не девается. Поплакать не получается: за это ругают или не обращают внимания, оставляют одного со стрессом. Помощи нет. Что же делать? Никто не берет меня на ручки, мне приходится брать себя в руки, самому становиться контейнером для себя. Для взрослого это нормально, мы все так и поступаем в большинстве случаев. Но у малыша ресурса для того, чтобы действительно позаботиться о себе, нет. Способность заботиться о себе не падает с неба — она формируется как результат заботы, полученной от других. Если меня не контейнировали, как я начну, где научусь?

И как же быть? Можно научиться не чувствовать. Отрастить защитный панцирь. Можно натренироваться и притерпеться к боли, не воспринимать ее. Если я маленький ребенок, который сам не может о себе позаботиться — это единственный выход для меня — *диссоциация*, отсоединение от чувств. Я ничего не чувствую, я не в контакте с собой. Если называть вещи своими именами, это значит, что я немножко мертвый. Все живые существа делают это: если опасность явно превышает возможности справиться с ней, можно притвориться мертвым — и так попробовать пережить стресс. В жизни есть ситуации, когда это разумно, очень стрессовые, очень опасные, когда лучше всего «отморозиться», впасть в диссоциацию, чтобы пережить ужас. Но если это не временная стратегия, а постоянная, то это означает быть немножко неживым, одеть на себя броню, уже неснимаемую. Теперь я спокоен и не расстраиваюсь. Удобно, не так ли? Всё нипочем. Больно — не плачу. Плохо — не пожалуюсь. Побьют, обидят — подумаешь, а мне все равно. Я справлюсь, я не раскисаю, я держу себя в руках — всю жизнь.

Кстати, возможно, это объясняет причину типичной ссоры супругов: жена жалуется на какие-то проблемы, ей нужны утешение и поддержка, а муж вместо этого начинает давать советы и предлагать решения. Возможно, дело вовсе не в том, что «мужчины с Марса, а женщины с Венеры», а все проще: мальчикам на порядок чаще отказывают в контейнировании, чем девочкам. Они все детство слышат: «не реви, ты же не девчонка, разберись сам, дай сдачи». Их не контейнировали — и они не могут, не включается бессознательное поведение. В лучшем случае получается осознанно, через голову, после того, как прочли книжку с советом: не объясняй ей, в чем причина проблемы и что она должна сделать, просто обними и скажи, что все будет хорошо. А проблему она решит сама — либо скажет тебе, чем ты можешь помочь.

Возможно, и большее число сердечно-сосудистых заболеваний у мужчин тоже отчасти объясняется тем, что им с детства было сложнее перейти от мобилизации к принятию и печали. В культурах, где мужские слезы не считаются постыдными, нет такой резкой разницы в продолжительности жизни между мужчинами и женщинами.

Если ребенку не помогают перейти от плана А — мобилизации к плану Б — печали и расслаблению, он по сути остается в незавершенном, не нашедшем выхода усилии и напряжении. Стресс «запирается» в психике, поэтому иногда «панцырь» вдруг дает трещину, и из него вырываются протуберанцы неконтролируемой ярости, пугая всех вокруг. И если ярость ребенка — это просто неприятная проблема, то ярость взрослого, обросшего панцирем, может быть серьезной угрозой для окружающих. Не думаю, что родители, растящие детей под девизом «соберись, не распускай нюни», хотят именно этого, но получается вот так.

Не лучше выглядит и вариант, при котором ребенок, не надеясь на помощь взрослых, просто отказывается преодолевать барьеры, не переходит даже к плану А, капитулирует сразу — как тот малыш из дома ребенка, у которого отняли машину. Остаться в тисках стресса одному так мучительно, что лучше даже не начинать мобилизацию, сдаться сразу.

Это часто становится очень серьезной проблемой у детей, которые провели первые годы жизни без семьи, в учреждении. Даже многие годы спустя, уже давно обретя родителей и совершенно забыв свой сиротский опыт, они легко капитулируют при малейших трудностях, избегают напряжения, готовы все бросить и расплакаться даже при одной мысли о том, что у них что-то может не получиться.

Страхи вырастить неженку, которая не сможет справляться с жизненными невзгодами, необоснованны. Перестараться с контейнированием невозможно, никто не останется сидеть в психологической утробе всю жизнь, там вообще-то скучно. Как только ребенок восстановится, он немедленно выскочит из нее и побежит дальше.

Нам кажется, что тот, кто закален невзгодами с детства, будет лучше справляться с ними и потом. Это не так. Исследования показывают, что лучше справляются с трудностями те, у кого было счастливое детство и благополучная семья. Их психика имеет запас прочности, в стрессе она сохраняет способность быть гибкой и изобретательной, они обращаются за помощью и способны утешиться сами. А те, кому уже в детстве досталось, и они вынуждены были справляться со страхом и болью без помощи родителей, напротив, крайне остро реагируют на стресс, сваливаются либо в агрессию, либо в отчаяние. Не случайно дети войны часто в пожилом возрасте болеют куда больше, эмоционально чувствуют себя хуже, чем их родители, которые на 25 лет старше и всю тяжесть этой войны на себе вынесли.

NB! Хотите, чтобы ребенок справлялся с жизнью? Значит, все детство утешайте, обнимайте, принимайте его чувства. Не говорите «Не плачь!», не стремитесь сразу отвлечь и развлечь. Помогайте ему проживать стресс, оставаясь живым, и выходить из него, а не глотать неприятные чувства и отмораживаться. Пусть огорчается, плачет, боится, протестует — и пусть с вашей помощью учится принимать несовершенство мира, переходить от разочарования и протеста к утешению и примирению с реальностью.

Ну, и сами, конечно, старайтесь оставаться уверенными и спокойными — контейнер не должен трещать и вибрировать.

Кстати, в панику тоже склонны впадать взрослые, которым не хватало контейнирования, и они пасуют перед стрессом. Если вместо сильного, спокойного, заботливого родителя ваш ребенок получает рядом с собой такого же испуганного несчастного ребенка, — какая уж тут психологическая утроба. Если вы понимаете, что не можете выносить слез и сильных чувств своего ребенка, что теряете голову в стрессовой ситуации — это повод позаботиться прежде всего о себе, возможно, обратиться за помощью к психологу.

ГЛАВА 4

КРИЗИС 3 ЛЕТ НЕТ, НЕ ХОЧУ И НЕ БУДУ

МАМА ПОЛОМАЛАСЬ

Примерно к трем годам, а возможно, немного раньше, иногда уже в два, ребенок вдруг меняется. Милый сладкий крошка, такой нежный, такой легко управляемый, в один прекрасный день закатывает первый скандал по пустяковому поводу. Сам повод значения не имеет. Не в той чашке дали молоко. Надели шапку, а он не хотел. Не купили в магазине чупа-чупс, а он хотел. Помогли с чем-то, а он собирался сам.

Совсем недавно, если ребенок хотел чего-то, что вы не собирались давать, его было легко унести, уговорить, отвлечь. И если не хотел, то тоже можно было щекотать, болтать, петь — и он сам не заметит, как уже одет или помыт. Но теперь все эти номера не проходят. Он может настаивать на своем и протестовать и полчаса, и час, и ни на какие уговоры и фокусы не поддается. В первый и второй раз вы утешаете себя тем, что, наверное, это он просто сегодня устал или у него режутся зубы. После того, как скандалы становятся практически обязательной частью семейной жизни и редкий день удается прожить без воплей, слез, кидания на пол предметов — или самого себя, вы понимаете, что тот самый *кризис негативизма,* о котором вы читали и слышали, пришел к вам. И жизнь ваша в обозримой перспективе станет очень насыщенной и эмоционально разнообразной.

«Кризисом негативизма» это время называется потому, что самыми главными словами этого периода становятся НЕТ, НЕ хочу и НЕ буду. По любому поводу и без: нет, нет, нет. Иногда ребенок отвечает НЕТ раньше, чем вы успели договорить. Иногда вы прямо видите, что он на самом деле очень хочет — есть, пить, спать, но твердит: не хочу, не буду. Дети, которые уже хорошо говорят, могут разнообразить репертуар: «Не хочу чистить зубы! Хочу, чтобы болели! Не хочу новой пастой! Противная паста! Не буду! Уйду от вас! Я тебя не люблю! Ты плохая!» и все в таком духе.

Надо сказать, что не все дети используют свое право на кризис негативизма на полную катушку. У кого-то все сводится к паре-тройке эпизодов, у кого-то длится несколько месяцев, а есть и такие, что начинают «зажигать» около двух и вся семья живет как на вулкане почти до четырех. Но в том или ином виде это бывает у всех: ребенок вдруг начинает упорно противиться воле родителей, не слушаться. Словно программа следования начинает давать сбой. Наблюдательные родители часто замечают, что особенно острые проявления негативизма бывают связаны по времени с рывками в развитии: до или после ребенок вдруг скачком, на глазах, взрослеет, становится более самостоятельным. Поэтому кризис негативизма еще называют *кризисом сепарации,* то есть отделения от родителя. Ребенок как бы выходит из блаженного слияния с ним и противопоставляет свою волю — воле родителя.

Это очень важный и интересный момент с точки зрения развития привязанности, здесь есть и новые возможности, и большие риски, поэтому стоит рассмотреть его подробнее.

Что происходит, когда ребенок не слушается? Почему не включается следование? Если мы внимательно понаблюдаем, то убедимся, что непослушание практически всегда случается, когда ребенок вовсе не считает наше поведение поведением привязанности, то есть защиты и заботы. Например, он играет себе, а мы тут приходим: «Пора зубы чистить и спать». Или он хочет вон ту интересную штуку с кнопками, а мы не даем.

Или ему совсем не холодно, а мы ему велим надевать колготки, свитер, шапку, куртку, только потому, что холодно где-то там — на улице, куда мы собираемся идти. Это забота или издевательство? В такие моменты ребенок словно выпадает из привязанности, родитель становится для него не источником любви и поддержки, а источником фрустрации.

Понятно, что чем больше предписаний и запретов в жизни семьи, тем чаще возникают подобные ситуации. Архаично живущие племена, которые умиляют исследователей своими почти всегда довольными и спокойными младенцами, имеют очень мало что запрещать или предписывать маленьким детям. Замерзнет — придет греться, проголодается — протянет руку, захочет спать — заснет, если надо что-то сделать, скажем, по части гигиены, мать просто делает это сама. Да и всяческих техногенных опасностей нет, мир хорошо изучен и понятен, вещи просты и их не так легко сломать младенцу, ценностей особых нет. Поэтому и привязанность редко подвергается испытаниям; многих проблем просто не существует, никто не старается предугадывать потребности ребенка, например, превентивно одевать его, чтобы не замерз, следить за его правильным питанием и пичкать полезными, но нелюбимыми продуктами, укладывать спать строго в определенное время, водить на специальные занятия, на осмотр к врачу и т. п.

Наша жизнь иная. Мы часто вынуждены заставлять и запрещать, то есть делать то, что для ребенка, для его подсознательного восприятия привязанности переводит нас из ряда своих в ряд чужих, тех, кто обижает или не хочет помочь. Соответственно, он не слушается, мы сердимся, заставляем еще больше, то есть становимся еще более «чужими», он упирается еще крепче, и вот скандал готов.

Родителям несладко в такие моменты, но для ребенка происходящее вообще кошмарно. Вся его жизнь до этого строилась на том, что родители приходят на зов и удовлетворяют его потребности. Он поверил им. Колесо заботы исправно крутилось. Все говорило о том, что так будет всегда. Да, случаются сбои, но к этому времени он уже знает, почему: иногда они просто не сразу понимают, чего именно он хочет.

Есть такой период в жизни почти любого ребенка, когда он говорит уже много, но очень неразборчиво. И как же он сердится, когда взрослые его не понимают! Повторяет снова и снова, громко, с выражением: ну, догадайтесь уже! Само его рвение говорит о том, что к этому возрасту он хорошо понимает «цену вопроса». Он верит, что как только его поймут, тут же и сделают, что он хочет. Потому и старается. Наконец, речь его становится лучше, и тут начинают происходить поистине странные вещи.

Вот он ясно и четко, на русском литературном языке сказал маме: «Хочу конфету прямо сейчас!». Это невозможно было не понять. Но вместо того, чтобы немедленно дать конфету, мама начинает вести себя странно. Она говорит: «Сейчас нельзя, только после обеда» И не дает. Что же это делается, люди добрые! Мама поломалась! Мы не так договаривались! Ребенок в сильном смятении, для него мир рушится. Как это так: мама мне не дает того, чего я очень-очень хочу? Как это так: я и мама можем хотеть разного? Мама теперь чужая? Как тут не заорать, не зарыдать, не упасть на пол — ведь катастрофа случилась! И мы получаем вместо милого ребеночка маленького монстрика, который может плеваться, драться, кусаться и кидаться предметами, от которого можно услышать: «Уходи!», «Я тебя не люблю!», «Ты дура!».

При этом мозг ребенка еще незрел, негативные эмоции захватывают его полностью, никаких разумных доводов он в это время не слышит и не воспринимает, он затоплен протестом, гневом и горем.

Он переживает совсем новое для себя чувство отдельности, автономии от родителей. С одной стороны, он этой автономии страстно жаждет, — ведь она дает новые возможности развития, с другой — очень ее пугается, ведь это по сути «изгнание из рая» блаженного младенческого слияния со «своими» взрослыми.

Как же с этим быть?

ПРОСТО. ЭФФЕКТИВНО. ОПАСНО

Один из способов стар как мир и широко использовался родителями всех времен и народов, столкнувшимися с непослушанием ребенка. Как включить у него программу привязанности, а с ней — поведение следования? Да просто — создать ситуацию угрозы. Причем угрозы, которая будет посерьезней дискомфорта от чистки зубов или прекращения игры. Представьте себе, что во время вашего с ребенком конфликта вдруг появляется кто-то чужой и страшный. Как бы ваш юный протестант ни скандалил из-за неполученной конфеты, в этот момент он все забудет и бросится к вам.

Поэтому один из распространенных способов — позвать из кустов Бармалея. «Вот сейчас тебя заберет бабай (милиционер, волк)». Если ребенок верит и пугается, у него сразу включается поведение следования, а с ним и послушание. Можно пригрозить оставлением: «Вот я сейчас уйду от тебя, раз ты такой, сиди здесь один». Как мы помним, для ребенка остаться одному практически равно смертному приговору. Еще бы он не испугался! Можно сделать то же самое не словами, а действием: закрыть его в комнате или выйти самому и закрыть дверь. Наконец, можно ребенка ударить. Боль и угроза повторного удара пугают его — он инстинктивно ищет защиты у родителя, а значит, включает следование и выполняет требование. Можно на него громко крикнуть — будет примерно тот же эффект.

Это действительно работает, иначе такими приемами не пользовались бы на протяжении тысячелетий. Шлепок, крик, запирание в туалете и Баба-Яга работают не потому, что ребенок осознал неправильность своего поведения и сделал выводы. Он ничему не научился в этой ситуации, ничего не понял. Родитель просто сумел грубым воздействием запустить программу следования, подобно тому, как раньше чинили забарахливший ламповый телевизор — шарахнув по нему кулаком.

Есть ситуации, в которых не остается ничего другого, и лучше крикнуть и шлепнуть, чтобы ребенок немедленно послушался, чем дать ему возможность дальше беззаботно бежать в сторону проезжей части или высовываться из окна. Только не надо питать иллюзии, что в этот момент вы его воспитываете — вы просто прекращаете прямо сейчас неприемлемое поведение грубым, но действенным способом.

Конечно, можно перестараться, испугать слишком сильно — и тогда вместо следования включится более ранняя программа, с которой мы уже знакомы: «оставайся на месте и кричи». Остановить таким способом ребенка, чтобы не бежал, — можно, заставить убрать игрушки — нет. Он проваливается в возраст младше года — какая уборка? Тогда родитель пробует ударить или крикнуть сильнее. Ребенок еще глубже проваливается в стресс, он еще меньше способен выполнить требования, и уж тем более «перестать орать немедленно». Тут недалеко и до беды — именно так происходят несчастья, когда родители серьезно травмируют детей, потому что «он ничего не понимает и назло орет».

Но если не случается самых ужасных последствий, к сожалению, последствия все равно есть. **С каждым ударом и окриком происходит девальвация привязанности**. Одна из нитей в канате рвется. От образа родителя, как источника защиты и заботы, отваливается небольшой кусочек. У привязанности большой запас прочности, за один раз ничего не случится. И за пять. И за десять. А за сколько случится — никто не знает. Никто не может посчитать, сколько раз именно вашему ребенку хватит таких вот случаев, когда ради сиюминутного послушания вы вышли из роли того, кто защищает и заботится, и стали бить, орать, угрожать, оставлять. Сколько повторений нужно именно ему, чтобы утратить чувство защищенности рядом с вами, доверие к вам, чтобы продолжать сохранять привязанность и естественное послушание. Можно заставить телевизор ударом кулака прямо сейчас заработать лучше. Но починить — нельзя. И каждый удар приближает тот момент, когда от сложного прибора останется бесполезная куча деталей.

Так много взрослых людей на вопрос психолога «Были ли для Вас родители источником поддержки, защиты и забо-

ты?» удивленно поднимают глаза и пожимают плечами: «Нет, конечно. А что, так бывает? Они орали в основном. Били иногда. Хотелось только, чтобы отстали».

Не думаю, что кто-то из нас мечтал о таких отношениях со своими детьми.

БЫТЬ ТРЕНЕРОМ

Так как же пережить это непростое время без урона для привязанности?

Прежде всего, важно помнить, что ребенок 2-3 лет ничего не делает назло. Делать назло — крайне сложно, на самом деле. Если мы ставим себе цель кого-то «низводить и курощать», мы должны как минимум точно знать, как этот кто-то воспримет те или иные наши действия, какие чувства они у него вызовут, и что он будет делать под влиянием этих чувств. Ребенок трех лет на все это не способен, это достаточно дотошно доказано многочисленными исследованиями. У него просто еще не созрели те зоны мозга, которые отвечают за взгляд на ситуацию со стороны другого человека и прогнозирование действий и реакций другого. Эта способность появится у него только годам к 6-7. То есть, как бы ужасно ни вел себя наш трехлетка, он никогда не делает это против нас, он с нами не воюет. Хорошо бы и взрослым об этом помнить и не выходить на тропу войны с малышом.

Что происходит на самом деле? Ребенок стремительно растет и развивается. Он так много всего может сам — каждый день больше, чем вчера. Естественно, при таком невероятном продвижении вперед начинается головокружение от успехов. Когда ты вдруг столько всего начал уметь, так продвинулся, то кажется, что ты вообще сам-с-усам и море тебе по колено. Уверенность в своей возможности справляться, в своем праве хотеть и достигать желаемого растет. А мозг пока по-прежнему некритичен, всей сложности ситуации не видит, всех обстоятельств учесть не может.

Психологи проводили очень остроумный и простой эксперимент: детям разного возраста задавали вопрос: «Ты большой или маленький?».

И вот трехлетки, все как один, отвечают: «Я большой!»

А пятилетки: «Я маленький».

Потом это повторится в подростковом возрасте, при следующем кризисе сепарации.

В тринадцать лет все уверяют: «Я уже совсем взрослый».

А в шестнадцать: «Еще нет».

Трехлетка уже так много умеет, но критичность еще не развита, он уверен, что когда он сидит на скамеечке и крутит крышку от кастрюли, то он практически как папа ведет машину. А если возит внутри этой кастрюли ложкой, но это он как мама варит суп.

В пять лет он уже понимает: нет, это не то же самое. Машина не та, и суп не тот. Как папа и как мама он еще не может.

В тринадцать кажется, что если ты уже знаешь, откуда берутся дети, научился курить и материться и сам решаешь, что надеть и куда пойти, ты уже совсем взрослый.

А к шестнадцати начинаешь понимать, что нет. Не готов ты еще сам справляться с жизнью, мир сложный и большой, нужно еще многому научиться.

Так и происходят конфликты: ребенок сильно хочет (или не хочет) чего-то и уверен, что вполне может сам сделать или решить, а родители видит ситуацию шире, со всеми привходящими, и согласиться с ним не могут. Когда один человек говорит «да», а другой «нет» — это конфликт, столкновение интересов, и посмотреть на кризис негативизма можно именно через призму конфликта как одного из довольно частых видов взаимодействия между людьми вообще.

Все мы время от времени конфликтуем: с родными, соседями, коллегами, властью и даже с самими собой (внутренний конфликт). Это не хорошо и не плохо, это нормально. Везде, где есть люди и их интересы, возможны ситуации, в которых эти интересы не совпадут. Вот и конфликт. Не всегда конфликт — это крик и драка. Это может быть спор в суде, торг на рынке, это может быть вполне корректная и доброжелательная переписка с коллегой, это может быть обсуждение воскресным утром, куда сегодня пойдем (если есть разные мнения), или торг при покупке.

Люди в конфликтах ведут себя по-разному.

Наверное, каждому встречались те, кто конфликтов очень не любит, даже боится, и никогда не может настоять на своем. Всегда уступают, входят в чье-то положе-

ние, даже если предложенный вариант им неудобен, неприятен, да и просто не нравится. Окружающие такую черту характера быстро распознают и начинают на человеке «ездить» — сваливать на него неприятные обязанности, решать за его счет свои проблемы, ставить перед фактом, не спрашивая вообще его мнения. Словом, относятся как к «тряпке». Человек обижается, но терпит. Конфликт, противостояние, связанные с ними гнев или даже недовольство другого пугают больше, чем потеря от уступки. Они обижаются внутри себя, но терпят, и лишь изредка могут выдавать неожиданные всплески обиды. Хотя чаще просто болеют.

Встречаются и люди противоположного типа, они готовы конфликтовать и спорить всегда: надо или не надо, стоит того или не стоит, в любой ситуации не могут «поступиться принципами» и «качают права».

С ними окружающие предпочитают не связываться, не только не спорить, а и вообще не иметь дела по возможности. Никогда не знаешь, где у такого упертого товарища окажутся «принципы», уступать или договариваться он не любит и не умеет, кому нужна жизнь как на вулкане? Ну, а если он повстречает другого такого же, то может все закончиться как в детском стихотворении: «В нашей речке утром рано утонули два барана». Со здоровьем у упертых обычно тоже не очень — слишком много времени проводят в состоянии мобилизации, отравляя организм стрессом.

Конечно, это крайние полюса — люди, которые всегда уступают, и люди, которые всегда упираются. У них однотипная стратегия на все случаи жизни, и ничего хорошего в этом нет. Жизнь сложная, ситуации разные. Есть случаи, когда стоит упереться. Если на кону твои ценности, твое самоуважение, или безопасность других людей, или долг и честь, взрослый человек должен быть способен сказать: «На том стою и не могу иначе» и не прогибаться под давлением. Есть ситуации в жизни, когда очень глупо упираться — либо вообще это бесполезно, либо вопрос того не стоит, и хорошо бы это понимать. Бывают случаи, когда отношения важнее, чем конкретное решение вопроса, и взрослый человек должен быть способен уступить и не злиться потом, не таить обиду. Иногда нужно найти компромисс: не по моему будет и не по вашему, а посередине, здесь вы уступите, а здесь я. Иногда проявить изобретательность и найти решение, выгодное для всех: ты не любишь готовить, но любишь наводить порядок, а я наоборот, давай разделим дела. То есть хорошо, когда у взрослого человека в запасе есть целая колода разных стратегий поведения в конфликте. В конкретной ситуации он как бы раскладывает колоду перед собой и думает: уступать? упираться? торговаться? придумать что-то еще? Он гибок, адаптирован к жизни, его шансы быть успешным в работе и в отношениях высоки.

Если ребенка наказывают за любую попытку протеста, или если, наоборот, родители так боятся его расстроить, что никогда с ним не спорят, он просто не сможет освоить всего разнообразия стратегий. Его реакцией на стресс — а конфликт с родителем это прежде всего стресс — будут уже знакомые нам два варианта: либо избегание мобилизации, отказ от защиты своих интересов — позиция «тряпки», либо застревание в мобилизации, невозможность уступить и смириться — позиция «барана».

Получается, что кризис негативизма — это не просто испытание для родительских нервов, данное нам за неизвестно какие грехи. Это время, когда ваш ребенок учится настаивать на своем, конфликтовать. И вы, как опытный тренер, можете помочь ему освоить разные стратегии поведения в конфликте. Вы не боретесь с ним, вы не противник — вы тренер, спарринг-партнер. Невозможно же научиться играть в теннис в одиночку. Вот и конфликтовать тоже можно научиться только с партнером, который подскажет, поможет, примет удар и даст подачу.

Трехлетка вдруг открывает для себя мир конфликта, он обнаруживает, что родитель хочет не того же, что он. Да, сначала у него шок и протест, а потом, если родитель не прерывает ситуацию искусственно шлепком или криком, он начинает учиться с этим как-то обходиться, осваивать разные стратегии. **Ребенок учится жить в мире, в котором его воля ограничена волей других людей**, в котором его желания и желания значимых для него людей не всегда совпадают. В этом главная задача этого возраста.

NB! Важно, чтобы в процессе столкновений с вами ребенок получал разный тип ответных реакций. Чтобы когда-то ему уступали, а когда-то не уступали, чтобы когда-то переводили в игру, а когда-то договаривались, а когда-то еще по-другому, чтобы, как в жизни, были разные варианты. Это довольно естественно: есть что- то, чего вы не разрешите никогда, хоть он весь день ори. Например, совать пальцы в розетку. И есть вещи, в которых вполне можно уступить: ну, не хочет он такую кашу, не нравится ему, можно и не давать. И еще много ситуаций, когда может быть по-разному. Вместе собрать игрушки. Поспорить с папой, что ребенок не успеет одеться, пока вы считаете до десяти и с треском проиграть. Понять, что Луну с неба достать никак не выйдет, и поплакать про это.

Ну, и помнить, что этот кризис не будет вечным.

ОЧЕНЬ БОЛЬШАЯ СОБАКА

Кризис негативизма испытывает на прочность не только терпение родителя, но и саму привязанность. Остается ли поведение взрослого в конфликте поведением сильного, поведением защиты и заботы? Не начинает ли он «бодаться» с малышом на равных, либо пасовать перед угрозой истерики? Или, говоря прямо, может ли взрослый остаться взрослым?

Особенность отношений привязанности в том, что они *иерархичны,* это отношения между сильным и слабым, между доминирующим и зависимым. Ребенок — Очень Маленькое Существо, он нуждается во взрослом, получает защиту и заботу, а в ответ следует и слушается... Ну, кроме тех случаев, когда не слушается. ☺

Во второй половине прошлого века, отойдя от ужасов Мировой войны и открывая для себя радости близких, теплых семейных отношений, на волне свободных 60-х, многие европейские и американские родители испытали искушение отказаться от иерархии в воспитании детей. Стал популярен либеральный подход, который предлагал относиться к детям как к равным, общаться с ними по-дружески, ничего не запрещать и не приказывать. Дети называли родителей по имени, спорили с ними на равных, сами решали, что им есть, что носить и как проводить время. Это было реакцией на усталость после веков жесткого патернализма в семьях, с беспрекословным подчинением старшим, суровыми наказаниями и описанными Диккенсом «холодными домами», в которых выросли многие — и своим детям того же не хотели.

Увы, довольно скоро выяснилось, что любая палка о двух концах, даже либеральная. Отсутствие иерархии в отношениях с родителями входило в противоречие с программой привязанности, вызывало у ребенка чувство незащищенности, тревоги. Ведь если мои взрослые — такие же, как и я, то есть дети, то кто же нас всех защитит от опасностей мира? Психологи стали отмечать рост детских неврозов, «вседозволенность» вовсе не делала детей счастливыми. До России эта волна докатилась позже, примерно к 90-м, и результаты оказались ровно те же. Детям нужны взрослые, сильные и уверенные, а не просто партнеры по играм и развлечениям.

Ответом на суровость и жестокость предшествующей модели родительства должно быть не безответственное «равенство», а *властная забота* — забота сильного и ответственного, доминирование, которое используется не для того, чтобы подчинять и угнетать, а для того, чтобы помогать и защищать. И кризис негативизма — как раз тот момент, когда способность к властной заботе проходит первую серьезную проверку. Довольно легко не сердиться на беспомощного младенца. А вот этот своевольный, вопящий, брыкающийся? Получится ли не перейти к насилию, но и не спасовать? Здесь очень важны оба компонента: и доминирование, и забота, потому что ребенку в равной мере будет страшно и плохо как с родителем инфантильным, беспомощным, так и с суровым, не чутким к потребностям ребенка. Если мама и папа меня не защищают, а обижают — кто меня защитит? Если мама и папа меня и моих криков боятся — что они станут делать, если придет саблезубый тигр?

Можно уступить с позиции сильного, можно сказать: «Ну, вообще-то я думаю, что этого не стоит делать, но я вижу, что тебе очень хочется пойти в новом платье гулять, поэтому я тебе разрешаю или «Я считаю, что овсяная каша очень полезна, но ты говоришь, что ты ее ненавидишь, поэтому, хорошо, мы не будем ее есть, я не буду заставлять тебя». Это уступка как проявление защиты и заботы, проявление надежной привязанности.

А можно уступить с позиции слабого: «Да отстань уже, да отвяжись, весь мозг мне уже вынес! На и замолчи, это невозможно...». Это не защита и забота, а капитуляция, выталкивание ребенка в доминантную роль, к которой он не готов и которой на самом деле не хочет. Он конфету хочет, а не в начальники.

Отказывать тоже можно из позиции заботы, а можно из позиции насилия. Можно запрещать, но при этом сочувствовать ребенку, сохранять с ним доброжелательный контакт. Можно предложить контейнирование: «Я понимаю, как тебе хочется еще мультик, но нам пора спать. Ты расстроился? Иди ко мне, я тебя пожалею». Можно предложить свою помощь в перемещении доминанты внимания, чтобы завершить удовольствие было легче: «Как ты думаешь, ты сможешь сам нажать на правильную кнопку, чтобы выключить? Какого она цвета, помнишь? А поможешь мне на стол накрыть — скоро папа придет?»

Если родитель не чувствует себя вправе запретить, если он не в доминантной ответственной роли, то он должен для того, чтобы запретить, «раскочегариться», разозлиться: это я не просто так тебе запрещаю, а потому, что ты плохой, ты виноват. «Тебе лишь бы смотреть мультфильмы бесконечно! Ты совсем от рук отбился! Как тебе не стыдно капризничать — такой большой мальчик!» — и все в таком роде. И сразу запрет перестает быть поведением защиты и заботы, он воспринимается ребенком как нападение, вызывает обиду.

Кризис негативизма — действительно сложный момент. Очень многие родительско-детские отношения дают первую трещину именно в это время. Некоторые родители даже так и говорят: «У нас до двух с половиной лет все было хорошо, а потом он стал невозможным, начал меня раздражать». Раздражение — это признак того, что родителя вынесло из взрослой позиции, из позиции защиты и заботы.

Видели ли вы когда-нибудь такую сцену? Лето, двор. Посреди него лежит большая-большая старая собака, на солнышке греется. И вокруг нее носится щенок. Он бегает, он весь полон сил, ему хочется общаться, он ее то за ухо куснет, то на нее залезет, то гавкнет у нее над ухом, так, что она вздрогнет. И конечно же, он ей мешает, конечно же она предпочла бы, чтобы он этого всего не делал. Но разве можно себе представить, что она раздражается? Она не раздражается, она слишком большая. Она смотрит на это с совершенно другого масштаба: ну, вот он такой, он щенок, что с него взять.

Когда взрослый чувствует себя очень большим, его тоже дети не раздражают. Малыш расплескал воду в ванной, неаккуратно ест, долго одевается, скачет и вопит — ну, так он же маленький. Можно что-то попытаться с этим сделать, если очень нужно, но сердиться то на что? Взрослый, который раздражается, перестал быть большим. Вот эта расплесканная вода стала больше его, эта размазанная каша, это опоздание в детский сад, этот шум в квартире. Его вынесло из взрослой роли.

NB! Иногда, если терпения не хватает и раздражение на ребенка или отчаяние при виде его слез захлестывают, очень полезно спросить себя: «А сколько мне сейчас лет?». И если вы чувствуете, что явно не столько, сколько в паспорте, то самое лучшее в этот момент — отойти немножко в сторону от ребенка и заняться собой. Взять паузу, подышать, умыться, выпить чаю с шоколадкой, сделать несколько энергичных движений.

Спросить себя: мне сейчас плохо — почему? Услышать свой ответ: «Потому что я устала, потому что я представляю, что мне сейчас вытирать это разлитое молоко, потому что вообще-то я сейчас хотела лечь спать, а не вытирать молоко. Сил никаких нет!» И после этого искренне себя пожалеть. Мысленно обнять, взять себя на ручки: «Ах ты моя бедняжка, так устала, а тут еще молоко разлили». Сразу становится полегче.

Наверное, совсем от раздражения никто не застрахован. Сложно всегда оставаться большой доброй собакой. Жизнь наша совсем не собачья, кроме детей, в мире так много всего, что вполне может оказаться больше нас: болезни, безденежье, конфликты с близкими, просто хроническая усталость, — а тут еще и он вопит и требует. Важно, можем ли мы вовремя понять, что вылетели из взрослой роли и поскорее в нее вернуться

ПОСЛЕ ВОЙНЫ

Мы говорили о том, что ребенок переживает довольно болезненное открытие: я и родители можем хотеть разного, мы отдельные люди. Психологи говорят, что в этот момент происходит разрыв *симбиотической связи,* представления о себе и родителях как едином целом. Симбиоз не может быть вечным, ведь ребенку предстоит вырасти и отделиться от родителей полностью. Нужно же когда-то начинать. На самом деле в его жизненном багаже уже есть два мощных акта сепарации: роды, отделение от тела матери, и кризис одного года, когда он слез с рук и обрел свободу перемещения. Но тогда он был мал, не осознавал, что происходит, а теперь ему страшно. Он переживает конфликты с родителями как угрозу привязанности, как риск остаться без их любви. Ему страшно, он злится, при этом он не может не спорить, не сепарироваться, этого требует программа развития, но как же ему тяжело!

Если родитель остается заботливым взрослым, пусть даже он в процессе конфликта рассердился, он постарается дать понять ребенку, что ссора ссорой, но с привязанностью все в порядке. Обнимет, вытрет слезы, поможет умыться, собрать разбросанное. Такой опыт выхода из ссоры дает ребенку важнейшее знание: **привязанность перекрывает конфликт**, она сильнее, ссоре ее не разорвать. Можно хотеть разного, можно поругаться, можно рассердиться друг на друга, наговорить обидных слов, — но отношения никуда не делись, любовь мамы ко мне не разрушить, всего лишь сказав ей: «Ты дура!». Это плохо, маме это не понравилось, но *меня* она по-прежнему любит. И я теперь, когда уже не сержусь, тоже очень ее люблю. Важнейший посыл на всю жизнь, основа всех будущих прочных отношений: можно быть разными, можно сердиться, но все равно любить. Бывает, что рассердишься и сделаешь что-то плохое, но потом можно помириться, попросить прощения.

Но что, если родитель после конфликта превращается в сурового неумолимого, холодного судью, чье прощение нужно долго вымаливать? Или мама становится обиженной маленькой девочкой с надутыми губками, а то и плачет? В некоторых семьях считается очень важным добиться от ребенка извинений после ссоры. «Пока не извинишься — не подходи!» — гордо заявляет родитель и начинает ребенка подчеркнуто игнорировать, в полной уверенности, что учит того признавать свои ошибки.

Однако для ребенка это звучит иначе. Получается, что его вышвырнули из отношений, привязанность поставили под вопрос. Теперь ему нужно ее обратно завоевывать, заслуживать, он больше никогда не сможет быть в ней уверен. Ему сказали по сути: «теперь ты отвечаешь за то, чтобы мы были вместе, ты решаешь, когда наша привязанность вернется и вернется ли вообще, я с себя эту ответственность снимаю». То есть, если говорить прямо, родитель уволился с роли родителя.

В мире ведь так не устроено, чтобы дети заводили себе родителей и строили с ними отношения. Все наоборот — это **взрослые заводят детей и отвечают за отношения с ними**. Для ребенка все эти «пока не извинишься — не подходи» означают, что родитель заявил: «Все, я больше не родитель. Теперь ты меня нанимаешь. Не я тебя в ребенки взял, а ты меня зовешь на роль родителя. Будет предложение — озвучивай, подходи». Это полностью переворачивает всю конструкцию, и вот тут может начать формироваться искаженная, *перевернутая привязанность*[1].

Это отношения, в которых ребенок был вытолкнут в доминантную роль и вынужден стать главным. Не от хорошей жизни — просто выхода нет, родитель-то уволился. Дети, конечно, очень этого не любят, долго сопротивляются, но если раз за разом родители всучивают им ответственность за от-

---

[1] Подробнее о перевернутой привязанности речь пойдет в книге «Дети, раненные в душу».

ношения, позволяют себе детскую реакцию обиды, рано или поздно ребенок смиряется: ну, уволился, так уволился, что же делать. Придется самому.

Иметь дело с таким ребенком очень тяжело. Следование не работает — за кем следовать, если взрослый больше не взрослый? Мы ему слово — он нам десять. Мы ему что-то говорим, — а он и не собирается слушать. Мы его что-то просим — он плевать хотел. Грубит, требует, а то и угрожает.

Помните маленького барчонка-деспота из фильма про Красную шапочку, за которым ходила целая толпа нянек, а он всех грозил избить плетками? При этом было видно, насколько этот невыносимый ребенок одинок и несчастен, каким незащищенным себя чувствует среди всего этого подобострастного потакания. Попавшая в этот странный дом девочка-подросток оказалась, похоже, самым взрослым человеком, которого малыш (на самом деле малышка) видел в своей жизни. Когда Красная Шапочка не спасовала перед его гневом и пожалела, проявила доминантную заботу, ребенок потянулся к ней всей душой.

Перевернутая привязанность — малоприятное явление, причем не только для взрослых, но и для самого ребенка. Он будет качать права, бунтовать, строить взрослых — и чувствовать себя глубоко несчастным, потому что за доминантную роль заплатит чувством защищенности, заплатит своим детством.

А ВОСПИТЫВАТЬ КАК?

Действительно, как? Нужно же ему объяснить, что драться, плеваться и обзываться — нехорошо, даже если ты очень сердит? Он же решит, что так и нужно, если его только целовать и обнимать?

Вопрос важный, и, чтобы на него ответить, нам нужно разобраться в том, как устроен мозг и где в нем хранится привязанность.

Мозг человека устроен сложно, в нем есть части очень древние, отвечающие за нас как за просто тело, которое дышит, движется, питается, — это ствол. Есть верхняя, самая продвинутая и молодая часть — кора с ее извилинами, которая делает из нас собственно человека разумного, способного читать, считать, рассуждать, сопоставлять, изобретать новое. А между ними есть лимбическая система — средний мозг, или внутренний мозг. И вот она отвечает за все, что между миром природы и миром разума. Там живут эмоции и бессознательные реакции, там живут программы, обеспечивающие отношение, программы социального поведения у высших животных. В том числе выживание и продолжение вида. Это прежде всего программа самосохранения — отслеживание угроз и мобилизация в ответ на угрозу, программа продолжения рода: поиск партнера, желание быть с ним, сексуальное поведение, и программа выращивания потомства — та самая программа привязанности, о которой мы ведем речь. Взрослому эта программа предписывает поведение защиты и заботы, чувство ответственности, а ребенку — зависимость, доверие и следование. Программы реализуются бессознательно, в простых жизненных условиях даже люди с очень невысоко развитым интеллектом (с диагнозом умственной отсталости) могут быть хорошими родителями и вырастить детей в защите и заботе — при условии, что сами были выращены так же.

Между верхним, кортикальным, мозгом и лимбической системой есть определенная связь. Когда лимбическая система спокойна, не видит угрозы, верхний мозг работает в штатном режиме. Мы в ясном сознании, думаем о делах, решаем повседневные задачи, или с удовольствием развлекаемся и отдыхаем. Но как только получен сигнал опасности, в кровь выделяются гормоны стресса. Мы все прекрасно знаем по личному опыту, что в ситуации стресса способность размышлять затруднена. Можно думать о поисках выхода из конкретной ситуации, но не более того. Это похоже на объявление военного положения в государстве — в это время парламентские дискуссии, разработка новых законов, проведение экономических реформ неуместны, власть переходит к силовым ведомствам, развитие и строительство нового временно прекращаются, все решения принимаются исходя из одной цели: преодолеть угрозу. Процветание и развитие снимаются с повестки дня — на кону выживание.

Так же и ребенок — когда его лимбическая система в тревоге: он испуган, болен, устал, — он прекращает деятельность по познанию мира и ищет близости с родителем, чтобы чувствовать

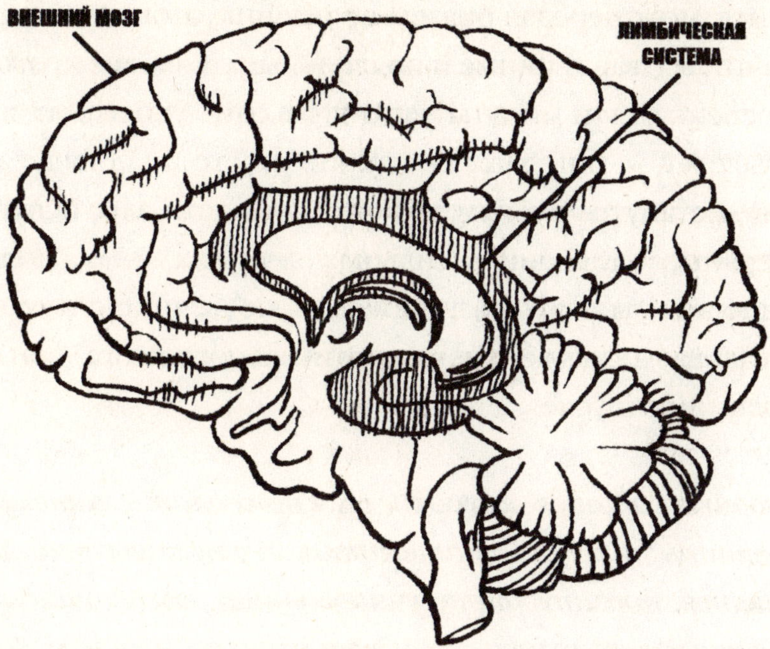

себя в безопасности рядом со своим взрослым. Понятно, что конфликт с этим самым взрослым для него — вдвойне стрессовая ситуация, мы помним, что привязанность — витальная потребность, и угроза привязанности переживается так же серьезно, как угроза жизни. А тут такой ужас происходит: мама или папа сердятся на меня, кричат, дают понять, что я не такой, как им надо, как будто я больше не их. И это еще если родитель не начинает драться или прямо угрожать отвержением: «Уходи от меня, ты мне такой не нужен!» — а тоже ведь бывает.

В таком состоянии все силы ребенка мобилизованы на то, чтобы пережить стресс. Ни на какое обучение, освоение новых правил и норм, у него нет сил, кортикальный, обучающийся, мозг передал бразды правления, отошел в сторону. А значит, все ваши умные и правильные слова, все нравоучения ребенку в эти минуты не то что в одно ухо влетят, в другое вылетят, — они даже не влетят, просто не попадут в его голову, останутся пустым звуком. Когда дети злы, испуганы, растеряны, когда они в сильных эмоциях, — бесполезно в эти моменты сеять разумное, доброе, вечное с помощью слов. Слова — язык верхнего, кортикального мозга. А он в вынужденном отпуске.

Девочка садится за уроки. Нужно сделать математику, решить задачу. А с математикой у нее неважно. Трудно дается, подзапустила, учительница, когда ошибаешься, часто говорит что-то обидное при всём классе. Да еще и родители ругают за плохие оценки, говорят: «Математика – это очень важный предмет! Без него никуда!».

И вот девочка открывает учебник, она еще даже не успела прочесть условие задачи, а ей уже нехорошо. В животе неприятно как-то, в голове туман. А вдруг задача сложная окажется? Тогда придется идти к папе и просить помочь, а он будет тяжело вздыхать, что дочь такая бестолковая, начнет объяснять, спрашивать по этой теме и по другим, выяснит, что еще что-то забыто и не понято, а это всегда выясняется, и тогда совсем рассердится.

Не говорить папе? Тогда завтра учительница увидит, что задача не решена или решена неверно, и начнет... Как она в прошлый раз сказала: «О, это Петрова, наш матема-

тический гений! Кто бы еще сообразил так решать, через не будем говорить какое место» – и все ржать будут.

Все, ситуация видится безвыходной, стресс зашкаливает, кортикальный мозг при таком эмоциональном состоянии не то что решить задачу – прочесть условие не в силах. Если сейчас ей что-то сказать недовольным голосом, вроде: «И сколько можно сидеть, начинай уже делать, время уходит», ее состояние только ухудшится. Если начать объяснять, она ничего не поймет и будет только глубже погружаться в стресс.

NB! Если мы хотим, чтобы ребенок нас услышал и понял, нам важно прежде всего успокоить его лимбическую систему. Вывести из стресса, дать понять, что мы по-прежнему его родители, и по-прежнему готовы защищать и заботиться. Обнять, утешить, проговорить его чувства, чтобы он понял, что вы с ним на связи, понимаете и чувствуете его.

Если ситуация только еще начала накаляться, можно ее попробовать разрядить: потормошить, пощекотать, дать много тактильного контакта, можно предложить игру, увлечь каким-то вопросом.

Если скандал уже разгорелся, деваться некуда — надо ждать, пока стресс стихнет и хотя бы не подливать масла в огонь криком, угрозами и невыполнимыми требованиями типа «прекрати орать», «немедленно успокойся», «замолчи сейчас же». (Вы сами-то захотели бы такое услышать, когда рыдаете, — от мужа, например?) Просто остаемся рядом, если дается — обнимаем, гладим, что-то говорим. Смысл слов не очень важен, он все равно не очень понимает, важнее интонация, присутствие, прикосновение. Конечно, очень важно ваше собственное состояние, если вас трясет, вы ребенка не успокоите. Поэтому прежде всего вспоминаем про большую собаку, дышим, успокаиваемся сами — иногда этого достаточно, чтобы стресс ребенка пошел на снижение. Такое явление, как бессознательная эмоциональная подстройка ребенка и родителя мало изучено, но оно явно существует: по нашему дыханию, голосу, выражению лица, возможно, запаху дети довольно точно определяют наше эмоциональное состояние и начинают менять свое, чтобы звучать в унисон с родителем. Поведение следования, еще одно проявление.

А все поучения, нравоучения, рассуждения о том, как надо было, обучение новым технологиям общения — исключительно после того, как ребенок уже поплакал, расслабился, утешился, слезы высохли, военное положение отменено, кортикальный мозг вернулся к исполнению своих обязанностей, готов учиться. Вот теперь — самое время: рассказывайте, как не надо было, как можно было иначе, обсуждайте, формулируйте правила поведения и просите их запомнить на будущее. То есть говорите все, что вы хотите, чтобы было действительно ребенком услышано, а не просто вы для себя птичку поставили, что родительскую работу выполнили, повоспитывали. Все это говорится только в спокойном и доверительном состоянии, когда вы можете сесть рядом, обнять ребенка, заглянуть ему в глаза, назвать ласковым именем, —

вот в этот момент привязанность сделает свое дело, включится следование и воспитание пойдет успешно.

Хотите, чтобы он умел просить прощения? Просите сами, покажите пример выхода из ссоры и признания ошибок. Если с привязанностью все будет в порядке, — у него включится подражание и он тоже научится, сам, без нравоучений.

Как мы видим, кризис негативизма — такое время, когда ребенок и ваши с ним отношения могут много приобрести, но могут и серьезно пострадать.

Поэтому самое лучшее, что вы можете сделать для своих детей, когда они начнут с вами скандалить, — скандалить с ними качественно. Разнообразно по репертуару, из позиции силы и заботы, и обязательно восстанавливая потом отношения, показывая, что наши отношения конфликт не может разрушить.

Зато если вы справились, если смогли убедить ребенка, что ваша с ними привязанность прочна и надежна, то вас ждет награда — следующий прекрасный возраст, когда к вам снова вернется покладистый, милый ребенок.

ГЛАВА 5

С 4 ДО 7
НЕЖНЫЙ ВОЗРАСТ

После трех ребенок очень меняется, даже внешне. Уходит младенческая округлость и милая неловкость, тело вытягивается, появляется легкость, особая детская грация. Меняется и поведение. Скандалы уходят в прошлое, ребенок словно «приходит в себя», с ним теперь обычно можно договориться, объяснить что-то. Растет способность справляться со своими чувствами, малышу становится легче подождать, потерпеть, согласиться на какие-то ограничения и необходимые дела. Это золотое время: ребенок достаточно самостоятелен, физического ухода уже почти не требует, при этом он еще маленький, ласковый, нежный, трогательный. С ним уже интересно, он многое умеет, хорошо говорит, и для родителей начинается прекрасное время забавных слов и суждений. Поистине награда родителям за все испытания периода негативизма.

Ребенок после трех уже не держится за мамину юбку, но все еще нуждается в присутствии взрослых. Как мы помним, после того, как ребенок овладел речью и у него прошел острый период негативизма, он становится «дистанционно управляемым», то есть теперь можно заботиться о нем на расстоянии, с помощью слов. Для этого не обязательно находиться совсем близко — достаточно присматривать. Это отражено в языке: про младенцев говорят, что их «нянчат», а про детей после трех — за ними «смотрят». И следующий период развития привязанности можно было бы назвать «в поле зрения»

ЭМПАТИЯ — ПРИВОРОТНОЕ ЗЕЛЬЕ

Мир материальный к трем-четырем годам в целом освоен, пространство покорено, предметы подчинены. Настало время осваивать мир психический, мир отношений и чувств, понятий и образов, ролей и сюжетов. В это время ребенок вбирает в себя культуру общества, в котором живет — не культуру в узком смысле, не содержимое музеев и библиотек, а культуру социальных связей, представлений, архетипов. Он покорил мир вещей и входит в мир людей. Поэтому самое интересное и важное для него теперь — люди и отношения.

Двухлетний малыш играет в песочнице, его сверстник подходит и молча, без лишних предисловий, начинает тя-

нуть у него из руки лопатку — понравилась. Хозяин не отдает. Тот тянет. Назревает скандал. С двух сторон подскакивают мамы и начинают объяснять: «Дай мальчику лопатку, он поиграет и отдаст», «Надо попросить: дай, пожалуйста, а не отнимать». Или совсем сложно: «Нельзя жадничать, никто не будет играть с жадиной», «Ты зачем отнимаешь, вот теперь мальчик не хочет тебе давать, попросил бы вежливо — он бы дал». Может быть, кто-то из детей послушается маму. А может, и нет, тогда придется их растаскивать и отвлекать-утешать. Но даже если они послушаются, и дело кончится миром, для них это будет история про лопатку, которую мама велела отдать/помогла забрать. Не про жадность и не про вежливость ни в коем случае. Мышление уровня «если я буду вести себя так-то, со мной будут хотеть/не хотеть общаться», или «если я поступлю так, то он отреагирует эдак», а уж тем более мышление на уровне социальных норм «надо делиться, жадным быть плохо» двухлеткам недоступно. Их интересует лопатка и собственные потребности: хозяина — сохранить свою вещь, отнимающего — получить желаемое. (Кстати, отдельный вопрос, почему взрослые по умолчанию уверены, что немедленно отдать свою игрушку в случае вежливой просьбы — правильно. Сами-то отдали бы, например, ноутбук, на котором работают, если кто-то подойдет и попросит?)

Другое дело — пятилетние. Если пятилетка вдруг подойдет и просто вырвет из рук сверстника игрушку — скорее всего, истинной его целью будет не игрушка, а человек. На-

пример, ему нужно привлечь к себе внимание или показать, что он сильнее, или даже отомстить (если до того обидели его самого). А уж если, правда, нужна лопатка, то он попросит, конечно. Встретив отказ, может пригрозить: «Не дашь — не буду с тобой играть», или укорить: «Ты что, жадина-говядина?», или сказать: «Ну, дай, пожалуйста, ты же мне друг?». Он живет в мире отношений.

Дети в этом возрасте — как антенны, чутко ловящие состояния, реакции, правила взаимодействия. Они обычно хорошо знают, что с кем можно, а с кем нет, кто кого любит, кто кого не любит, кто с кем в ссоре. Вы с супругом можете сколько угодно делать вид, что не поругались, но ребенок сразу почувствует напряжение и насторожится. Если его общение в семье разнообразно и безопасно, он имеет возможность узнать и изучить мир эмоций и отношений во всех подробностях и нюансах. Если взрослые говорят с ним о его чувствах, и о своих, он может узнать, как называется то или иное состояние и настроение. Ребенок смотрит мультики и ему уже не интересны простейшие истории вроде «Телепузиков» — ему нужен сюжет, чувства, отношения. То же самое с книгами — чистая радость от веселых звонких рифм Чуковского и Маршака сменяется интересом к волшебным сказкам, к длинным историям «с продолжением».

К пяти-шести годам ребенок, прежде поглощенный прежде всего собой, своими чувствами, желаниями, потребностями, постепенно словно разворачивается к людям, начинает интересоваться их желаниями и состояниями. Делает первые попытки поставить себя на их место, примерить их роль. Эта способность понимать, чувствовать состояние другого человека — очень важная для всей последующей жизни.

Какой родитель не хотел бы, чтобы его ребенок в будущем нравился людям? Чтобы у него были друзья, чтобы его любили, чтобы с ним хотели создать семью, чтобы с ним приятно было работать? Даже в сказках феи обязательно среди пожеланий ума и красоты успевали сказать об этом: «И ему/ей все будут рады». Есть даже имена-заклятия, которые выражают мечту родителей о том, чтобы ребенок был принят, желанен, любим другими. Конечно, в реальности эта самая приятность определяется вовсе не именем и не пожеланием фей, а как раз способностью понимать, чувствовать состояния людей — способностью к *эмпатии*. Общаться с эмпатичным человеком просто и приятно. Он чувствует, когда промолчать, а когда поддержать, ему не надо ничего объяснять — он сам догадается, что у тебя на душе тяжело или ты хочешь побыть один. Мы не осознаем этого, иногда сами не может объяснить, но бессознательно воспринимаем эмпатичного человека как «хорошего», «приятного», мы хотим с ним быть, хотим с ним работать, дружить, иметь дело. Поэтому у эмпатичных людей обычно хорошие отношения на работе, и за них держатся, даже если конкуренты более высокой квалификации; у них достаточно много друзей, даже если они интроверты, и с ними хотят вступить в брак, даже если они не очень красивы внешне.

И наоборот, с малоэмпатичными окружающим тяжело, и каждый раз, когда есть выбор: общаться или нет, они бессоз-

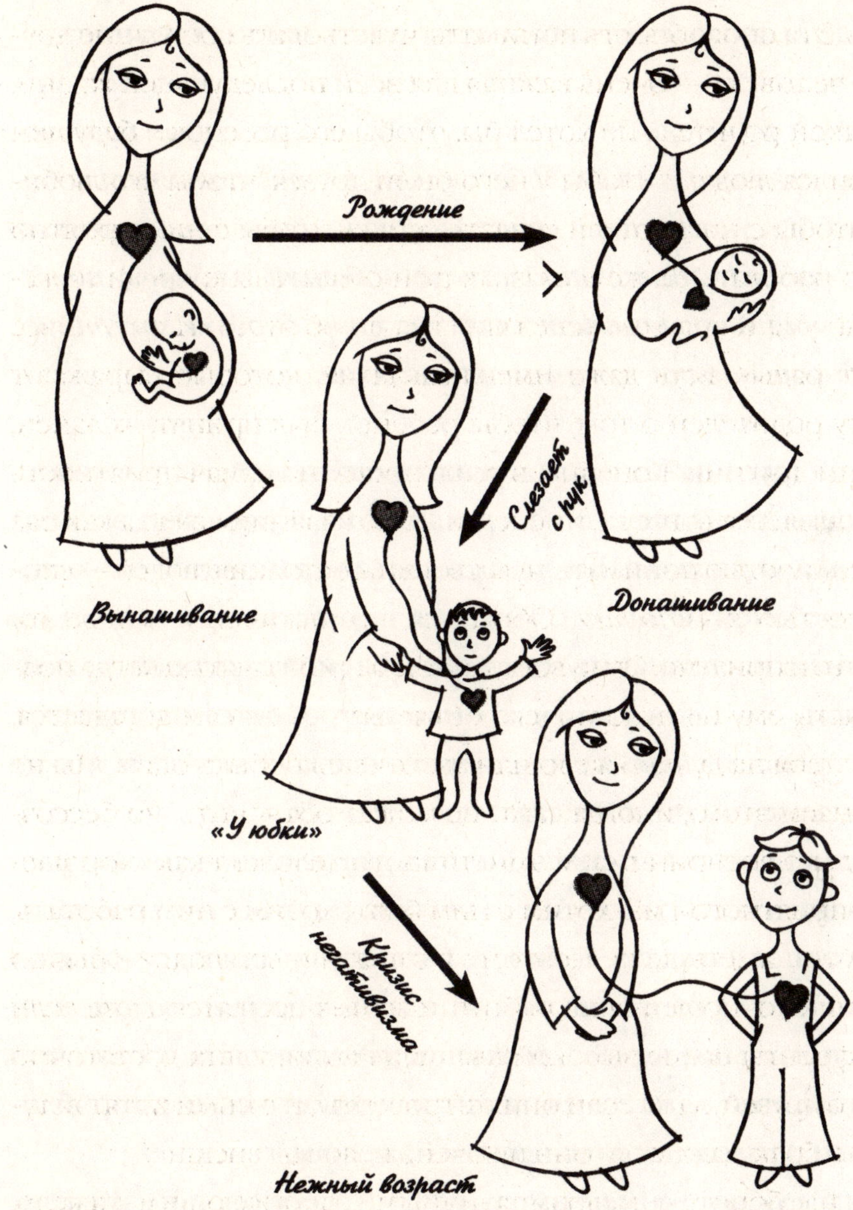
Рождение
Вынашивание
Донашивание
Слезает с рук
«У юбки»
Кризис негативизма
Нежный возраст

нательно выбирают «нет». Да и сам малоэмпатичный человек то и дело попадает в неловкие ситуации, действуя невпопад.

У всех народов есть сказки про дурака, который на похоронах пляшет, а на свадьбе плачет, за что получает колотушек от участников этих действий. Конечно, он «дурак» не в смысле незнания таблицы умножения, а именно по части эмоционального интеллекта, способности эмпатически распознавать чувства окружающих.

Основы эмпатии закладываются еще в первый год жизни, во время позитивного отзеркаливания взрослыми эмоций ребенка. В дошкольные годы эмпатия становится осознанной, ребенок не просто «отражает» чувства другого, он их начинает распознавать и называть. Он может спросить маму: «Почему ты такая грустная?» или потребовать от дедушки: «Не сердись на мою маму!», хотя тот слова не сказал, и, может быть, даже сам не осознавал, что сердится.

Не менее важна и способность к *рефлексии* — умение распознавать свои собственные чувства и потребности и говорить о них. Такая способность является одним из признаков психологического благополучия, и наоборот: *алекситемия*, эмоциональная немота, неумение распознавать и называть свои эмоции — часто связана с психологическими проблемами и приводит к физическим болезням.

Как любая тонкая настройка, способность к эмпатии и к контакту со своими чувствами лучше всего развивается в безопасности и разнообразии. Невозможно развить тонкое обоняние, если вы живете на лакокрасочном заводе или у помойки. Невозможно сохранить тонкую тактильную чувствительность, если кожа покрыта мозолями и рубцами. Поэтому дети, которым приходится жить в атмосфере семейных скандалов, явной или скрытой неприязни членов семьи друг к другу, или постоянной тревоги всей семьи, нередко выбирают не чувствовать всего этого, вырабатывают защитное онемение чувств. Дети, которые очень мало общаются со взрослыми, все время предоставлены сами себе «иди поиграй сам в своей комнате», не видят своих родителей в непосредственном, живом общении, тоже могут с трудом развивать способность к эмпатии — у них просто слишком мало для этого материала.

Эмпатия и рефлексия — важные составляющие эмоционального и социального интеллекта, а они определяют качество жизни человека намного больше, чем академическая успеваемость. Так что лучший вклад в будущее ребенка — не тридцать три развивающие группы и спортивные секции, а просто большой объем разнообразного и живого общения со всеми членами семьи, в котором сами взрослые проявляют эмоциональную зрелость, внимание к чувствам своим и окружающих.

НЕЖНЫЙ — ЗНАЧИТ УЯЗВИМЫЙ

Если младенец стремится быть поближе к своему взрослому инстинктивно, то ребенок-дошкольник свою любовь к родителям уже сознает. Он любит осознанно, страстно, всем сердцем, он чувствует и знает, что эти люди дороги и нужны ему больше всех на свете. Именно в этом возрасте мы слышим от детей первые настоящие признания в любви. Конечно, и двухлетка может повторить за нами «я тебя люблю». Но пятилетка скажет это иначе: чувство родилось у него внутри, это не подражание и не отражение, это свое. На родителей обрушивается дождь подарков: рисунки, аппликации, поделки, собственноручно приготовленные бутерброды с криво нарезанной колбасой — но с веточкой укропа сверху, «чтобы было красиво».

Для ребенка-дошкольника родители не просто любимы — они обожаемы и прекрасны. Мама самая красивая, папа самый сильный, ребенок любит хвастаться родителями, он рисует их портреты в царских нарядах, в момент совершения героических деяний.

Поведение следования включено на полную катушку: дети в этом возрасте очень хотят нравиться родителям, соответствовать их ожиданиям, выполнять правила, быть «хорошими», послушными. Конечно, они иногда шалят и капризничают, но «качают права» по пустякам нечасто.

Понимая потребности возраста, можно лучше понимать и поведение ребенка. Например, детская ложь, с которой родители впервые сталкиваются обычно именно в дошкольном возрасте — и бывают шокированы: неужели наша милая нежная детка так бессовестно лжет? Где же здесь послушание и следование?

Как ни странно, именно они здесь и проявляются, дети в этом возрасте врут чаще всего из страха, что их поведение не понравится взрослым, а им очень важно быть «хорошими». То, что ложь может расстроить взрослого еще больше, чем сам проступок, пока не поддается пониманию, обман кажется простым способом решить проблему: скажи «халва» — и станет сладко. Если родители начинают выдавать такие сложные конструкции как: «Расскажешь честно — я не рассержусь, а за вранье накажу», ребенок оказывается вовсе дезориентирован. Ведь он понимает, что поступил плохо, именно потому и врет. Почему папа не рассердится за плохой поступок, но грозит наказать за попытку исправить дело? Обычно подобные высказывания вгоняют детей в глубокий ступор и они просто молчат или в растерянности повторяют ложь, приводя родителя в бешенство.

Гораздо лучше использовать естественную для ребенка потребность быть хорошим в ваших глазах и сказать: «Мне нравится, когда говорят правду, я хочу, чтобы ты был честным». Но, конечно, это не будет работать, если ребенок боится родителя или суровых наказаний.

Все это прекрасно, но, как и у любой уж очень прекрасной истории, у этой тоже есть теневая сторона. Ребенок в этом возрасте ориентирован на взрослых и «удобен в обращении». Он полностью открыт, у него нет энергии конфликта, сильного стремления к сепарации, он чувствителен и доверчив. И именно поэтому он максимально уязвим. Его легко обидеть, ему можно причинить сильную душевную боль, травмировать.

Практически все детские неврозы стартуют именно в этом возрасте: заикания, тики, фобии. Одно и то же действие: шлепок, оскорбительное обращение, которое раньше пугало, но быстро забывалось, теперь проникает глубоко в душу, очень сильно обижает. Буквально одного эпизода жестокого обращения в этом возрасте для чувствительного, душевно тонкого ребенка может хватить, чтобы последствия сказывались годами. Один раз заперли в темном чулане. Один раз выпороли. Один раз пригрозили отдать в детский дом. И через много лет взрослый, а то и немолодой уже человек обливается слезами в кабинете психолога, с болью и кровью вытаскивая из души эту занозу. Собственно, все классические труды по психотерапии написаны на примерах неврозов, взявших начало в событиях этих лет.

Дети этого возраста тяжело переживают конфликты в семье, разводы, потери, болезни и смерти родных. Те, кто младше, не вполне понимают, что происходит, те, кто старше, уже имеют какие-то ресурсы совладания с бедой, интересы вне семьи, поддержку друзей, могут как-то осмыслить происходящее. А дети нежного возраста живут чувствами, осмыслить, найти объяснения, взвесить плюсы и минусы они не могут, они просто глубоко страдают.

МОНСТРЫ ПОД КРОВАТЬЮ

Пик детских страхов тоже приходится на 5-6 лет, поскольку фантазия, образное мышление развиты уже очень хорошо, а критичность, логика — еще нет. Поэтому Баба-Яга под кроватью очень реальна, и скелет в шкафу тоже. Родители часто пытаются бороться с детскими страхами с помощью здравого смысла: рассказывают, что Бабы-Яги не существуют, светят под кровать фонариком. Ребенок смотрит вместе с ними — да, нету. Но когда родитель выходит из комнаты и закрывает дверь, там опять что-то шевелится и скребется.

Особенно уязвимы дети чувствительные, с хорошо развитым воображением. Они переживают страх очень ярко, мучительно, при этом обычно достаточно умны и понимают, что их страх неразумен. И часто стесняются рассказать родителям о нем, мучаются в одиночку. Если родители не готовы отнестись к детскому страху сочувственно, предпочитают стыдить ребенка или отмахиваться от «выдумок», он оказывается заперт со своими чудовищами наедине. А иногда ребенок и рассказать боится, потому ему кажется: стоит начать говорить, и страх оживет. Некоторые дети годами живут в состоянии такой эмоциональной пытки, не получая никакой помощи, а их семьи даже не догадываются о происходящем.

NB! Поскольку детский страх говорит на языке образов, справиться с ним можно тоже с помощью фантазии. Детские психологи часто предлагают детям нарисовать, проиграть свой страх. Потом рисунок, если хочет ребенок, можно порвать и сжечь, закопать, спустить в туалет. Можно изменить его, сделав страшный образ смешным и нелепым. А иногда помогает сочинить про него историю.

Когда моя дочка была в первом классе, ей случайно попался на глаза взрослый журнал с рассказом ужасов, в котором некий дух оставлял надписи кровью на зеркале в ванной и люди, получившие такое послание, умирали. Несколько дней я не понимала, что происходит, — ребенка было не загнать умываться и в душ. Наконец, она решилась и рассказала, бледнея от ужаса и с трудом выговаривая слова. Объяснять, что таких духов не бывает и что я за всю жизнь ничего подобного на зеркалах не видела, не было ни малейшего смысла. Мысленно произнеся много теплых ласковых слов в адрес талантливого автора рассказа и себя самой, бросившей журнал на виду, я задумалась, что делать.

В то время у нас была актуальна тема с почерком: писать аккуратно не получалось, учительница отвечала на каждое домашнее задание грозными красными надписями с множеством восклицательных знаков. Словом, это была нервная тема.

Сходу сочинилась история про то, как дух явился к нашей учительнице и написал ей на зеркале что-то вроде: «Ты сегодня умрешь, а-ха-ха!». Она зашла в ванную, увидела, как криво-косо написано, возмутилась и написала ниже зубной пастой: «Где твой наклон ?!!! Перепиши!!!». С тех пор того духа больше никто не видел.

Ребенок долго смеялся, а потом пошел купаться. Кстати, на красные надписи в тетрадях она тоже стала реагировать спокойнее. Две сильных тревоги, против которых уговоры и аргументы были бесполезны, как будто столкнулись в лоб в лоб и заметно ослабели от такого «короткого замыкания».

Пик страхов связан еще и с тем, что в это время ребенок открывает для себя, что люди смертны, что сам он когда-нибудь умрет, и его родители тоже. Кризис осознания смертности у некоторых детей проходит как-то незаметно для взрослых, а у других очень остро и болезненно, но еще неизвестно, что лучше. Отложенный, «замятый» кризис, неосознанный страх смерти может сказываться в более поздние годы, подспудно отравляя саму жизнь.

Года четыре был я бессмертен,
Года четыре был я беспечен,
Ибо не знал я о будущей смерти,
Ибо не знал я, что век мой не вечен.

С. Маршак

Именно так: человек становится смертным только тогда, когда узнает и осознает этот факт, вдруг обнаруживает, что он — и все — приговорены, непонятно кем и за что. Причем будущая смерть родителей обычно пугает гораздо больше, чем собственная, ведь ребенку сложно представить, что к тому времени у него, скорее всего, будет своя семья и дети, ему кажется, что он останется совершенно один.

Каждая семья сама решает, что отвечать ребенку на вопросы о смерти, в зависимости от своего мировоззрения, веры, представлений. Но важно, чтобы чувства ребенка были замечены и приняты, ведь по сути это первое в его жизни столкновение с угрозой, перед которой, оказывается, бессильны даже родители. Если взрослые торопливо переводят разговор, отделываются пустыми словами вроде «Не бери в голову, никто не умрет», ребенку становится еще страшнее — ведь сами родители явно боятся.

NB! Кризиса осознания смертности не стоит избегать, пережить первую встречу с экзистенциальным ужасом лучше с поддержкой любящих взрослых. В конце концов, нам действительно нечего противопоставить ужасу смерти, кроме объятий, кроме того факта, что мы смеем любить, хотя знаем, что всех потеряем.

Потом у ребенка еще будет время «притерпеться» к этой мысли, научиться с ней жить: и младшие школьные годы для «страшных историй» и вылазок в подвалы и на кладбища, и подростковые — для рискованных экспериментов с разного рода опасностями, и юность — для размышлений о том, во что можно верить, ради чего стоит жить и ради чего можно умереть. А пока он так мал, можно просто крепко прижать его к себе и заверить, что будете с ним вместе долго-долго-долго, всю свою жизнь, а уж любить не перестанете вообще никогда.

ОСТОРОЖНО, НЕ ПЕРЕВОРАЧИВАТЬ!

Осознанное проживание своей любви к родителям, привязанности наполняет ребенка, и к концу этого возраста, если все хорошо, она начинает «переливаться через край». А это значит — ребенок, наполнившись сам, начинает испытывать потребность заботиться о других.

Именно в пять-шесть лет бывает пик просьб: родите мне братика или сестричку, давайте, заведем котенка, щеночка — ну, хотя бы, хомячка! Очень хочется заботиться, любить, отдавать. Ребенок и раньше мог, конечно, сделать то, что попросят. Но сейчас, годам к шести, он может сам заметить потребность другого человека, осознать ее и захотеть позаботиться. Принести вам чай, тапочки, пожалеть, если вы ударились, не шуметь, если устали.

Об этом есть очень трогательное стихотворение Елены Благининой, точно передающее состояние ребенка лет шести.

Мама спит, она устала...
Ну, и я играть не стала!
Я волчка не завожу,
А уселась и сижу.

Не шумят мои игрушки,
Тихо в комнате пустой,
А по маминой подушке
Луч крадется золотой.

И сказала я лучу:
— Я тоже двигаться хочу.
Я бы многого хотела:
Вслух читать и мяч катать.

Я бы песенку пропела,
Я б могла похохотать...
Да мало ль я чего хочу!
Но мама спит, и я молчу.

Луч метнулся по стене,
А потом скользнул по мне.
«Ничего, — шепнул он будто, —
Посидим и в тишине!»

Само по себе это замечательно, но есть в это время и серьезный риск. Ребенок готов и хочет примерить на себя роль сильного, заботящегося, и если родитель вдруг оказывается в роли дополнительной — слабого, зависимого, несчастного, эти перевернутые роли могут стать устойчивыми, закрепиться. Возникнет еще одна разновидность перевернутой привязанности — *парентификация.* Буквально: ребенок становится родителем своему родителю, «усыновляет» его.

Ребенок с парентификацией заботится о родителе, как о слабом, беспокоится о том, что родитель заболеет, что мама устала, что в семье мало денег. Он готов поступиться своими интересами, ничего не требует и не просит, часто приводя не по годам «здравые» аргументы: «я могу обойтись», «это слишком дорого для нас». Он будет скрывать собственные проблемы и даже травмы, чтобы «не расстраивать мамочку», будет отказываться от собственных чувств, например, тоски по ушедшему отцу и любви к нему, лишь бы мама не огорчалась

Такое часто бывает в неблагополучных семьях, когда, например, ребенок уже в семь лет знает, как вывести родителя из запоя, как притащить его со двора, как спрятать бутылку, чтобы не нашел. Бывает и в социально-благополучных семьях, например, если мама одна, ей тяжело после развода или потери, помощи и поддержки нет, контейнировать некому, и она начинает жаловаться ребенку, просить его поддержки, или просто настолько откровенно не справляется с жизнью, что ребенок эмоционально «впрягается» и становится для нее психологической утробой. Нередко в парентификацию уходят и дети конфликтующих родителей, которым приходится постоянно всех мирить и быть «связующим звеном» между поссорившимися: «Иди скажи своему отцу, что ужин на столе», «Передай матери, что я сегодня буду поздно». Что уж говорить о родителях в сильной депрессии, детям которых приходится перепрятывать пузырьки со снотворным и в ужасе стоять под дверью ванной, в которой заперлась мама, и прислушиваться: не сделает ли она с собой чего?

Иногда для того, чтобы родитель выглядел для ребенка слабым и нечастным, даже нет никаких объективных оснований: вроде все здоровы, не бедствуют, живут нормально. Но в семье просто принято жаловаться и ныть: «Как меня все задолбало, какая паршивая погода, какая кошмарная работа, деньги неизвестно куда уходят, бьюсь как рыба об лед, в этой стране ничего никогда, вечно у нас все не слава богу....» и так далее. Для родителя это может быть просто привычка, даже некоторое кокетство, а иногда смутное суеверие: не признавайся, что все хорошо, а то сглазишь. Для ребенка же все эти стенания — про то, что родитель не справляется с жизнью. А раз родитель не справляется, ну, что делать? Понятно, надо мне как-то постараться, подставить плечо. Прощай, детство.

Интересная закономерность, на которую я обратила внимание за многие годы консультирования родителей. Как только положение в экономике ухудшается и начинаются разговоры про кризис, про то, что не будет работы, не будет зарплаты, все подорожает, сразу же растет число обращений с детским воровством. Особенно если речь идет о приемных детях, уже травмированных беспомощностью взрослых. Как только они слышат разговоры родителей: «Как же мы будем жить, нам не хватит на жизнь, как мы отдадим долги...» и так далее — просто семейные разговоры за столом, не детям предназначенные, — у них мгновенно включается: «Всё, родители не справляются, я должен сам стать добытчиком благ». И эта не вполне осознаваемая тревога выливается в воровство — иногда у тех же родителей.

Дети, у которых закрепилась такая перевернутая привязанность, потом с большим трудом сепарируются, им страшно оставить родителей без присмотра. Конечно, встречается и злокачественная парентификация, когда мама (чаще это мама, хотя бывает и папа) достаточно осознанно, методично ребенка в такие отношения вовлекает, удерживает в них, чтобы он никогда никуда не делся, и всю ее жизнь был всегда рядом и шагу не смел никуда ступить. Но в подавляющем большинстве случаев никто ничего такого не хочет, все мечтают, чтобы их ребенок был счастлив, стал самостоятельным, создал свою семью. Но так хочется поныть, пожаловаться и чтобы хоть кто-то пожалел!

***NB!* Наслаждаясь любовью и заботой своего подросшего малыша, важно все же сохранять распределение ролей** и не злоупотреблять его готовностью помочь и пожалеть. Если ваш ребенок в шесть-семь лет не может съесть кусок, пока не проверит, хватило ли всем остальным, если он всегда готов отказаться от соблазна «потому что у нас мало денег», если всегда подчеркнуто послушен и старается не беспокоить родителя своими проблемами, в том числе и серьезными: сильно ударился, кто-то обижает, не спешите радоваться такой ранней сознательности и самостоятельности. Стоит подумать, не перегружен ли ребенок ответственностью за других членов семьи, не отказался ли он от своего права быть ребенком, от нормального детского эгоцентризма ради поддержки родителей? И не пора ли ему уже сказать: «Спасибо тебе большое за поддержку, но уже все, спасибо, я справляюсь».

Я помню, когда сын был маленький, он любил играть в смену ролей: как будто я ребенок, а он мой родитель, и он меня укладывает спать и песенку поет. Многие дети так играют в возрасте около пяти-шести, да и для родителя приятная игра, особенно когда устаешь после работы. В процессе он время от времени останавливался, пытливо смотрел на меня и спрашивал: «Но это мы играем, да?». Хотел убедиться, что в реальной жизни наши роли остались прежними, и что я не забыла, кто здесь взрослый, а кто ребенок.

Нормально, когда ребенок приносит вам тапочки и делает чай, когда он ходит на цыпочках, если у вас болит голова, и приносит вам из детского сада конфету.

Но важно, чтобы во всех остальных жизненных ситуациях защиту и заботу получал ребенок, и чтобы он не сомневался в вашей способности быть взрослым.

ЧЕЛОВЕК ИГРАЮЩИЙ

Любимое времяпрепровождение и главное занятие ребенка в этом возрасте — игра. Раньше он мир осваивал и покорял, теперь он его оживляет и обыгрывает. Кажется, нет ничего такого, что ребенок не мог бы использовать для игры или фантазии. Из листьев получаются тарелки, из узоров на обоях — волшебные тропы в тридевятом царстве, из старого покрывала — дом, из маминой ночнушки — платье принцессы. Ребенок играет в игрушки и неигрушки, играет со словами и образами, играет в родителей и в самого себя. Проснувшись утром, он может заявить, что сегодня он — тигренок, и вам придется быть мамой-тигрицей и папой-тигром, причем полоски необязательны, а вот рычать в нужных местах — извольте. Он может завести себе невидимого друга, играть с ним и разговаривать, немного пугая родителей своей верой в эту выдумку. Он может играть со своими пальцами, изображая из них динозавриков, с облаками, угадывая в них слонов и зайцев, с листом бумаги, смастерив из него кораблик, а уж такие вещи, как мяч, камень, палка, веревка, стеклышко, кусочек мела или угля, лужа или гора песка способны породить сотни и тысячи самых разных игр.

При всем многообразии в играх этого возраста есть одно общее: они почти всегда основаны на такой мыслительной операции, как присвоение предмету другого значения, введение его в роль. Палка ли становится мечом, папа ли диким мустангом, загогулина на ковре — тайным посланием, перевернутый стул — танком, это всегда акт присвоения человеку или предмету нового смысла.

Собственно, это то, на чем основана вся человеческая культура. Культура и цивилизация начинаются с того, что вещи, действия и люди начинают использоваться не прагматично, а в некой роли. На стене пещеры появляются угольные черточки, изображающие охоту. Погребение сопровождают песней, изображающей плач. У входа в жилище кладут предмет, которые не сам по себе нужен, — это оберег, он обозначает, что жилище под защитой. Да и сам язык — это тоже результат наделения звуков, издаваемых речевым аппаратом, смыслами, в результате чего они становятся словами и фразами, а не просто звуками.

Переходя из младенчества в нежный возраст, ребенок становится человеком культуры, его телесное начало отступает в тень. Двухлетка играет с кубиком как с кубиком, ему нужно научиться им манипулировать, заставить вставать в нужное место и не падать. Он играет с предметом как таковым, как играет котенок или щенок. Но уже ближе к трем он везет кубик по ковру и говорит: «Рpppp», и это уже не кубик, а трактор, — значит, процесс пошел. Малыш не умеет ни читать, ни считать, но уже готовится к получению образования, в основе которого лежит всё то же введение в роль.

Чтобы начать читать и писать, мы должны сначала научиться верить, что вот такое сочетание черточек А обозначает соответствующий звук, а вот такое М — другой, и если эти черточки разместить определенным образом, то такая их комбинация МАМА будет обозначать человека, очень важного и любимого. Хотя, казалось бы, — какая связь: черточки и моя мама? И вся математика в конечном итоге основана на способности принять и поверить, что Х — это число, что ситуации в задачах — условные. Пока ребенок не сможет допустить эту условность, он, как Буратино, будет утверждать, что «не даст Некту яблоко, хоть он дерись».

Ребенку дается дошкольное детство на то, чтобы способность присваивать значения и вводить в роль была освоена до состояния «чтоб летала». Она совершенствуется, «прокачивается» в непрерывной ролевой игре, на самом разном материале, в самых разных ситуациях. По сути, основную часть своего времени, не занятого сном и едой, ребенок нежного возраста тренирует и совершенствует эту способность.

Если только у него ее не отнимают.

Мир современного ребенка постоянно посягает на свободную ролевую игру. Много времени отнимают фильмы и компьютерные игры, предлагающие готовые проработанные сценарии и картинки и практически не дающие возможность придумывать и прорабатывать образы, роли и сюжеты самостоятельно. Индустрия игрушек создает все более подробные, дотошные копии предметов из большого мира, так что места для фантазии и присвоения ролей не остается. Зачем делать салаты из травы на тарелках из лопухов и сервировать ими перевернутый ящик, если бабушка вчера подарила «как настоящую» кухню со всей возможной посудой и даже пластиковыми муляжами готовых уже блюд? Хороший детский сад в представлении многих родителей — это такой, в котором детьми все время «занимаются», их «развивают». Хорошая няня — тоже. Иногда весь день расписан так, что для свободной игры, для того чтобы помечтать, в нем просто нет времени: английский, фигурное катание, шахматы, бальные танцы, кубики Зайцева, карточки Домана. Все по программе, все по инструкции.

Ко мне как-то пришли на консультацию симпатичные молодые родители маленькой девочки. «Нам год и 9, — сказали они, — и нас уже выгнали со второй развивалки. Говорят, дочка не выполняет инструкции преподавателя. Что с ней не так?» Как вы понимаете, за эти прекрасные «развивающие занятия» они еще и деньги платили.

Плотное расписание «развивающих занятий» у четырех-пятилетнего ребенка — вообще — обычное дело, как и жалобы, что он «не желает заниматься».

Сегодня многие «развивающие методики» превращены в бренды с довольно агрессивной маркетинговой политикой. Родителям всячески внушают, что нужно вложить в ребенка сейчас, а то будет поздно, и он окажется лишен прекрасных перспектив, его карьера будет загублена, ему останется только всю жизнь прозябать среди аутсайдеров. Чтобы такого не случилось с вашим чадом, — срочно купите эту книгу, эту методику, оплатите эти занятия. И ладно бы родители просто покупали и оплачивали — они же начинают требовать и ждать от ребенка результата. Вместо того, чтобы просто почитать ему сказку, поиграть в то, во что он сам захочет, порисовать вместе смешные картинки, испечь пирог, повозиться с цветами, они усаживают ребенка перед собой и «приступают к занятиям». И сердятся, что он отвлекается, не хочет, ноет. Все это очень грустно, потому что идет против естественных задач развития в этом возрасте, обедняет ребенка, и совсем не способствует его лучшей учебе в будущем.

В ряде экспериментов детенышам крыс не давали возможности играть. В результате их мозг не развивался полностью, лобные доли оставались незрелыми.

С детьми таких жестоких экспериментов никто в лабораториях проводить не будет, но, увы, их проводит сама жизнь. Учителя математики отмечают, что в среднем способность к логическому, абстрактному мышлению у современных детей развивается на год-два позже, чем у их сверстников предшествующих поколений. Весьма вероятно, что это связано как раз с дефицитом свободной игры. У детей образованных и амбициозных родителей она вытеснена развивающими занятиями, у детей родителей с невысоким образовательным уровнем — засильем в их жизни телевизора, фильмов и компьютерных игр.

Самое же печальное, что вся эта суета с занятиями, если родители относятся к ним не как к разновидности игры для удовольствия, а непременно ждут результатов, ставит под угрозу саму привязанность, отношения с родителями. Озабоченность «развитием» дает ребенку понять, что сам он не так уж нужен, важны его успехи, важно как он читает, говорит по-английски или катается на коньках «змейкой».

Некоторые дети вообще приходят к выводу, что «заниматься» — это единственное возможное времяпрепровождение с родителями. Все остальное родителям неинтересно, только объяснять, развивать, обучать. Хочешь получить маму хоть на полчаса в день — изображай интерес к занятиям. Потом мама рассказывает, что «ее ребенок всегда с удовольствием занимается, и даже сам просит». Еще бы. Маму захочешь — и не то полюбишь. В нежном возрасте ребенок обычно не способен сопротивляться, он будет стараться нравиться родителям. А заодно обучаться тому, что ты сам, твои желания, твои потребности не важны, важен результат, достижение, успех, место в конкурентной борьбе.

NB! **Самое лучшее, что мы можем сделать для развития своих детей в нежном возрасте, — не мешать им играть**. Иногда участвовать в играх, иногда превращать в игру домашние дела или прогулки, иногда просто не трогать его, если он увлечен. Не стремиться «занять» ребенка — пусть поскучает, поскучает, пусть не спеша понаблюдает за муравьем или покидает камешки в пруд. Это не баловство, не пустое времяпрепровождение, — это таинство развития. Роза не станет краше, если вы силой расковыряете бутон, все произойдет само по себе. Для этого ничего специально делать не нужно — если ей хватает воды и света, в положенное время она раскроется. Для ребенка в роли воды и света — защита и забота. В нежном возрасте ребенку уже реже нужно прямое контейнирование, но ему важно знать, что он любим, что нравится своим взрослым, что он «хороший». Просто радоваться ему, любоваться им, получать удовольствие от совместно проведенного времени, — это и есть самый лучший вклад в развитие ребенка.

ТОЧКА ПОКОЯ

Взрослые, которые усиленно развивают ребенка, похожи на Карлсона, посадившего семечко. Он все время его раскапывал, чтобы посмотреть: не проросло ли?

На самом деле дети растут, учатся и развиваются не потому, что мы их тянем за уши, а просто потому, что они дети.

В них это заложено. Для того, чтобы ребенок хотел все знать, не нужны специальные методики, ему просто должно быть интересно и нестрашно. Нестрашно — это когда все хорошо с родителями. Когда они любят, когда они рядом, когда ты для них хороший. Если ребенок одинок, отвергнут, если он боится родительского гнева и разочарования, он развиваться не может. Все силы психики уходят на совладание с тревогой по поводу привязанности. Как говорят психологи, **аффект тормозит интеллект**. Лимбическая система бунтует и не дает нормально работать верхнему (кортикальному) мозгу. Какая уж тут познавательная деятельность.

А если ребенок спокоен за свои отношения с родителями, он немедленно поворачивается к ним спиной, а лицом — к миру, и отправляется его исследовать.

Проводили такой эксперимент. Маму с ребенком дошкольного возраста приглашали для собеседования в кабинет, полный всяких развивающих игр и вообще интересных и малопонятных штуковин. Потом психолог извинялся, говорил, что ему надо совсем ненадолго отойти и предлагал чувствовать себя в кабинете «как дома», говорил, что можно «посмотреть пока, что у нас тут есть». И уходил. Но недалеко, за стеночку, где было особое зеркало, с одной стороны как зеркало, с другой — прозрачное, его часто используют для психологических экспериментов.

Через окошко-зеркало он наблюдал, чем заняты мама с ребенком. Основных типов поведения было четыре:

1. Мама грозно шикала на ребенка, чтобы «сидел смирно, ничего не трогал», и они вдвоем неподвижно ждали возвращения специалиста. Если ребенок пытался что-то взять, мама его одергивала.

2. Мама доставала из сумки журнальчик и погружалась в чтение, на ребенка внимания не обращала. Он, постепенно смелея, начинал все брать, рассматривать, крутить и т. д.

3. Мама воодушевленно говорила ребенку: «Смотри, какие хорошие игры!» И начинала показывать ребенку и объяснять, как в них играть.

4. Мама, забыв про ребенка, с азартом хватала то одну игру, то другую и пыталась вникнуть, что это и зачем. Ребенок сам по себе тоже все хватал и рассматривал.

Потом психолог возвращался в комнату и проводил с помощью специальной методики тестирование уровня познавательной активности у ребенка. Прежде, чем читать дальше, попробуйте отгадать, у детей из какой группы оказались лучшие результаты?

Самые высокие показатели были у детей любознательных мам, из 4 группы. Тут все работало на познание: мама рядом, она сама все исследует, у ребенка включается подражание, ему спокойно и весело, и процесс идет полным ходом.

Затем шли дети мам из 2 группы. Они не подавали пример, но своим присутствием и спокойствием обеспечивали безопасность, и природа брала свое.

И гораздо хуже результаты были у тех детей, кому все запрещали, и у тех, кем руководили.

Если ребенок живет в душевно и духовно богатой, интересной, интригующей среде, если самим родителям все интересно, если у них умные и интересные друзья, с которыми они общаются при детях, если у них интересная и любимая работа, о которой они рассказывают дома, им не надо ничего специально в ребенке развивать. Следование и природная потребность учиться сделают свое дело — все само прекрасно разовьется, не удержишь.

Единственное, за чем важно следить, — за тем, чтобы ребенку не было страшно в отношениях с вами и в мире вообще. Познавательная активность не терпит сильного и длительного стресса. Если ребенку очень плохо, страшно, одиноко, ему не до новых знаний.

Всем, наверное, приходилось наблюдать: вот ребенок на прогулке, весь — воплощенная познавательная активность. Он наблюдает за гусеницей, воробьем, кошкой. Но время от времени посматривает на маму на скамейке. И вдруг — мама пропала! Отошла куда-то! Всё, мгновенно познавательная активность сворачивается, и пока мама не найдется и не успокоит, ребенку не до гусениц.

А теперь, представьте, что мамы нет очень долго. Или даже совсем. Что будет с любознательностью? Это хорошо знакомо приемным родителям, которые растят детей, долго пробывших в детском доме. Но и с домашними детьми такое случается, например, если в доме конфликты, родители скандально разводятся, кто-то в семье страдает алкоголизмом или просто обладает очень тяжелым, вспыльчивым характером, если ребенок постоянно боится осуждения, отвержения, или боится, что не оправдает ожиданий, родители будут разочарованы, расстроятся, заболеют и т. д.

Мне очень нравится формулировка Гордона Ньюфелда: **«Развитие происходит из точки покоя»**. Так оно и есть. Причем и у детей, и у взрослых. Так мы, люди, устроены: как только наши базовые потребности удовлетворяются, как только нам спокойно и хорошо, нам сразу становится невтерпеж что-нибудь новое узнать или сделать.

Получается, что очень много всего нужно, чтобы ребенок хорошо развивался и его познавательная активность расцветала. Нужна любовь родителей, хорошая атмосфера в доме, безопасность, доверие. Чтоб не дергали, не запрещали и чтоб не руководили все время. Но чтоб при этом не в вате держали и были в жизни ребенка неожиданности, приключения и умеренные стрессы. И все это, конечно, требует большой работы, хотя совсем и не в том смысле, в каком думают родители, с утра до вечера занимающиеся «развитием» ребенка.

БУДЕШЬ СО МНОЙ ДРУЖИТЬ?

Играть одному или с родителями — здорово, но самая увлекательная, богатая, сложная ролевая игра, конечно, возможна только в группе детей. Года в три или ближе к четырем дети открывают для себя сверстников — уже не как держателей вожделенных игрушек в песочнице, а как других людей, с которыми можно вместе разыгрывать общий сюжет, распределять роли, выстраивать отношения. И естественная среда обитания ребенка нежного возраста — стайка, ватага, компания, состоящая из небольшого числа (обычно не больше 7-9) ребят с разбросом возраста в 2-3 года. Такая группка может существовать в течение целого дня практически без внимания и участия взрослых, кроме особых случаев (кто-то сильно расшибся, что-то очень испугало и т. п.). В середине дня сбегать в дом и что-нибудь «вынести» — перекусить прямо в компании. То самое дворовое, деревенское или дачное детство, которое часто с ностальгией вспоминают уже совсем взрослые люди.

В этих играх ребенок впервые в своей жизни учится строить отношения не иерархичные, как с родителями, а горизонтальные — отношения сотрудничества, кооперации — и конкуренции. Те, у кого есть братья и сестры, или постоянный партнер по играм с младенчества (например, ребенок близких друзей семьи) имеют уже какой-то опыт на этот счет, а кому-то приходится все познавать с нуля. И сколько этого всего! Как войти в игру и как выйти, как решить, во что будем играть, как распределить роли, что делать, если кто-то жульничает, как быть, если никто не желает играть «плохого», а за роль героя все передрались.

Поражает легкость, с какой дошкольники завязывают связи: увидел в парке другого ребенка, подошел и сразу: «Давай играть!» или даже: «Давай дружить!». В ответ почти всегда: «Давай!» — и начинается совместное действо. Несколько часов спустя, с трудом растащив новоиспеченных друзей, взрослые спрашивают: «Тебе понравилась девочка? Как ее зовут? Где она живет?» и часто удивляются, услышав в ответ: «Не знаю. Не помню. Не спросил». Как говорится, easy come — easy go.

Отношения легко завязываются, и чаще всего так же легко рвутся, в них пока нет избирательности, личной связи. Кто твоя подружка — да та, которая встретилась. Та, что живет в том же подъезде. Та, что ходит со мной в одну группу. Чуть что, угроза: «не буду с тобой дружить» — из-за любого пустяка. Или дружат-дружат, а потом появилась новая девочка, новый мальчик, с чем-то особенным, интересным, — и уже старый друг забыт, ребенок очарован новым.

Для большинства детей-дошкольников сверстник пока не столько уникальная личность, сколько роль: девочка, мальчик, «из нашего двора», «тот, с кем мы играем». Сначала осваиваются именно роли, функционал, не отягощенный еще личными чувствами. Мы ссоримся — мы миримся, и это скорее ритуал, действия по сценарию, чем глубокий конфликт двух личностей с мучительным переживанием отчуждения и радостью примирения. Можно сказать, что ребенок пока скорее «обращается» со сверстниками, чем глубоко общается с ними. Поэтому у дошкольников так много всего прописано по четким алгоритмам, ритуализированно, всегда в ходу множество готовых формул: «кто будет играть в...», «кто последний, тот вода», «чур, я в домике», «мирись-мирись и больше не дерись». Так проще справляться с новыми пока ситуациями, личного, своего отношения к которым еще нет.

Исключения бывают: некоторые дети уже в нежном возрасте могут испытывать к сверстникам почти такие же глубокие, трепетные чувства, как к членам своей семьи, глубоко переживать разлуку или отвержение, некоторые дружбы на всю жизнь начинаются еще в песочнице, — но это скорее исключения. Для настоящей дружбы, как и для настоящих конфликтов, для глубоких и сложных горизонтальных отношений, сопоставимых по важности с отношениями привязанности, время еще придет.

ДЕТСКИЙ САД, НЕОБХОДИМЫЙ И УЖАСНЫЙ?

В некоторых семьях вопрос, отдавать в сад или нет, не стоит, просто потому, что нет другого выхода: маме надо идти на работу. В других необходимости такой нет, но есть давление старшего поколения и социума, которые твердят о необходимости для ребенка «социализации», без которой «потом будет трудно в школе». Такие семьи часто мучительно размышляют и даже ссорятся на тему: отдавать в сад или нет. А некоторые и на консультацию приходят с этим вопросом.

Для начала важно понимать, что сама необходимость отдавать ребенка в учреждение вызвана нашим образом жизни — жизнью в больших городах с работой далеко от дома. До эпохи урбанизации и эмансипации проблемы не возникало вовсе: дети, находящиеся на стадии развития привязанности, которую мы назвали «под присмотром», действительно были просто под присмотром взрослых, занимаясь своими детскими делами или по мере сил помогая родителям по хозяйству. Все это не требовало драматического разлучения с родителем на весь день, и «социализация» — то есть умение общаться с людьми не из своей семьи — приобреталась сама собой, в процессе игр, ссор и примирений с соседскими детьми. Сейчас у большинства людей так не получается: выпустить ребенка играть во двор одного невозможно, с ним непременно кто-то из взрослых должен «гулять» — то есть ничего другого в это время не делать. Сочетать работу, приносящую деньги, с присмотром за своим ребенком-дошкольником могут только очень немногие, те, кто работает вне офиса и по свободному графику. Поэтому искать ответ на вопрос «необходим ли *на самом деле* детский сад ребенку для развития» нет смысла. Программой развития ребенка такая искусственная форма воспитания не предусмотрена. Дети тысячелетиями вырастали без всяких детских садов. И возникли они не как форма «дошкольного образования, развития и социализации», а просто как детохранилища — чтобы отпустить матерей к станкам и кульманам. Да, старшее поколение не представляет, как можно иначе, но история человечества однозначно утверждает, что вполне можно.

Другая крайность — представлять детский сад каким-то безусловным злом. Он становится злом, если неизбежен и обязателен для всех, как становится злом любое насилие над интимной, семейной сферой жизни. Но как услуга и возможность он злом не является, и если у семьи есть необходимость отдать ребенка в детский сад — ничем непоправимым и ужасным это не обернется, при условии, что услуга эта качественная, что в данном случае означает: ребенок в саду **будет чувствовать себя хорошо**. Не «социализируется» или «подготовится к школе», а просто будет чувствовать себя хорошо, что бы это ни значило для вашего конкретного ребенка. Условием этого, как мы уже понимаем, может быть достаточная защита и забота со стороны взрослого, готовность садика и воспитателей отвечать на потребности детей, учитывать их чувства и состояния.

Способность присваивать роли, о которой шла речь выше, проявляется и в том, что после 4 лет ребенку легче принимать заботу чужого взрослого, если тот будет представлен родителями как свой «заместитель», — например, воспитательница в детском саду. Если она дает ребенку понять, что он может рассчитывать на защиту и заботу с ее стороны, у него постепенно включаются доверие и следование, и ему может быть достаточно комфортно с таким заместителем.

Конечно, если вместо этого он встречается с насилием, равнодушием или инфантильным поведением, спокойно ему не будет. Как и в том случае, когда воспитатель не желает быть заместителем, а ведет себя так, словно он важнее родителей, пытается доминировать над ними, поучать, выговаривать им. Некоторые сотрудники детских учреждений, похоже, искренне уверены, что это дети и родители существуют для того, чтобы садик хорошо работал, а не наоборот.

Поэтому, выбирая для ребенка детский сад и группу, важно смотреть не столько на оборудование и расписание развивающих занятий, сколько на личность воспитательницы. Как она с детьми разговаривает, вступает ли в личный контакт, смотрит ли в глаза, обнимает ли, внимательна ли к состоянию ребенка, а не только к его поведению? Нравятся ли ей дети, может ли она привлечь их внимание и вызвать у них следование, не прибегая к насилию, весело и доброжелательно? Сколько вообще детей приходится на одного воспитателя? Даже педагогический гений не сможет удержать достаточно личный контакт с группой из двадцати пяти четырехлеток. Не загружен ли воспитатель сверх меры делами, не связанными с детьми: заполнением бумаг, наведением стерильной чистоты, подготовкой к занятиям? Ведь для ребенка все устроено просто: нет личного контакта с постоянным взрослым — здравствуй, стресс. Именно от отношений воспитателя с детьми прежде всего зависит, будет ли ребенку в саду хорошо. Ну, и конечно, очень важно, чтобы воспитательница нравилась родителям, чтобы они сами чувствовали к ней доверие.

Если нет — ребенок это всегда интуитивно считает и будет в стрессе уже заранее.

Есть среди сегодняшних родителей люди, очень сильно травмированные опытом собственного пребывания в детском саду. Я тоже к ним отношусь — вспоминаю детский сад как кошмар, с насильственным кормлением, пыткой дневным сном, орущим персоналом и унизительными нака-

заниями. Поэтому старшего ребенка отдавать в сад я совсем не хотела — как же можно моего нежного мальчика — в такой ужас? К счастью, у нас была бабушка, и оставить его дома было возможно; они гуляли, он много играл, во дворе было пара приятелей, ходили на одну развивалку — этого хватало.

Однако с дочерью все оказалось иначе. Уже лет с трех она буквально бросалась на ограду соседних детских садов — стремилась к детям, играть. Так что в четыре с половиной мы ее в сад все же отдали — правда, в платный и лишь на полдня. И ей там очень нравилось, а заодно я немного подправила свой внутренний образ детского сада как чуть ли не концлагеря.

Я очень благодарна ее воспитательнице — немолодой, очень спокойной женщине, которая, казалось, никогда не обращалась к группе детей в целом — всегда к каждому лично, глядя в глаза, называя по имени, а то и положив руки на плечи, чтобы удержать внимание ребенка. Дети явно доверяли ей и слушались, в группе не было скандалов и драк, но полностью мы оценили ее, когда она заболела и три недели не появлялась на работе. Заменяли ее не такие опытные и все время меняющиеся воспитатели, и группа быстро пошла вразнос. Дети стали капризничать по утрам и не хотели идти в сад, а еще через несколько дней просто один за другим подхватили простуду и остались дома две трети группы. Как только «наша» воспитательница вернулась — всё за три дня наладилось, больше никто не просился домой и не болел.

Но и в этом действительно прекрасном садике я видела, как тяжело детям, которым еще не исполнилось трех (там были разновозрастные группы). Они выглядели потерянными, висели на воспитательницах, часто плакали или приходили в нездоровое возбуждение, носились и вопили, словно пытаясь выплеснуть стресс. Честно говоря, непонятно было, чем руководствовались их родители, ведь стоимость сада была примерно равна стоимости няни, которая занималась бы только одним ребенком в привычной для него домашней обстановке.

Если все же речь идет о детском садике или яслях для самых маленьких, а в некоторых странах приходится отдавать детей в ясли уже в первые полгода, то важно, чтобы воспитатели, во-первых, были постоянными, не менялись как в калейдоскопе, а во-вторых, чтобы на каждого взрослого приходилось не больше трех-четырех младенцев, чтобы детей могли таскать на руках, разговаривать с ними, неспешно и ласково мыть, кормить, укладывать. Тогда воспитатель входит в круг привязанностей ребенка, и он может чувствовать себя в яслях относительно спокойно.

Но и в самых прекрасных условиях с добрыми воспитателями ребенок, конечно, будет скучать по маме, а если он в саду подолгу, а сад формата «вас много, а я одна», — по сути, речь идет уже о недостатке заботы и контакта со взрослым, о состоянии *депривации,* у которого могут быть достаточно серьезные последствия[1].

---

[1] Подробно о последствиях депривации речь пойдет в книге «Дети, раненные в душу».

В том же чешском фильме, о котором я писала выше, есть сцена, впечатляющая до слез.

Ясли-пятидневка (напомню, в крупных промышленных городах социалистических стран они были обязательно и пользовались ими очень многие семьи). Вечер пятницы. За детьми начинают приходить родители. Они звонят в дверь, им открывают и выводят в прихожую их ребенка.

Крупным планом — группа малышей за столом. Воспитательница что-то с ними рисует, пытаясь занять. Они сидят в рядок и даже через экран чувствуется, как напряжены. Раздается звонок — и все дети вытягивают шейки, смотрят во все глаза на дверь с мучительной надеждой: за мной? мои? Нет, другие... Плечики повисают, глаза опускаются, губы депрессивно ползут вниз. И снова звонок — может быть, это мои? И снова все столбиком, слушают-смотрят — за кем? Кому-то повезло, и он, счастливый, полусмеясь-полуплача выходит из-за стола. А другие снова никнут.

Ничего особенного. Никто детей не обижает. Воспитатели явно заботливы, и вообще все хорошо — вот-вот придут родители. Но невозможно смотреть. А ведь дети так жили — каждую неделю, каждый день.

А как же «социализация» и «подготовка к школе»? К сожалению, на постсоветском пространстве у этого слова часто есть и еще один, довольно зловещий смысл: заранее «обтесать» ребенка под функционирование в качестве «воспитанника учреждения». Приучить его терпеть стресс от пребывания в большой группе без своего, защищающего взрослого, натренировать на отключение от собственных чувств и потребностей ради того, чтобы не выбиваться из группы. Неслучайно в устах учителей начальной школы «ну, вы же в сад не ходили» звучит часто как претензия: почему ребенок не обтесан заранее, почему он слишком ребенок, слишком живой. И вот такая «социализация», даже если она неизбежна, пусть случится как можно позже, когда у ребенка будет больше ресурсов, чтобы сохранить себя в любых условиях. Когда нам показывают «детсадовского» ребенка, который быстро привык к школе, в отличие от домашнего, который то плачет, то нарушает правила, то отказывается туда идти, это на самом деле значит только одно — весь тот стресс, который сейчас переживает домашний, его садовский сверстник пережил несколько лет назад — будучи младше и беззащитнее. Тогда, может, будем сразу из роддома в армию отдавать — пусть уж привыкнет, зато потом будет легко?

NB! На вопрос про детский сад нет одного для всех ответа. Дети разные, ситуации в семьях разные, сами детские сады разные. Обязанность родителей — все эти факторы оценить и ответственно принять решение, взвесив плюсы и минусы.

Если относиться к садику именно как к услуге для родителей, а не к учреждению, призванному воспитывать и формировать ваших детей, многое встает на место. Такая длительная игровая комната. Магазин хочет, чтобы вы спокойно и с удовольствием покупали, а общество хочет, чтобы вы работали. Удобно оставить в игровой ребенка, выбирая мебель? Конечно, если для ребенка это в удовольствие или как минимум безопасно, а вам нужно иметь свободные руки и голову. Удобно пользоваться детским садом? Да, при тех же условиях.

Никакого другого, высшего педагогического, смысла в истории с детским садом нет. И если вам это не нужно, или ребенок очень не хочет, или достаточно хорошего сада не нашлось — он ничего важного для развития не потеряет.

Только очень проблемная семья, в которой родители совсем не занимаются детьми, может дать им меньше, чем стандартный детский сад.

Если под социализацией имеется в виду общение со сверстниками, ролевые игры с ними, то не во всяком детском саду для этого много возможностей, может быть, игровая комната в ИКЕЕ, дача или ближайший сквер с постоянной компанией гуляющих мам с детьми дадут вашему ребенку не меньше.

К собственно обучению, к совершено новым по сути отношениям не с временно исполняющим обязанности родителя, а наставника, ребенок будет готов чуть позже, после следующего кризиса.

ГЛАВА 6

КРИЗИС 6–7 ЛЕТ ВМЕСТЕ НАВСЕГДА

Во время нежного возраста привязанность ребенка к родителю достигает максимальной полноты и глубины, становится осознанной, наполняется множеством очень тонких оттенков. И, как мы видели, наполненный нашей защитой и заботой ребенок уже хочет заботиться о других. Собственно, так усваивается любое умение, что ни возьми. Сначала мы кормим ребенка с ложки, потом он делает это с нашей помощью, потом сам, потом начинает кормить маму и мишку. Сначала мы помогаем расстроенному или сердитому ребенку успокоиться, контейнируем его, потом он начинает справляться сам, а потом мы видим, как он утешает младшего брата. **Это универсальный алгоритм: мы для него → он сам для себя → он для других**.

Если мы видим желание заботиться о других, значит, в общем и целом привязанность созрела, состоялась. А значит, настало время для нового кризиса сепарации. Этот кризис не будет таким бурным и ярким, как кризис негативизма, в нем многое происходит в глубине, постепенно, без внешних эффектов. Но изменения идут очень серьезные. Многое меняется на физиологическом уровне: например, перестаивается вся иммунная система (поэтому дети на седьмом году довольно часто болеют). Созревают важнейшие участки мозга, ответственные за логическое мышление и за способность к произвольной деятельности, то есть за способность делать то, что нужно, а не то, что хочется. Без которой, конечно, учиться в школе невозможно, будь ты хоть сто раз вундеркиндом, умеющим читать и считать.

Вместе с созреванием лобных долей появляется способность к обобщению, к формированию и удержанию целостных образов. На уровне мышления это, например, способность отвечать на вопросы типа «Дуб, береза, тополь — как называются вместе?» или «Шкаф, стул, стена, вешалка — что здесь лишнее?». Если ребенок с ними справляется, значит, он уже способен выделить общее, важное, универсальное, объединять вроде бы разные предметы в классы, понимать разницу между постоянными и переменчивыми, случайными признаками. Это само по себе очень интересно, но у нас разговор не о развитии мышления вообще, а о том, что происходит с привязанностью, с отношениями.

Для развития привязанности созревание отделов мозга, отвечающих за способность к обобщению, имеет большое значение. Потому что родитель — важнейшая для ребенка часть мира, куда более важная, чем вешалка или береза. И его целостный, обобщенный образ тоже создается не сразу.

Бывает так, что в семье, где много детей, умирает мать или отец. И одним детям в это время меньше 6-7, а другим — больше. Когда потом, уже через годы, они вспоминают маму или папу, видно, как сильно отличаются воспоминания.

Тот, кто в момент потери был младше, может помнить отдельные яркие, как вспышка, эпизоды: вот папа меня поднимает на руки, вот мы с мамой идем куда-то, и уже темно. Или это могут быть отдельные, словно «нарезанные» по отдельным сферам восприятия следы в памяти: запах мамы, голос мамы, свое телесное ощущение от ее близости.

Совсем иначе помнит тот, кому на момент потери было уже 9 или 10. Перед ним образ родителя стоит целиком, он помнит внешний вид, голос, запах, свои чувства — всё сразу. Он может ответить на вопрос: «что сказала бы мама в такой-то ситуации», «одобрил бы это папа?». То есть родитель, каким он был, словно живет у ребенка внутри, с ним можно разговаривать, сохранять контакт.

Ребенок после 7 лет уже способен удерживать целостный образ близкого взрослого, поэтому дети старше семи лет довольно редко ошибаются в прогнозе оценки взрослыми их поступков. Пятилетки часто попадают впросак: он хотел хорошего, сделать маме подарок к Восьмому марта — аппликацию, вырезал красивые цветочки. Ну, да, из вечернего платья, но нужны же были самые красивые! И что это мама так рассердилась? Дети после восьми лет обычно в такие ситуации не попадают, если делают что-то, то обычно реакцию взрослых себе представляют верно.

По этой же причине с ребенком до этого возраста абсолютно бесполезно разговаривать о том, как он должен вести себя завтра. Когда вы перед ним, смотрите на него, он кивает головой и говорит: «Да, мамочка, конечно, я не буду завтра в садике драться, буду дружно с ребятами играть». Он не обманывает, он искренне с вами согласен, и хочет слушаться, ведь вы здесь, он смотрит на вас, слушает вас, у него работает следование. А завтра в садике вас нет, следования нет, и драться или мирно играть — это как уж там получится. Поэтому, когда воспитательница детского сада говорит: «Поговорите с ним вечером, чтобы он...», надо понимать, что поговорить можно, отчего не поговорить, с детьми вообще полезно разговаривать, но не надо питать иллюзий, что раз сегодня вы ему объяснили, как надо или не надо, завтра он так и сделает.

Зато после семи лет это вполне может сработать: ребенок способен удерживать ваш образ в сознании, помнить ваши слова, он как бы следует за виртуальным родителем, поселившимся внутри, выполняет его предписания. Или, используя психологический термин, он *интериоризирует* установки родителя, присваивает их себе, как если бы они стали его собственными. Ему больше не нужно слышать внешний голос: «драться нехорошо», он как будто слышит его внутри самого себя. У него может не хватать сил ему следовать, или могут быть веские причины *не* следовать — это другой вопрос, но как вести себя правильно — он знает и помнит.

Способность к удержанию целостного образа важна и в конфликтах с родителем. Помните, мы говорили о том, что трехлетка не способен в тот момент, когда он в ярости из-за маминого запрета, помнить, что он маму любит? Отсюда все эти «Ты дура! Уходи!». Пятилетка пытается преодолеть это мучительное для него расщепление «люблю-ненавижу родителя» через сказки, в которых все отвергающие и жестокие действия приписываются мачехам — «неправильным», «испорченным» мамам, самозванкам, выдающим себя за родителя. Примерно так и видится ребенку мама, которая вдруг начала кричать, прогонять или обижать. А уже от шести-семилетнего можно услышать: мама ругала меня, потому что сердилась, но она меня любит.

В книге «Убить пересмешника» Харпер Ли показан этот процесс интеграции образа в сцене примирения Глазастика (ей 8) с дядей.

Он рассердился на нее за драку с двоюродным братом и отшлепал, и сначала она реагирует так: «До самой смерти и говорить с тобой не буду! Терпеть тебя не могу, ненавижу, чтоб тебе сдохнуть!». Но когда чуть позже дядя приходит мириться, девочка постепенно возвращается к контакту с ним и наконец заявляет: «Дядя Джек, ты хороший, и я, наверно, все равно даже теперь тебя люблю, только ты ничего не понимаешь в детях». Эта фраза содержит в себе одновременно и любовь к дяде, и обиду на него, Гластик достаточно большая, чтобы не расщеплять образ, несмотря на противоречивые чувства.

Вот это и есть главный итог кризиса 6-7 лет с точки зрения развития привязанности: в душе ребенка поселяется *внутренний родитель* как целостный обобщенный образ родителя реального. Это не какой-то там абстрактный «родитель вообще», а именно тот, которого ребенок знает, несущий в себе самые разные черты и самые разные чувства. Внутренний родитель — психическое образование, которое формируется в результате обобщения всего опыта взаимодействия с реальными родителями, всех тех многих тысяч актов защиты и заботы (или, увы, чего-то другого), которые имели место за прожитые годы детства. Этот «родитель, который всегда с тобой», и формируется в целом примерно к 7 годам.

Попробуем осознать, что это означает. **Родитель поселяется в душе ребенка**, он теперь «стоит перед его внутренним взором». То есть психологически ребенок со своим виртуальным родителем больше не расстается. А это значит, что ребенок становится способным выдерживать разлуку с родителем реальным.

Если мама у меня внутри, я могу от мамы уехать на две недели, скажем, в лагерь, и не получить невроз, как это почти неминуемо случилось бы в пять лет. Поэтому заглянув в первый класс школы мы можем увидеть ребенка, рыдающего из-за сломанного карандаша, — но вот ребенка, который плачет из-за того, что вдруг очень захотелось к маме, — вряд ли. А в детском саду это довольно обычная история. Конечно и в восемь, и в десять можно скучать в разлуке, но это не тот разрушительный витальный ужас, который испытывают дети младшего возраста.

Интересно, что во многих культурах к этому возрасту приурочены сепарационные ритуалы и практики. Например, у мусульман в 7 лет мальчик переходит с женской половины дома в мужскую. Считается, что к этому времени он уже «намамился», наполнился заботой матери и готов обходиться без нее.

Еще более радикальная традиция — кунакство — существует у некоторых горских народов: там вообще ребенок в 7 лет отправляется в дом своего дяди, брата отца, и дальше растет там, видясь с родителями лишь изредка.

В этом же ряду и православная традиция первого причастия по достижении 7 лет: смысл в том, что ребенок теперь сам отвечает за свои поступки, не родители за него, он сепарируется от родителей и теперь общается с Богом напрямую.

Мы помним, как после освоения речи привязанность стала способна перекрывать расстояние, о ребенке стало возможно заботиться, не совершая буквальных действий, с помощью указаний и предостережений. Теперь мы видим следующий шаг, нить привязанности становится еще длиннее: привязанность становится способной перекрывать время. Мы больше не должны предостерегать и советовать в режиме реального времени, теперь у него есть внутренний голос — наш голос, которые говорит ему в нужный момент: «А мама-то что говорила? Руки надо мыть. Со взрослыми надо здороваться. Перебегать улицу опасно». Мы у него внутри, поэтому мы можем о нем заботиться, вообще не находясь поблизости, с помощью указаний и предостережений, данных ребенку заранее. Ведь когда-то нас не будет рядом совсем, возможно, уже не будет на свете. Но наша защита и забота останутся с ним — на всю жизнь вперед.

После кризиса 6-7 лет ребенок встает на путь завершающей сепарации. Сейчас он к ней еще не готов, он похож на яблоко, которое уже почти созрело и даже зарумянилось, но отделяться от ветки ему рано, нужно еще набраться соков, дозреть.

А значит, в ближайшие годы ему все еще очень нужны родители, хотя основные события его жизни теперь будут происходить не в семье, а в социуме, в том большом мире, к выходу в который ему нужно успеть подготовиться.

ГЛАВА 7
С 7 ДО 12 НА ПУТИ В БОЛЬШОЙ МИР

ВОЗРАСТ ТОМА СОЙЕРА

Вот он, наш семилетка. С опытом привязанности (надеемся, что хорошей и прочной), внутренним родителем в сердце и портфелем в руке. Начинает новый этап своей жизни — этап получения образования. В очень разных культурах: и в больших городах с обязательными государственными школами, и в затерянных в глубине лесов селениях, где никто не умеет читать и писать, — дети с 6-7 лет и до подросткового возраста большую часть времени заняты обучением. Кто-то учится охотиться и выделывать шкуры, кто-то — писать в прописях и умножать столбиком, кто-то — доить корову и сеять хлеб, кто-то осваивает священные книги, а кто-то — компьютерные программы, но учатся все. Осталось совсем немного до перехода во взрослость, эти несколько лет нужно использовать по полной программе, чтобы узнать все важное и нужное о большом мире, в который предстоит выйти.

Все повторяется: так же, как двухлетка, не зная устали, осваивал маленький мир своего дома и своего тела, — так и младшеклассник готов увлеченно изучать все подряд: повадки животных, устройство вулканов, историю географических открытий, двигатель внутреннего сгорания в разрезе — весь богатый, сложный, разный мир вещей и явлений. До мира отношений на новом уровне дело дойдет позже, в юности, сейчас ребенка интересуют вещи, материя, причины и связи, правила и границы. Он экспериментирует с предметами, схемами, собственным телом: «Пацаны, я могу без рук!», «Ух ты, я понял, как это работает!», «Ребята, давайте построим дом на дереве!». Разобрать и собрать старый будильник, сделать взрывалку из кока-колы, виртуозно скакать через резинку или прыгалку, заплетать немыслимо сложные косички подружкам, плести фенечки, стоять на руках — да мало ли что совершенно необходимо попробовать, чему научиться! В этих занятиях словно воспроизводится вся история человеческого рода: выследить зверя, поймать птицу, построить плот, уйти в лес и выйти из него, соорудить шалаш, развести костер и пожарить на нем еду, перегородить ручей плотиной, украсить себя узором, изготовить оружие, сделать украшение, сочинить и рассказать в кругу своих увлекательную историю.

Десятилетка хочет знать и уметь, и он готов вкладываться в процесс. Он может за один день научиться кататься на скейте, каждый раз падая и вставая, игнорируя ободранные коленки. За два дня научиться вязать, просидев их полностью со спицами, пока не начало получаться ровно. Он может два часа наблюдать, не шелохнувшись, за пауком, может три недели мастерить сложнейшую модель корабля, может сочинить свой шифр и писать на нем так же быстро, как на родном языке, может помнить все мельчайшие подробности любимой книжки или сериала, дойти до не вообразить какого уровня сложной компьютерной игры. Он учится и осваивает новое страстно, с полной самоотдачей.

Глаза разбегаются, интересы скачут: сегодня он хочет в секцию бокса, завтра — в астрономический кружок, через неделю делает макраме, а еще через две — управляемого робота. Многое начинает, многое бросает, но от начала до момента, когда наскучит, бывает очень увлечен. Взрослым непонятно, как можно проводить часы, стараясь получше нарисовать героя фильма, если не собираешься становиться художником? Зачем тратить пол лета на то, чтобы научиться виртуозно объезжать на роликах кегли? Если уж заниматься, то всерьез — с точки зрения взрослых «всерьез» — это по программе и с прицелом на будущее. А если не всерьез, то зачем так вкладываться, не жалея сил и времени? Для взрослого учеба — средство, инвестиция в некое будущее, в другую, производительную деятельность. Для ребенка учиться чему-то новому — самодостаточная ценность, такая же, как

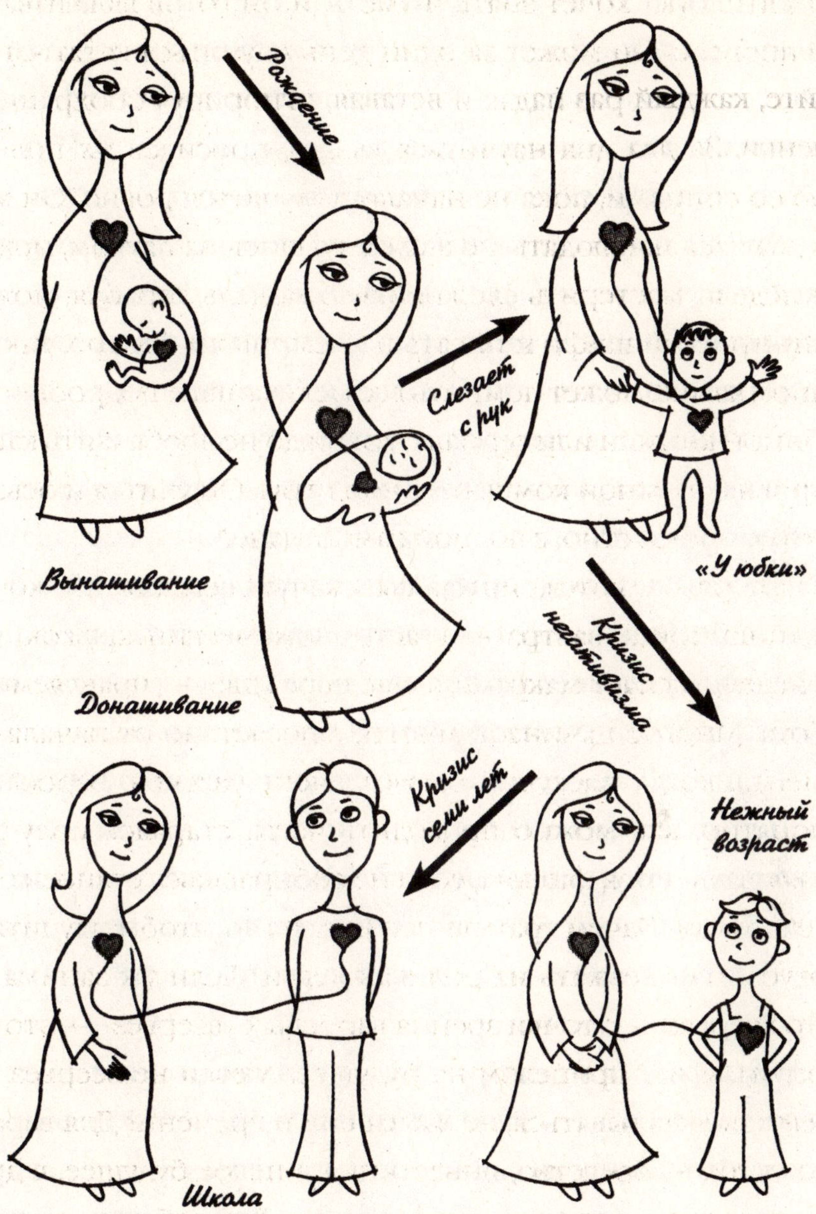
Вынашивание
Рождение
Донашивание
Слезает с рук
«У юбки»
Кризис негативизма
Нежный возраст
Кризис семи лет
Школа

недавно была игра. Учеба — это и есть содержание жизни, никакого «будущего» для него нет, он учится не для того, чтобы это потом когда-то с пользой применить, а для того, чтобы получилось, чтобы понять, узнать, смочь, покорить. Игра все еще остается важной частью жизни, но явно отходит на второй план: либо она сливается с обучением, делая его интереснее и легче, либо становится частью отдыха, досуга.

Родители, семья в это время воспринимаются как тыл, арьергард. Они нужны, чтобы о них не думать. Если в семье все благополучно, привязанность в порядке, ребенок о ней и не думает особо. Он рад родителям, любит их, скучает, если долго не видит, но они больше не составляют главный интерес его жизни.

Надо сказать, и родителям дети в этом возрасте редко доставляют беспокойство. Нежность и ранимость дошкольника уходит, до передряг возраста полового созревания еще далеко, ребенок достаточно самостоятелен, но еще вполне послушен — одно удовольствие. В эти годы редко стартуют неврозы и хронические заболевания, детские страхи, мысли о смерти отступили, а подростковый экзистенциальный ужас еще неведом. Десятилетки оптимистичны, жизнерадостны, полны идей, легки на подъем, хорошо справляются с неудачами и разочарованиями.

Демографы даже подсчитали, что самая минимальная вероятность умереть — от любых причин — у человека в 10 лет. Детская хрупкость ушла, а износ организма еще не начался, вот и получается пик здоровья и витальной энергии. Легкий, яркий возраст, радостный старт жизни в большом мире.

Возраст очень обаятелен, неудивительно, что столько любимых литературных героев пребывают именно в нем: Пеппи Длинный Чулок и Том Сойер, Алиса Селезнева и Гарри Поттер.

Есть книги, которые стали настоящим гимном этому времени жизни, например «Вино из одуванчиков» Рэя Брэдбери или «Моя семья и другие звери» Джеральда Даррелла. Самое лучшее для десятилетнего человека — утром встать, выпить кружку молока с хлебом — и на весь день на простор, на волю: наблюдать, пробовать, осваивать новое. Мир вокруг — полон загадок, вызовов и приключений, но по большому счету безопасен, и если мальчику среди дня захотелось есть и пить, он стучится в любой дом, из любого дома ему выносят горсть винограда и кусок хлеба, и он дальше продолжает гулять. И только вечером, падая с ног от усталости, он вернется домой, чтобы что-нибудь съесть и быстро заснуть под родные голоса за дверью.

Нет, с родителями или старшими братьями тоже хорошо — если они принимают тебя всерьез, берут с собой для серьезного дела. Если видно, что ты нужен, и если в процессе ты можешь учиться. Если они не зануды.

Все это было бы прекрасно, на самом деле, если бы не одно «но».

Наверняка многие из вас, читая предыдущие страницы, думали: ничего себе — легкий возраст! Да мы с ним все время скандалим, да какая там самостоятельность — все нужно проверять и контролировать. Да не хочет он учиться, все из-под палки. Да какой там «учиться без устали» — он приходит из школы истощенный просто.

Да, все так и есть. Действительно есть одно «но». Оно называется школа.

В ОТСУТСТВИИ ДАМБЛДОРА

Что же не так со школой? Ведь если мы имеем ребенка, который жаждет учиться и общественный институт, призванный детей учить, — кажется, что они просто созданы друг для друга! Они просто обязаны быть счастливы вместе. Почему же так много родителей разделяют мысль «у нас с ребенком все было бы хорошо, если бы не школа»? Почему для стольких детей начало каждой четверти становится «изгнанием из рая» нормальной, интересной, радостной детской жизни?

Это важный вопрос, в котором стоит разобраться.

Мы говорили о том, что, если все шло хорошо, к своим семи годам ребенок наполнен привязанностью по самую макушку. В общем и целом работа привязанности выполнена, отношения с родителями могут отойти на второй план, стать тылом, а не главной сценой. Кто же приходит — должен приходить — им на смену? Ведь ребенок еще явно мал для полной самостоятельности, и далеко не всему можно научиться, просто играя с другими детьми. Нужен тот, кто покажет и научит, передаст «настоящие» взрослые знания — учитель, наставник.

Образ Наставника в человеческой культуре — такой же мощный архетип, как архетипы Матери и Ребенка. Он присутствует в мифах и легендах, в героических сагах, в книгах и фильмах о взрослении, будь то легенды о короле Артуре или мультик «Кунг-фу панда». Оно и неудивительно. Люди, в отличие от животных, должны много учиться, в них не вшиты при рождении все необходимые для жизни алгоритмы, им нужно знать и уметь так много, что недостаточно просто перенять навыки у родителей через подражание и следование. **Нужна учеба как особая, отдельная деятельность и отношения учитель-ученик как особые, очень важные в жизни отношения, сопоставимые по значению с отношениями привязанности, дружбы или любви**. Наставник — это тот, в чью руку родители вкладывают руку ребенка, передавая тем самым и доверие ребенка, и долю своей ответственности за него. Это проводник из мира детства в мир взрослости. Это тот, кто знает сам и может научить.

Отношения с наставником во многом похожи на отношения с родителем — это тоже разновидность привязанности, там тоже есть доминирующий и ведомый, тоже подразумеваются защита и забота со стороны старшего и безоглядное следование со стороны младшего. Эти отношения тоже очень эмоционально значимы, наши лучшие учителя навсегда занимают место в нашем сердце, и мы рады их видеть даже будучи взрослыми.

Но есть очень серьезное отличие.

Любовь родителя безусловна и безоценочна. По крайней мере, такой задумана. В жизни бывает по-разному, конечно, и многие родители не могут не оценивать своего ребенка, не сравнивать его с другими, не обусловливать свою любовь к нему его успехами или хорошим поведением. Это всегда больно ранит детей, искажает отношения привязанности, а в тяжелых случаях приводит к нарциссическим чертам личности.

Отношения с родителями внушают нам, что мы ценны и прекрасны просто как живое существо. Они начинаются с позитивного отзеркаливания, с бесконечного любования и восхищения «за то, что малыш, за то, что растешь», они нацелены на то, чтобы заботиться, защищать. Родительские руки всегда сзади, они страхуют, голос предупреждает, оберегает, родителю важнее, чтобы ребенок был жив, здоров и доволен, чем его успехи или соответствие чьим-то ожиданиям. Все это очень мудро и правильно для начала жизни, в которую ребенку нужно пригласить, а потом в ней закрепить, создав у него безоглядной, не требующей, а только дающей любовью тот самый внутренний стержень «я существую, и это хорошо, я имею право жить, быть таким, какой я есть». Поэтому мы в восторге от каждого слова малыша, рады любому рисунку дошкольника, и только родители, сами не получившие безусловного принятия, могут раскритиковать с любовью сделанный для них пятилеткой завтрак за то, что на полу в кухне теперь липкие пятна.

Родительская любовь прекрасна, она дает ребенку силы жить и развиваться легко и естественно. Ее достаточно, чтобы научиться ходить, лазать, говорить, играть. Быть здоровым и счастливым детенышем. Но человеческому детенышу этого недостаточно. Он должен стать человеком разумным, то есть — существом, которому нужен смысл в жизни. Он живет не реактивно, как братья наши приматы: проголодался — пошел поел, понадобилось — подрался, пришло время — совокупился, а если ничего этого не надо — лежи себе на солнышке в полудреме, почесывайся. У него шило в... в мозгу на самом деле. Он сам ставит цели и хочет их достигать. Он создает культуру, науку, цивилизацию. Он меняет мир и свою жизнь. Для всего этого недостаточно просто жить и радоваться, нужно уметь прорываться, преодолевать, рисковать, встречать вызовы, делать что-то через «не могу», делать что-то «как еще никто до меня». С точки зрения природы — вести себя неестественно, ибо — зачем? Если есть еда и нет тигра? Но людям вынь да положь смысл жизни, борьбу и самореализацию, чувство, что ты не только получаешь от мира, но и даешь ему, что ты не зря живешь, без этого они на стенку лезут. Точнее, на крышу или подоконник — и потом оттуда прыгают. Имея с точки зрения природы все, что нужно для безбедной и приятной жизни. Такие уж мы.

Для вот этих задач преодоления, изменения мира, самореализации родительской любви недостаточно. Она никак не мотивирует делать лучше других, как никто еще не делал, — ей что дитя ни сделало, все прекрасно. Поэтому ребенку нужен тот, кто будет оценивать. Тот, кто будет ставить барьеры и требовать их преодоления, в том числе через не могу и не хочу. Тот, кто может иногда сказать: «Нет, это плохо, ты не старался, ты можешь лучше», — и это не разрушит отношения, потому что Наставнику — можно. Он не родитель. Его признание надо заслужить.

У казаков, в культуре которых особенно важно уметь скакать на лошади, есть в той или иной форме праздник даре-

ния первого коня. Мальчику, обычно лет в 6, крестный дарит первого в его жизни коня. В присутствии всей родни мальчика на коня сажают и ведут по кругу. И обязательно делают так, что он с коня падает. Мать бросается к нему — не ушибся ли, но ей преграждает путь крестный или дядя мальчика со словами: «У него теперь есть конь, он мужчина». И мальчик должен встать сам — и снова залезть на коня.

То есть он должен уже суметь сам себя сконтейнировать — использовав весь опыт полученных от мамы за первые годы утешений. Вытереть слезы самостоятельно — и продолжать.

Практически у всех воинственных народов интуитивно существовал запрет на обучение искусству наездника и ведения боя отцом. Такое обучение невозможно без травм и боли, и «соберись, потерпи, не обращай внимания» ребенок должен слышать не от того же человека, который прежде всегда был готов взять его на руки и вытереть его слезы. Да и поднимать меч на отца, как и стремиться победить отца, пусть и в целях обучения, — дело немыслимое.

Настоящий наставник всегда немного супермен. Чтобы за ним было интересно тянуться, чтобы к нему — чужому, все-таки, человеку — включилось поведение следования, он должен быть особенным, должен впечатлять и восхищать, уметь что-то такое, чего никто больше не умеет, быть причастным к чему-то тайному, сакральному, куда нет входа непосвященным. Не случайно самые известные образы наставников — это маги, волшебники, существа из иного мира: кентавр Хирон, Мерлин, Гендальф, Дамблдор, магистр Йода, Доктор Кто. Архетипический Наставник — это мудрец, могучий воин, много где побывавший, много чего на своем веку повидавший, совершивший немало подвигов. С ним связаны предания и легенды, его прошлое полно тайн, никто не знает точно, о чем он думает.

В архаичных культурах обучением детей занимались жрецы и шаманы — крайне уважаемые люди, способные путешествовать между мирами, говорить с душами предков. Наставнику можно быть странным, выглядеть иначе, действовать неожиданно — он проводник, не вполне от мира сего. Он может быть смешным, маленьким или подчеркнуто дряхлым — да хоть с зелеными ушами — при этом скрывая за внешней нелепостью невероятную мощь.

Конечно, Наставник не только оценивает. Он все же имеет дело с младшим и слабым, поэтому помогает, подбадривает, объясняет, поддерживает в первых попытках. Он всегда на стороне ученика — сам требует, может быть строгим, но другим своих детей в обиду не даст. Наставник защищает и заботится — тем больше, чем младше ученик, с каждым годом все меньше.

Один из универсальных сюжетов преданий и книг — гибель Наставника, до последнего вздоха защищающего своих учеников. Это высшая реализация Наставника — отдать ученикам всего себя, в буквальном смысле «отдать им свою жизнь». Так погибают Оби-Ван и Дамблдор. Так умер в реальной жизни Януш Корчак.

Предпоследняя книга о Гарри Потере закольцована двумя диалогами между учеником и Наставником. В самом начале Дамблдор говорит Гарри: сейчас везде очень опасно, но тебе бояться нечего. И на вопрос: «Почему?» отвечает просто: «Потому, что ты со мной». А в конце книги, когда Гарри тащит на себе слабеющего профессора и уговаривает не волноваться, Дамблдор так же просто отвечает: «Я не волнуюсь, Гарри. Ведь я с тобой». Обучение завершено. Ученик стал Героем.

Позже, в подростковом возрасте и юности будет время осознать, что и учителя бывают слабы и несовершенны, или, как сказала одна девочка: «Оказывается, учительница тоже ходит в туалет!». Тогда можно будет общаться в более дружеской манере, почти на равных — хотя всегда «почти». А детям помладше нужно страстно обожать, стремиться стать таким же и следовать за Наставником, преодолевая себя и препятствия.

Вот такие отношения нужны ребенку, такой архетип вшит в его культурную память, с такой мечтой он идет в школу. И что же он там находит?

Чаще всего — вовсе не супермена, мага и героя, а уставшую учительницу, для которой ее работа — довольно рутинное дело, не предусматривающее ни подвигов, ни приключений, ни путешествий между мирами. Кому-то везет, и он-таки встречает учителя, увлеченного своей работой, обращенного душой к ученикам, который сам по себе — яркая, сильная личность.

Помните старый советский фильм «Первоклассница»? Там была такая учительница, по одному взгляду которой замирало сорок человек, — но не потому, что она орала и ставила двойки сотнями. Она входила в класс, как королева, учила письму как волшебству. Ее осуждения боялись, ее похвала окрыляла. Она видела весь класс целиком и каждого ребенка по отдельности. В глазах детей, при детях она не могла быть усталой, слабой, раздраженной, не могла не знать и не уметь. Ее невозможно себе представить жалующейся на низкую зарплату или рассказывающей родителям, что она не может справиться с «таким тяжелым классом». Точно так же невозможно себе представить, что с ней неуважительно разговаривает, например, директор школы или проверяющий из РОНО. То есть он мог бы попробовать, но...

В кульминации фильма учительница оказалась-таки супервумен: девочки, ее ученицы, заблудились в буране и она в одиночку прошла сквозь буран, рискуя жизнью, нашла и спасла их.

Мы не знаем, был ли у этой героини реальный прототип, но как архетипический образ, это сделано гениально.

В архаичных культурах община могла себе позволить выделить для обучения подрастающих детей самых лучших и харизматичных. Нынче у нас всеобщее обязательное образование, государственные школы. Учитель — просто работник, нанятый государством (реже — руководством частной школы) для выполнения конкретного функционала: объяснить, показать, проверить, оценить. Для того, чтобы быть принятым на эту работу, требуется диплом педвуза — мягко говоря, вуза не самого престижного. Сама работа достаточно тяжелая, рутинная и не очень хорошо оплачиваемая, идут на нее часто те, кому удобно работать рядом с домом или пораньше освобождаться, или те, кто не нашел себя ни в чем другом. Такой учитель не может быть Наставником. Он всего лишь винтик в административной машине системы образования и не более того.

Да и не готовят наших педагогов строить отношения привязанности с учениками. Вести электронный дневник учат, составлять планы уроков — тоже, а вот как проявлять доминантную заботу по отношению к детской группе и каждому ребенку — об этом речи нет. Есть прирожденный талант — хорошо. Нет — все будет очень сложно. Даже если учитель сам прекрасно знает предмет, **без отношений ученики — Наставник процесс не пойдет**, у детей не включится поведение следования, и учиться продуктивно они не смогут. И пресловутой «дисциплины в классе» не будет тоже.

Есть учителя, у которых из двух компонентов: «доминирование» и «забота» — проседает первый. Они ведут себя как не вполне взрослые люди, ноют, жалуются, часто говорят, что не могут справить с классом или с отдельными учениками. Они пишут много замечаний в дневник, а все родительское собрание посвящают рассказу о том, какие трудные им достались дети, какая при этом низкая зарплата и как они устают. Некоторые из «слабых» педагогов из-за неуверенности в себе и страха перед детьми начинают с ними заигрывать, задабривать, ставят пятерки «за просто так», заменяют уроки развлечениями.

Дети постарше учителей, неспособных к роли взрослого, презирают, а младшим с ними очень тревожно. Они не чувствуют себя защищенными, им трудно следовать за слабым, инфантильным педагогом, доверять ему, а значит, и учиться у него тоже трудно. Если ребенок еще и имел опыт перевернутой привязанности — пиши пропало, учиться не будет не только он, но и весь класс, который найдет в его лице негативного лидера, смело бросающего вызов учителям.

У других педагогов доминирование есть, но плохо с заботой. Им трудно смириться с тем, что дети еще малы, импульсивны, чего-то не могут, не понимают. Они трактуют любую ошибку как злонамеренный проступок, требуют беспрекословного подчинения себе и школьным правилам, не дают детям возможности проявлять инициативу, пробовать новое. Они часто бывают нетерпимы к обычным детским проявлениям: непоседливости, шалости, невнимательности, а порой могут быть и просто жестоки к ученикам. Их запрос к родителям чаще всего — запрос на наказание: «Примите меры! Научите его порядку! Пожестче с ним!» А уж если попасть к такому педагогу в немилость...

Наконец, нередко случается, что учитель приходит к детям, будучи не готовым ни к заботе, ни к доминированию, и тогда жалобы перемежаются истеричными наездами, детей обвиняют во всех смертных грехах, угрожают исключением из школы, вызовом милиции и Бог знает чем еще. В другом варианте учитель просто ставит крест на отношениях с детьми и самих детях, монотонно бубнит что-то себе под нос у доски, не обращая на учеников никакого внимания, и, кажется, ждет звонка с урока больше всех в классе. Суть всех действий и высказываний сводится к следующему: «Вы мне неинтересны, я вас не люблю, а учить не могу и не хочу». Стоит ли говорить, что дети у такого учителя и ведут себя плохо, и предмет ненавидят, и ничего не знают, кроме того, что сами случайно узнали, полистав на уроке от тоски учебник.

Конечно, в школу приходят и люди с призванием и способностями стать Наставниками. Но, надо признать, слишком многое устроено сейчас так, чтобы они в школе не задерживались.

Архетипический Наставник — прежде всего человек с чувством собственного достоинства. Он у нас супермен, на минутку. А в сегодняшней школе учителя контролируют и проверяют, у него обязательный учебный план и сто тридцать три формы отчетности, на него могут наорать, могут заставить идти на официозный митинг или драить школу к приезду комиссии. Как после такого он сможет прийти к детям с лицом Наставника? У него будет лицо человека, которого унизили и подчинили.

Архетипический Наставник смел, и учит тому же учеников, он не боится трудностей, он принимает вызов судьбы, он всегда готов рискнуть ради нового знания. А сегодняшнему учителю категорически запрещен любой риск, все должно быть разрешено и проверено инстанциями, результат, к которому он должен привести учеников, известен заранее и не предусматривает неожиданностей. Он вынужден не открывать с ними новые знания, а давать их по заранее известному плану, он рассказывает им о предмете, отвечая на вопросы, которых они не задавали, и которые не интересны ему самому. Да и то, чему он учит, часто детям не важно и не нужно, воспринимается как самодурство взрослых.

Архетипический Наставник — ценный и труднодоступный ресурс. К нему еще поди попади в ученики, ты еще должен доказать, что ты достоин и способен. Он не будет ни за кем бегать и никого принуждать. А в сегодняшней школе учитель никому не может сказать: не хочешь — не учись, он с самого начала оказывается в роли надсмотрщика, который должен следить, чтобы дети не разбежались.

Стоит ли удивляться, что дети наши не удовлетворены такими отношениями и такой учебой, хотя их возраст приспособлен для получения знаний как нельзя лучше?

Неслучайно действие «Вина из одуванчиков» происходит в каникулы, а роман Даррелла просто заканчивается, когда Джерри приходится отправиться в школу. Именно из школы так хочется сбежать в Нарнию, Террабитию, Швамбранию, в пещеру Индейца Джо, на необитаемый остров, в другую Галактику — куда угодно, где есть простор, приключения, сложные задачи, настоящие Наставники — где можно действительно учиться.

ЧУЖАЯ РОЛЬ

У всего этого есть и еще одно очень невеселое следствие. Не справляясь с ролью Наставника, учитель часто пытается вогнать в нее родителей. Требует проверять у детей уроки, делать вместе с ребенком задания, пишет «примите меры», вызывает в школу, ожидая, что родитель «поговорит» — то есть отругает ребенка за недостаточное рвение в учебе или плохое поведение на уроке. И родители зачастую готовы эту брошенную в них горячую картошку ловить. Ведь они волнуются за детей и хотят им лучшего образования и лучших шансов на будущее. Начинают контролировать, проверять, объяснять. Ругают, что написано неаккуратно, требуют переделать. Объясняют, как решать задачу, и злятся, если ребенок не понял. Повторяют с ним неправильные глаголы и раздражаются, что он не запомнил. Снова и снова читают нотации о том, как нужно себя вести в школе — а как может себя вести ребенок, которому, во-первых, дико скучно, во-вторых — тревожно из-за того, что учитель либо инфантилен, либо опасен, а родной родитель выступает с ним заодно?

Вот это уже по-настоящему грустно. Мало того, что ребенку не досталось Наставника и ни с чем не сравнимого счастья уважать и любить Учителя и следовать за ним. Теперь у него еще и родителей отнимают. Мама, которая должна всегда любить, всегда быть за меня, — ругает меня за плохо написанные прописи. Папа, который должен всегда защищать, — набрасывается на меня после жалобы учительницы. Мир рухнул. Как со всем этим жить?

Если родители проявляют особенно неуемное рвение в деле получения образования вместе с ребенком и за ребенка, жизнь семьи превращается порой в настоящий ад. Все вечера проходят под дамокловым мечом «уроков». Процесс сопровождается криками, угрозами, а то и ремень идет в дело. Как много взрослых людей вспоминают начальную школу как кошмар всей своей жизни, как ужасные годы, в которые они потеряли родителей. Нет, все живы — потеряны были отношения, привязанность скормили Молоху принудительного образования.

Так что же, родителю вообще нельзя участвовать в школьных делах ребенка, помогать с уроками? Можно. И ключевое слово тут «помогать». Если ребенок просит объяснить сложное, если ребенок просит проверить «на всякий случай» ошибки, если ребенок жалуется, что тема скучная, а вы знаете, что нет, и можете рассказать что-то интересное. В этом случае ваше участие в приготовлении домашних заданий будет не контролем и не оценкой, а естественным для родителей поведением защиты и заботы. Ребенку сложно, он просит помочь — вы помогаете. В этом смысле задача из школьного учебника или написание реферата ничем не отличается от всего множества вещей, которые вы ему помогаете освоить: завязывать шнурки, забивать гвозди или готовить яичницу. Почему нет? Но как только вы присваиваете себе функцию оценки и контроля, как только вы выступаете единым фронтом со школой, особенно если ребенок ее не любит и боится — вы бьете, словно топором, по своей с ребенком привязанности. Есть ли на свете контрольная, которая бы того стоила?

Как хирург не станет сам делать операцию своему ребенку, так и опытные репетиторы избегают сами заниматься со своими детьми. Потому что на своих, как оказывается, терпения всегда не хватает. Слишком много эмоций. То жалко его, то бесит его несообразительность, то накрывает вина: вот если бы я в его раннем детстве... Сам ребенок очень нервничает, боится родителя расстроить, разочаровать, соображает хуже. Или не может собраться, раскисает — ведь это родной теплый бок, прижаться бы к нему и забыть про все эти кошмарные дроби.

Встречаются родители, которым удается виртуозно жонглировать ролями и учить своих детей дома, самостоятельно, не нанося ущерба отношениям. Кто-то из родителей становится тренером для своего ребенка, умело сочетая требовательность и заботу. Но это особый дар, он есть не у всех, как не у всех есть музыкальный слух или математические способности. А сколько детей признаются, что почти потеряли своих родителей как родителей после того, как те стали их тренировать или готовить к каким-то конкурсам, олимпиадам, экзаменам.

Члены семьи могут учить детей и выступать в роли наставника, но обычно в случае решения задачи «для личного пользования»: водить машину, ухаживать за растениями, готовить еду, шить, мастерить что-то. Там нет внешнего судьи, нет жестких сроков и планов освоения, поэтому такое обучение становится просто частью отношений родителя с ребенком, и через много лет взрослая уже дочь может варить борщ «с изюминкой», как учила мама, а сын ловко и аккуратно собирать мебель — как показывал папа.

Еще один риск, связанный с голодом современных детей по Наставнику — выбор ребенком суррогата наставника, негодного заменителя. Это может быть подражание кумиру или слепое, рабское обожание сверстника постарше или подоминантней. Потребность есть, она не утолена, и ее хочется занять хоть чем-то. Понятно, что такой псевдонаставник не может обеспечить реальной защиты и заботы, ответственности у него нет. Родители сетуют на дурное влияние, но надо понимать, что на ухоженной клумбе бурьян не вырастет. Не ребенок виноват, что его голод не утолен, и не тот «плохой мальчик», который на безрыбье стал его учителем жизни. Это взрослые не дали ему того, в чем нуждалась его взрослеющая душа, вложили в руку камень «обязательного образования» вместо хлеба настоящего обучения.

Бывает и совсем плохой вариант, ребенок может попасть в зависимость к человеку, который злоупотребит его потребностью в Наставнике. Увы, самый частый вариант совращения детей педофилом — вовсе не чужой дяденька, приставший в подъезде, а именно псевдонаставник, начавший отношения с ребенком под видом интересного обучения чему-то необычному. Защитой от этого может быть только доверительный контакт ребенка с родителями, и сформированная у ребенка к этому времени уверенность в своем праве сказать «Нет».

NB! Не все зависит от нас, и мы не можем вмиг поменять систему образования. Но важно помнить про потребность ребенка в наставнике. Не обязательно, чтобы все встреченные им учителя были гениями педагогики — достаточно хотя бы одного. Если есть из кого выбрать, прекрасно, кто-то из детей будет обожать брутального физрука, кто-то — остроумную математичку, а кто-то — немного странного на вид и вечно непричесанного биолога. Они будут задерживаться около такого учителя после урока, толпиться в его лаборантской, рассказывать о своих делах. Любить его предмет, читать по нему больше, участвовать в олимпиадах, всегда будут готовы помочь с уборкой в классе, рады что-то подклеить, поднести, передать. Если в школе вовсе нет таких учителей — это мертвая школа, и там нечего делать детям.

Если не повезло найти Наставника в школе, есть шанс найти его в спортивной секции, кружке, театральной студии, туристическом клубе.

Важно оставаться для ребенка родителями, а родитель — это тот, кто заботится. В какой-то ситуации позаботиться может значить — написать за него какой-нибудь реферат, который ему даром не нужен, а он только из-за этого не выспится или пропустит любимую тренировку. В какой-то ситуации, если он получил двойку, его уместно пожалеть, в какой-то ситуации — пойти к учительнице и выяснить, что происходит. Иногда просто обсудить, почему все стало так плохо, что происходит, чем можно помочь, а какие ошибки ребенок может исправить сам.

Здесь становится важна вся предыдущая история. Если это история безопасных, доверительных отношений, которая приучила его ждать от вас понимания и помощи, он сможет о ней попросить и признать, что не справляется. Но если к этому времени, он привык слышать: «Мне некогда. Давай-ка сам справляйся. И чем ты думал вообще, когда...» и так далее, то естественно есть риск, что он будет погружаться в неуспеваемость все глубже, и просто вы об этом не узнаете.

Чем меньше и чувствительней ваш ребенок, тем важнее убедиться, что учитель не будет его пугать, обижать, унижать. Чем более он у вас шустрый и активный, — тем меньше ему подходит учитель ноющий и слабый.

Не пытайтесь решить эту проблему за счет ребенка, путем нотаций и уговоров. Он все равно ничему не сможет научиться у такого педагога — лучше сразу менять учителя или школу. Педагог не обязан быть идеальным, но в какой-то минимально необходимой степени он должен быть взрослым и уметь заботиться.

ЭТАПЫ БОЛЬШОГО ПУТИ

Наш ребенок вот-вот перестанет быть ребенком. Еще чуть-чуть — и половые гормоны начнут свою мощную работу по изменению его тела. К началу подросткового возраста привязанность уже сделала почти всю свою работу. Ребенок практически выращен.

Оглядываясь назад, мы можем увидеть, как периоды наполнения — плато — сменяются кризисами сепарации, так что на каждом следующем плато ребенок все меньше нуждается в опеке родителей. В каждый следующий период детства он осваивает новую часть мира.

Однако, в течение всего детства каждый раз, когда ребенок не справляется с жизнью, он может вернуться на сколько-то стадий назад, чтобы вновь припасть к ресурсу безусловной любви и заботы. Когда двухлетка не справляется с жизнью, у него сзади одна только стадия — донашивания, и он туда возвращается. На ручки, в психологическую утробу. Этот процесс мы подробно разбирали раньше. Потом он станет старше, станет дошкольником, потом пойдет в школу. Его самостоятельность, независимость растет, — но если что-то пошло не так, он всегда имеет возможность сделать несколько шагов назад, дернуть за канат привязанности и вновь позвать на помощь родителя.

Представим себе, что ребенку, скажем, лет 10, и у него в школе что-то произошло неприятное.

Если это мелкая неприятность, ему достаточно будет обратиться к внутреннему родителю. Пролил на себя суп в столовой — а, вспомнил, мама как-то в подобной ситуации промокнула салфеткой и пятно быстро высохло.

Если неприятность посерьезней — голова болит, он захочет маме позвонить, услышать ее голос, получить совет. Мама выслушает, успокоит и подскажет, что можно пойти к медсестре, пусть померяет температуру и таблетку даст.

Беда еще больше — несправедливо обвинили в чем-то, попал в историю. Тут уж нужно, чтобы мама приехала, оказалась в поле зрения, разобралась на месте. Увидеть ее, услышать. А если очень обидно и страшно — то важно рядом с ней стоять, «у юбки».

Ну, если совсем что-то серьезное: травма, шоковый испуг, стал жертвой травли, — тут надо не просто чтобы приехала, а чтобы обняла, взяла на руки, фактически вернулась к донашиванию.

Чем сильнее стресс, чем больше ребенок «не справляется с жизнью», тем ему нужно больше защиты и заботы, тем на большее число стадий он возвращается назад, или, как говорят психологи, *регрессирует*.

В фильме «Превратности любви» один из героев, молодой мужчина, умирает от СПИДа. К нему приезжает мать, с которой у него напряженные отношения, она не приняла его гомосексуальность, они давно не общались. Но сейчас ему плохо так, что хуже некуда, жизнь уходит. И он просит маму лечь с ним рядом и петь ему колыбельную. Это сильный, мужественный человек, но ему нужно донашивание, потому что смертельная болезнь — это крайняя форма невозможности справиться с жизнью.

Так, уровень за уровнем, как сложный квест, проходит ребенок свое детство, при необходимости возвращаясь на время назад. Во время плато ребенок наполняется: заботой, новыми умениями, отношениями. А когда оказывается наполнен — совершает рывок на новый уровень самостоятельности.

Беременность — плато, ребенок зреет внутри, он полностью зависим, как только созрел, — начинаются роды — сепарация. Потом период донашивания — тоже плато, малыш впитывает молоко и заботу, наполняется, и год завершается рывком сепарации — ребенок слезает с рук, обретает свободу передвижения. Потом период освоения материального мира, накопления умений в условиях прочного тыла психологической утробы — и новый рывок, кризис негативизма. Когда он завершен и ребенок убедился в прочной привязанности, — он снова наслаждается своей ролью маленького и зависимого, он хочет следовать и принимать любовь и заботу родителей и делает это в нежном возрасте. Снова сепарация около семи — и плато обучения, подготовки к переходу во взрослый мир.

И вот он уже на пороге последнего в течение детства кризиса сепарации — подросткового. Если про кризисы, например, одного года или семи лет многие и не знают, они «тихие», все основные изменения происходят внутри, то подростковый кризис сепарации невозможно не заметить, как невозможно не заметить роды. Тогда ребенок выходил из тела матери в мир, отсоединяясь от пуповины, теперь он выходит в мир из психологической утробы привязанности, отсоединяясь от зависимости. Скучно не покажется никому.

ГЛАВА 8

ОТ 12 ДО 15 ПОДРОСТОК: ПРЫЖОК ЧЕРЕЗ ПРОПАСТЬ

Стоит человеку сказать: «У меня сын (дочь) подросток», как ему отвечают «понимающим» взглядом. А то и прямо говорят: «О, это да! Сочувствую!» или «Ох, у нас, слава Богу, это позади, вспомнить страшно» или «А нам еще предстоит, что-то будет...». Похоже, что быть родителем подростка — это особый, довольно экстремальный, опыт, особое время в жизни. Подростковый возраст традиционно считается «трудным», он прочно ассоциируется с конфликтами, с «жизнью как на вулкане», с тревогами и нервами родителей, с опасностями для ребенка. И это не просто привычный предрассудок, возраст действительно критический, «переходный», как его называют. Переход из детства во взрослость.

ПРЫЖОК ЧЕРЕЗ ПРОПАСТЬ

Психолог Эрик Эриксон, много изучавший этапы детства и юности, писал о подростковом возрасте: «Молодой человек должен, как акробат на трапеции, одним мощным движением отпустить перекладину детства, перепрыгнуть и ухватиться за следующую перекладину зрелости».

Действительно, изменения, которые происходят с ребенком в возрасте с 11—12 лет до 15 (примерно, обычно девочки «стартуют» чуть раньше, мальчики чуть позже) стремительны, как прыжок. Ребенок растет буквально на глазах, его тело меняется, детские черты и пропорции сменяются взрослыми. Меняются фигура, кожа, голос, запах, появляются признаки полового созревания. После сравнительно плавного развития в предыдущие годы скорость этих изменений ошеломляет. Многие родители признаются, что в этом возрасте постоянно ошибаются с размером, покупая ребенку одежду, даже если раньше всегда «попадали». И выискивая свое чадо в толпе сверстников, в школе или во дворе, все время ловят себя на том, что представляли его на голову ниже, чем он есть на самом деле.

В школе очень бросается в глаза разница между детьми и подростками. Вот влетают в класс пятиклашки: легкие, как мотыльки. Они ловко снуют между рядами, они все время в движении, они прыгают на месте от возбуждения и предпочитают перемещаться бегом. А вот входят восьмиклассники. Резко вытянувшийся подросток- акселерат не идёт, а тащится, не садится на стул, а тяжело падает, перед этим так же тяжело уронив портфель. Он часто чувствует усталость, то и дело задевает за углы мебели и дверные косяки, словно ещё не запомнил новых границ своего тела.

Это расплата за стремительный рост — внутренние органы не успевают приспособиться к обслуживанию больших габаритов, работают с напряжением, отсюда утомляемость, сонливость. Нередко обостряются хронические заболевания, казалось бы, уже забытые в благополучном, энергичном и озорном возрасте Тома Сойера и Пеппи-Длинный чулок. Появляются новые: к сожалению, очень многие тяжелые, пожизненные болезни «стартуют» именно в это время, когда организм и иммунитет ослаблены бурным ростом.

Отражается на самочувствии и гормональная перестройка. Привычные для взрослого, но совершенно новые для подростка дозы половых гормонов потрясают его организм. Накатывая волнами, они вызывают то апатию, то беспричинное возбуждение, снижают умственную работоспособность. Мучают подростковые дисфории — периоды раздражительной мрачности или плаксивости, когда наворачиваются слезы «ни от чего», или «все бесит», или «хочется сдохнуть», или «разрушить мир». То, что настроение меняется без всякой видимой связи с внешними обстоятельствами, пугает еще больше, и от подростка приходится слышать: «Что со мной? Почему я сижу и плачу, как будто кто-то умер, хотя ничего не случилось? Почему на меня так часто накатывает ярость, душит ненависть к самым близким, хотя на самом деле я знаю, что их люблю? Я, наверное, с ума схожу?».

Подстегиваемые гормонами эмоции могут заставить считать жизнь конченой ввиду «ужасного» изъяна во внешности, заметного порой только самому его обладателю. Мальчиков пугают настойчивые эрекции, которые, кажется, «всем заметны», девочки переживают из-за менструаций. Все это ново, стыдно, трудно, а порой и просто больно. Происходящая перестройка организма то обещает новые силы и возможности, то отравляет жизнь прыщами и неожиданным набором веса, заставляет беспокоиться о том, что изменения происходят слишком быстро (или слишком медленно). А вдруг не вырасту (вырасту слишком сильно)? Почему я такой худой (толстый)? По-моему, у меня очень маленькая (большая) грудь. У меня совсем не растут (так быстро растут) усы! У всех девочек уже началось (еще не началось), а у меня нет (у меня уже)!

Тело находится в процессе постоянных изменений, разные его органы развиваются в своем темпе, отсюда непропорционально длинные конечности подростков, высокий детский голос у здоровенного парня или заметная грудь у девочки, которая ещё выглядит и чувствует себя ребёнком. Как успевать к этому привыкнуть, как собрать себя из этих столь разных частей, как будто кто-то делает хулиганский коллаж из журнальных фотографий: стан Анджелины Джоли приклеивает к личику с шоколадки «Аленка» и выпускает ходить, жить и страдать? Подростку трудно поверить, что пройдет совсем немного времени, и дисгармония исчезнет, он обретет ладное юношеское тело.

3 И 13

Трудности переходного возраста не исчерпываются физиологией. Меняется не только тело, меняются мышление, способности, интересы, сознание себя, отношение к сверстникам, место в семье и в обществе, ожидания окружающих, права и обязанности — да просто все. Многие родители отмечают, как похож подросток на двух-трехлетку. Те же капризы и истерики, те же взрывы гнева, тот же негативизм и отрицание всего и вся без разбору, то же настойчивое «Я сам! Отстаньте!», даже если не получается и явно уж сам не рад, что настоял. Он еще такой маленький и глупый, а сам себя считает таким большим и самостоятельным. Он так иногда бесит, что сил нет, и взрослые с тоской вспоминают ласкового, покладистого ребенка, который был у них совсем недавно.

Сходство этих двух кризисных возрастов не случайно. Мы помним, какой рывок в развитии делает ребенок к трем годам. Он становится способен самостоятельно перемещаться в пространстве дома и манипулировать предметами, обслуживать себя (есть, одеваться, ходить в туалет), выражать свои мысли и чувства, отстаивать свое мнение в конфликте, начинает играть со сверстниками.

Не то же ли самое и с подростком? В 10 лет — он еще дитя. Он подчиняется родителям, они контролируют его поведение, содержат его, отвечают за него. В 16—17 — это самостоятельный по сути человек. Он может свободно перемещаться уже не только дома и на игровой площадке, а где угодно, он может сам позаботиться о себе, он может освоить любую практически деятельность, доступную взрослым, осознавать и защищать свои интересы, строить свои отношения с людьми вне семьи. Да может даже детей завести, чего уж там. С точки зрения природы это совершенно взрослая, способная к самозащите, самообеспечению и размножению особь, и с точки зрения общества — человек, отвечающий за свои поступки, имеющий паспорт, имеющий право самому себе зарабатывать на жизнь, самому за себя отвечать и жить самостоятельно.

Другой вопрос, что взрослость с точки зрения природы и с точки зрения современного общества — очень разные понятия, но об этом речь пойдет позже. Живи мы в архаичной культуре, юноша или девушка 15—16 лет безоговорочно считались бы взрослыми и, возможно уже имели бы собственную семью и детей. То есть, рывок в развитии за несколько коротких лет происходит очень существенный. Стоит ли удивляться, что при такой интенсивности изменений дети находятся в стрессе, а мы — заодно с ними?

Мы помним, что любое освоение больших объемов нового — это много неудач и разочарований. Трехлетка мог в минуту жизни трудную залезть к родителю на ручки. А подросток? Он же уже большой, не поместится. Ему не положено.

Сепарация — это всегда запреты и конфликты. Трехлетка постоянно слышит: «Нельзя! Не трогай! Осторожно!» и подросток — в том же положении. Физически он уже может пойти куда угодно и с кем угодно, он может сделать все, что ему заблагорассудится, у него та же неуемная потребность попробовать, узнать, залезть, его так же не останавливают опасности и не обескураживают неудачи. Но он так же постоянно слышит «Нельзя! Не смей! Мал еще!». Разница лишь в том, что малыш исследует мир вещей, мир пространства, объемов, фактур, вкусов и звуков, а подросток — мир людей, мир отношений, чувств, решений, принципов, увлечений.

Упрямство и постоянная готовность спорить и скандалить как в исполнении трехлеток, так и подростков, способны довести родителей до белого каления. Причем, если трехлетку, который бушует и старается сделать по-своему, несмотря на все наши «нельзя», можно, на худой конец, руками удержать, или взять и унести, то с подростком такое не пройдет. Да и мириться с малышом проще: он, конечно, устроил скандал, но теперь вот ревет, такой маленький, такой сладкий. А подросток? Как после скандала с криком и хлопаньем дверью пойти обнимать это ощетиненное прыщавое и костлявое существо?

Еще одно сходство. На втором-третьем году жизни малыш начинает осознавать своё «Я». Он начинает хорошо узнавать себя в зеркале, знает свое имя, осознает, что он ребенок, что он мальчик или девочка, старший брат или младшая сестра. Ведь это потрясающее открытие: я — это я! Я существую и я такой, как есть! Конечно, новыми возможностями сразу хочется пользоваться вовсю, и начинается: «Нет! Не хочу! Не буду!». Он открыл для себя эту новую волшебную возможность: хотеть — или не хотеть! Слушаться — или отказаться! Обнаружил свою волю, свой собственный «центр управления полетом», и учится им пользоваться, в том числе в процессе конфликтов с родителями.

То же чувство собственного существования, собственной идентичности остро переживается и в начале подросткового возраста. Это описано во многих детских книгах и воспоминаниях: острое, до мурашек, внезапно накрывшее чувство «Я — это я! Я существую!».

В повести Брэдберри «Вино из одуванчиков» десятилетний герой спрашивает: «Папа, а все люди знают, что они живые?» Потому что его самого, только что, прямо сейчас, на этой солнечной лесной поляне — накрыло «чувство существования».

Малыш, слезая с рук, «вылупляется» из младенческого слияния с мамой, а **подросток должен «вылупиться» из семьи**. Он должен научиться жить своим умом, по собственному плану, совершать собственные выборы и нести за них ответственность. И это задача в своем роде еще более сложная — ведь малыш хоть и убегает от мамы, а все же знает, что она недалеко. Это пока лишь этап сепарации, отделения, лишь один из шагов, важный, но не окончательный.

Подростку же предстоит отделиться радикально. Он должен будет совсем скоро оттолкнуться от надежного, знакомого корабля своей семьи и полететь в открытый космос. Это трудно, страшно, восхитительно — все вместе. Отношения привязанности подходят к своему естественному завершению.

СВЕРЖЕНИЕ С ПЬЕДЕСТАЛА

Мы помним, что отношения с родителями — самые важные, витально значимые в жизни ребенка, и итоговая сепарация не может быть безболезненной. Когда-то от своего трехлетки мы впервые услышали: «Ты плохая. Не люблю тебя». Было и смешно, и обидно, но что такое лепет трехлетки по сравнению с тем, что можно услышать от подростка!

Задача кризисного возраста — сделать рывок в сепарации, пережить разочарование во всемогуществе родителей и научиться жить своим умом. А чтобы выпрямить палку, ее всегда приходится сначала перегнуть в другую сторону. Есть даже такое шуточное определение взрослости: «Быть взрослым — значит поступать, как считаешь нужным, даже если то же самое советуют родители». Потому что взрослости предшествует период, когда ребенок стремится поступать «не как советуют родители» совершенно независимо от того, чего он сам хочет и что считает верным. Главное — порвать путы, освободиться от родительской опеки, отделиться. Стоит ли удивляться, что в это время семья живет как на вулкане?

Подросток решает задачу по отделению от родителей, по преодолению в своем сознании их незыблемого авторитета. Помните, как ребенок в нежном возрасте идеализировал, почти обожествлял родителей? А теперь он вдруг впервые видит вместо самого сильного, самого умного, самого справедливого на свете отца какого-то почти незнакомого ему человека: раздраженного, немолодого и, похоже, не очень умного. Вместо лучшей в мире, самой красивой и доброй мамы — уставшую, располневшую женщину, полную дурацких предрассудков насчёт секса и жизни вообще. Такое открытие пережить нелегко. Подросток вдруг понимает, насколько он и его родители — разные люди, как отличаются их вкусы, мнения, ценности. Естественно, свои предпочтения он считает единственно верными, а родительские — устаревшими и скучными. Даже если это не говорится вслух, то сквозит в голосе и взгляде, и порой очень обижает взрослых. В результате обычный спор из-за музыкальных вкусов может разгореться в жесточайший конфликт, казалось бы, совершенно неадекватный теме.

Подросток и его родители находятся словно в разных системах координат: он стремительно меняется — они стараются сохранить стабильность; они хотят, чтобы он сначала поумнел и стал ответственным, а потом проявлял своеволие — у него получается только наоборот. Растерянные происходящими в любимом ребёнке изменениями, родители срочно «берутся за воспитание», что окончательно портит отношения. Подросток приходит к выводу, что «с ними не о чем разговаривать». И вместе с тем ему остро не хватает близости с родителями, он страдает от одиночества, хочет возобновить контакт — и не знает как. Он отдаляется от семьи, подчёркивает своё равнодушие. Возможно, этот характерный для подростков способ психологической защиты и лег в основу распространённого убеждения, что семья в этом возрасте не важна.

Психологи проводили параллельно опрос подростков и их родителей.

Родителей спросили: «Как вы думаете, чего больше всего хотели бы от вас ваши дети?»

Самый частый ответ был: «Чтобы дали им денег и отстали».

А что же сами подростки ответили на вопрос: «Чего бы вы больше всего хотели от своих родителей?»

Самый частый ответ: «Чтобы они проводили с нами больше времени».

Разлад с родителями переживается подростком очень болезненно, вплоть до тяжелых нервных расстройств и даже попыток самоубийства, хотя сами родители обычно бывают уверены, что «ему все равно».

Но и родителям тоже несладко.

Особенно тяжело переживают свержение с пьедестала те родители, которые до этого сложили все яйца в одну корзину — «жили ради детей». Ведь сепарация ребенка угрожает самому смыслу их жизни, выбивает почву из-под ног. Они обнаруживают себя в «пустом гнезде» — дела нет, полноценного брака нет, теперь родительская роль уходит — как жить дальше?

Тяжело и тем, кто в целом не удовлетворен своей жизнью, много лет живет с чувством, что не принадлежит себе, не нашел себя ни в работе, ни в творчестве, ни в отношениях с партнером. Тогда подростковый кризис ребенка может совпасть по времени с кризисом среднего возраста у родителей. И если тебя самого накрывает сознание бессмысленности, никчемности своей жизни, а тут еще наглый отпрыск цедит через губу: «Ну, и что тебе дало это образование? Сидишь на работе, которую ненавидишь? Ну, и что вы мне морали читаете и лезете в мою личную жизнь? Своей займитесь, живете вон как кошка с собакой» — это воспринимается, как удар ножом в спину. Ты и так падаешь, и тут тебя толкает — и кто? Твой собственный ребенок...

Сложно и родителям, слишком «идеальным», безукоризненным во всем, в том числе в отношениях с ребенком. Они такие понимающие и мудрые, такие успешные, такие совсем еще молодые и красивые, — ну, как тут с пьедестала-то слезать? Подросток мучается от своего несовершенства, а родители так довольны собой и объективно хороши — не придерешься, что бесят его еще больше.

В мультфильме «Храбрая сердцем» сделана интересная попытка показать, как влияет кризис подросткового возраста не только на ребенка, но и на мать. Мать героини — само совершенство, добра, умна, красива, всеми любима, все еще молода, она Настоящая Королева — и этим все сказано. И она прекрасная мать — чуткая, ласковая, терпеливая, очень любящая. Но чтобы примириться с тем, что дочь стала самостоятельным, отдельным существом, со своей свободной волей, ей приходится утратить весь свой социальный лоск, превратиться в дикого зверя. Она глубоко страдает от этого, пока не наступает момент, когда именно грубое, дикое, природное начало материнской любви позволяет ей спасти дочь от гибели. А заодно вспомнить себя — настоящую и живую, а не «образцово-показательную».

Так что главный, наверное, совет родителям подростка — заниматься собой и своей жизнью. Дети больше не требуют ухода и постоянной опеки — это же прекрасно. Больше свободного времени, больше возможностей что-то в жизни менять, реализовать отложенные планы, чему-то новому научиться. На пьедестале довольно скучно стоять, да и годы уже не те — спина затекает.

А там, глядишь, и подростковый кризис пройдет, сепарация состоится и можно будет общаться уже на новом уровне, без напряжения и борьбы.

«Когда мне было четырнадцать лет, мой отец был так глуп, что я с трудом переносил его. Когда мне исполнился двадцать один, я был изумлён, как старик поумнел».

Марк Твен

МЕЖДУ ДЕТСТВОМ И ВЗРОСЛОСТЬЮ

Дело не сводится только к кризису сепарации от родителей. Само положение подростка в нашей культуре весьма двусмысленно. Биологически зрелый человек может ещё на долгие годы по состоянию души и положению в обществе оставаться ребёнком; кроме того, реальная степень взрослости может сильно отличаться от того, что думает о себе сам подросток и окружающие его люди.

Есть остроумный афоризм: «Юношу изобрели одновременно с паровой машиной». И это действительно так. Сравнительно недавно по историческим меркам никакого переходного возраста не было, и никаких подростков не было. Впервые о юноше как феномене в европейской культуре заговорил Руссо, а в русской — Достоевский, написав роман «Подросток». До этого романа само слово было не в ходу.

В древние времена и в ныне сохранившихся архаичных культурах человек, достигший половой зрелости, становился полноправным членом общества, получал право заводить семью, распоряжаться собой, на равных с другими принимать решения, касающиеся судьбы племени. Момент перехода из детей во взрослые отмечался особым обрядом — *инициацией,* который символизировал смерть человека как ребёнка и рождение его как взрослого. При этом происходила смена имени, изменялась внешность (прическа, узоры на теле, одежда) и окончательно менялся статус подростка в племени. Он больше не возвращался под крышу родителей, вообще больше не считался их ребенком (в том смысле, что они ничего не были ему должны и за него не отвечали), получал право заводить собственную семью и распоряжаться собой. Хотя сам обряд был сопряжен с нешуточными испытаниями, сопровождался болью, страхом, разнообразными лишениями, иногда даже нанесением увечий, инициация была радостным и долгожданным событием. Ведь статус молодого человека после неё резко повышался, у него становилось намного больше прав и возможностей.

После инициации ребенок не возвращался под родительский кров, отношения считались завершенными. Конечно, у них оставались все чувства друг к другу, но он больше не обязан был их слушаться, а они больше не обязаны были его кормить и отвечать за его поступки. Отношения привязанности, как отношении зависимости, прекращались за выполненностью задачи.

Все волшебные сказки основаны на сюжете об инициации. Первым это понял филолог Владимир Пропп, написавший книгу «Исторические корни волшебной сказки». Именно взгляд на сказку, как на историю инициации, позволяет понять, почему сказочные сюжеты и образы так похожи у самых разных народов, почему в сказках всегда действует младший, почему он всегда покидает дом, почему по возвращении бывает свадьба и многое другое.

Младший сын, то есть подросток, отправляется в тридевятое царство — в потусторонний мир, чтобы выполнить трудное поручение. Там он встречает помощников — тотемных животных, проходит сложные испытания, рискует жизнью и часто таки погибает. Но затем с помощью метаморфозы — окунания в котел или опрыскивания живой водой — возвращается к жизни в уже новом качестве. После этого он женится и получает полцарства — статус хозяина своей жизни.

У девочек свои испытания были, скорее на терпение и выносливость. Например, девушке в период месячных запреще-

но было говорить, общаться с людьми, есть, мыться, прикасаться к земле. Она должна была сидеть, согнувшись в три погибели, в специальном шалашике, который часто ставили на сваи — чтобы «нечистая» не коснулась почвы, в полном одиночестве, с одним лишь кувшином воды на несколько дней. Общаться с ней могли только старухи, чьей плодовитости уже нельзя было повредить. Были племена, которые держали в таком затворе девушек все время полового созревания. Эти обычаи отражены в сказках про царевну, заточенную в башне, и про Рапунцель, которая сидела там так долго, что ее коса отросла до земли. Освобождение приносила только свадьба (явление прекрасного принца).

Отголоски обряда инициации и сейчас есть в большинстве религиозных традиций, это конфирмация у католиков, бар-мицва у иудеев и многие другие. Есть и социальные вехи, которые обозначают переход из одного статуса в другой: получение паспорта, окончание школы, определяемый законом возраст совершеннолетия. Однако все эти вехи и переходы очень разнообразны, разнесены по времени, имеют очень разную значимость для разных семей. Никакого внятного общепринятого момента превращения ребенка во взрослого не существует. Вместо этого есть «переходный возраст».

В современной европейской цивилизации недостаточно уметь держать копье и построить шалаш, в котором можно поселиться с понравившейся девушкой из племени. Чтобы обеспечить не то что семью — самого себя — нужно долго учиться, осваивать множество навыков жизни в сегодняшнем мире: от оплаты счётов и пользования сложной техникой до взаимоотношений с начальством и организации своего рабочего дня. Проходит от 7 до 10 лет, прежде чем взрослый с точки зрения природы человек становится взрослым с точки зрения общества. Кроме того, поскольку специального обряда, подобного инициации, не существует, непонятно, в какой именно момент происходит окончательный переход. Кто-то считает рубежом достижение определённого возраста, кто-то — получение аттестата, диплома или первой зарплаты. Взгляды самого подростка, его родителей, учителей, общественное мнение могут в этом отношении существенно расходиться.

Двусмысленность положения подростка в своих собственных глазах и глазах окружающих вызывает немало трудностей. С одной стороны, он лишен большинства привилегий детского возраста. От него ждут взрослой серьезности и ответственности за свои поступки. Закон, например, обычно предусматривает ответственность за совершение правонарушений с 13—14 лет. Учителя и родители тоже не склонны теперь снисходительно относиться к проявлениям легкомыслия, беспечности, импульсивности — всего того, что прощают детям. С другой, — и взрослых привилегий подростку пока не предоставляется. Он зависит от родителей материально и морально, он должен отчитываться перед ними, куда идёт, с кем и зачем, любой взрослый считает себя вправе сделать ему замечание, его общение и сексуальная жизнь находятся под пристальным вниманием. Подросток не имеет права не знать, не уметь, не понимать. Но права отвечать за себя, распоряжаться собой по своему усмотрению у него тоже нет.

Налицо ситуация двусмысленности, двойного стандарта. А что делают обычно люди в таких ситуациях? Конечно, жульничают! Каждый пытается трактовать ее в свою пользу. Когда удобно — так, когда неудобно — наоборот. «Мал еще, так с матерью разговаривать, большой лоб, мог бы и сам понять...» — на одном выдохе говорит родитель. И подросток не теряется: «Дай денег на кино и не лезь в мою жизнь!» — тоже одной фразой.

Между подростком и взрослыми словно идёт нескончаемый спор: «Я уже не ребёнок!» — заявляет он, отстаивая своё право на самостоятельность, на распоряжение собой. «Но ты же ещё не взрослый!» — отвечают ему, ограничивая и контролируя. «Я ещё не взрослый!» — говорит подросток, прося о поддержке, о помощи, о терпимости. «Но ты уже не ребёнок!» — слышит он в ответ, и сталкивается с постоянным требовательным недовольством взрослых. Неудивительно, что где подростки — там и конфликты.

Родителям не легче — они тоже попадают в ситуацию, когда, с точки зрения общества, должны отвечать за то, за что отвечать, по сути, уже не могут.

Вот в школу вызывают родителей старшеклассника: Петя не делает домашних заданий, примите меры. Что, интересно, по мнению школы, родители должны сделать, чтобы Петя (1 м 85 см роста и усы) делал уроки? Объяснить ему? А он, видимо, не в курсе, что их надо делать? Делать вместе с ним? А если он встанет и уйдет? Наказать его, не дав сладкого? Не разрешить смотреть мультики? Не взять в цирк? Отшлепать? На этот вопрос ни у кого нет ответа: ни у родителей, ни у школы, ни у всяческих комиссий по делам несовершеннолетних. Однако с родителей спрашивают за успехи Пети, за поведение Пети, за здоровье Пети. И они чувствуют себя виноватыми, что не могут на него повлиять, — или пытаются его ругать и наказывать, заранее зная, что обречены на провал.

При этом все участники процесса знают правду: Петя знает, родители знают, школа знает. Но продолжают врать самим себе и друг другу.

А правда в том, что Петя вырос. Все, поздно пить боржоми. Дело сделано. Привязанность отработала свое, следование больше не включается. Природная программа требует от него отделиться, а от родителей — отпустить. И только общество стоит над ними и делает вид, что Петя — все тот же маленький мальчик, которого мама с папой могли бы водить за ручку.

Чем дальше, тем больше удлиняется «дельта» между возрастом биологической зрелости и зрелостью социальной. Все больше стран отодвигают порог совершеннолетия уже до 21 года, продлевая непонятное «промежуточное» время в жизни человека.

Идея защиты прав детей, запрета эксплуатации детского труда, стремление предоставлять детям все больше возможностей и привилегий порой оборачиваются тем самым благим намерением, которое выстилает дорогу известно куда. Детей уже готовы обложить со всех сторон ватой и подстелить им соломки буквально всюду. Подросток, который рвется к самостоятельности, который жаждет «подвигов и атак», вынужден сидеть у маминой юбки и просить у папы стольник на кино. Его могут отчитать, запретить гулять, чмокнуть в щеку без разрешения. С точки зрения природы, с точки зрения задач возраста — это ненормально. Потому что не дело молодому льву оставаться во власти родителей.

У животных взрослый самец, который грудью защищал детеныша, может наброситься на подростка, особенно если тот начинает «права качать» или свой половозрелый статус демонстрировать. Поэтому в природе подростки подальше держатся от взрослых самцов. А у слонов, например, подросшего сына будет отгонять от себя мать — молодой слон в состоянии сексуального возбуждения опасен для нее и для младших детенышей.

А человеческий подросший детеныш вынужден не только находиться рядом, но и полностью зависеть от взрослых. Стресс в такой ситуации неизбежен.

Он в возрасте Квентина Дорварда, он мог бы скакать с мечом в руках и сражаться с негодяями за прекрасную даму, а вместо этого его заботливо усаживают за парту и говорят: учись, его кормят сбалансированными обедами и беспокоятся, чтобы он не промочил ноги и не познакомился с «нехорошей компанией». Он хочет испытать себя — его берегут. Он хочет самостоятельности — его опекают, причем еще иезуитски ругают, что «несамостоятельный», имея под этим в виду — «не делает того, что мы считаем правильным». Вот если ходит в школу, моет посуду, слушает маму и никаких гулянок — это самостоятельный. А если сбежал с уроков, залез на сайт «для взрослых» или подрался — это несамостоятельный. Такое вот необычное словоупотребление.

Взрослым тоже нелегко. В остроумных экспериментах было показано, что один из самых неприятных запахов для человека — запах пота его собственного ребенка, достигшего половой зрелости. То есть майка чужого ребенка просто пахнет, а своего — невыносимо воняет. Это заложенный природой механизм предотвращения кровосмесительных связей. Очень хитро задумано. Только люди природу перехитрили и самозабвенно ругаются со своими детьми на тему «к тебе в комнату нельзя зайти, такой духан стоит». Вместо того, чтобы отпустить из дома, ибо — пора.

Неудивительно, что семейное насилие между родителями и подростками — очень и очень распространенное дело. Причем агрессором выступает то одна сторона, то другая. Про эмоциональное насилие и речи нет. К сожалению, это почти норма жизни. То, как оскорбительно, зло, без всяких тормозов порой ругаются родители с подростками, даже описать трудно. Словно это не тот же самый ребенок, которого они когда-то целовали, носили на руках, на которого не могли надышаться. Словно они — не те же самые люди, которые были для него когда-то утешением, самыми-самыми лучшими на свете родителями.

У кого-то из родителей хватает характера и харизмы, а может, просто бесцеремонности и грубости, удерживать ребенка в подчинении лишние несколько лет. Отдельный вопрос, насколько это полезно для ребенка, и какие последствия для отношений имеет. Кто-то доводит своей неусыпной заботой и опекой ребенка до полного отчаяния, такого, что он уже готов сбежать из дома, выпить или уколоться, только бы уйти из невыносимой ситуации искусственно задержанного детства. У кого-то хватает коммуникативных талантов избегать резких конфликтов и договариваться, на полутонах, на сочувствии, так сказать, в память о былой любви. У многих — не получается. И родитель с подростком получают несколько лет непонятных отношений, унизительных или для одного, или для другого. И неизвестно, что для ребенка хуже и мучительней, — когда он сам «под каблуком», или когда он, не зная, что же делать, берет нахрапом верх над родителями и видит их отчаяние и слабость. Как писал в свое время Макаренко, нет никого несчастнее ребенка, победившего собственных родителей.

NB! Времена, как известно, не выбирают. Возможно, еще спустя сколько-то веков люди найдут способ сделать переходный возраст менее травматичным для всех заинтересованных сторон. Но сегодня мы имеем то, что имеем. И очень важно понимать, что в наших конфликтах с подрастающими детьми очень многое идет не от того, что они плохие дети или мы — негодные родители, а от того, что мы с ними живем в такое время и по таким правилам. Поперек программы, отточенной миллионами лет, вопреки ей.

Если мы понимаем, что в силу не зависящих от нас обстоятельств мы вынуждены длить зависимость ребенка от нас, хотя он уже и не ребенок, **стоит длить и хорошие, приятные стороны привязанности**. Если мы пытаемся контролировать, как прежде, но уже не считаем нужным ни побаловать, ни приласкать, — зачем подростку такие отношения? Раз уж приходится его искусственно задерживать в детстве, важно и плюсы детства сохранить. Погладить когда-то по голове, принести с работы его любимые конфеты, вместе погулять-поболтать-посмеяться.

Очень важно следить за тем, как мы разговариваем с подростком, не обрушивать на его голову тонны критики, не опускаться до оскорблений. Даже если он сам грубит — ситуация не станет лучше, если выкрикивать оскорбления станет еще и взрослый. Доброжелательность, спокойствие, незлой юмор помогут сохранить контакт и атмосферу в доме. Это все тот же ребенок, которого вы любите и знаете, просто временно немного колючий.

При этом всегда, когда возможно, пусть он будет самостоятельным, сам принимает решения и отвечает за себя. Например, при звонке из школы лучше всего просто передавать трубку самому Пете. Пусть разбирается.

ЭТА УЖАСНАЯ КОМПАНИЯ

Уже в 10 — 12 лет для ребенка возрастает важность в его жизни группы сверстников, он осваивает горизонтальные связи, партнерские отношения. Это необходимый этап взросления и подготовки к жизни.

В архаичных обществах все опять-таки решалось радикально: дети, достигшие определенного возраста, уводились из семей, они жили вдали от поселения племени, в глуши, в так называемых «лесных домах», девочки и мальчики отдельно. С ними занимались жрецы — самые лучшие, самые мудрые люди племени — учили ритуалам, охоте, и всякому еще нужному.

Традиция «лесных домов» получила отражение во многих волшебных сказках, самая известная у нас — переложенная Пушкиным «Сказка о мертвой царевне и семи богатырях». Европейский аналог — сказки о семи гномах, о братьях-лебедях. Такая братская община живет в глухом лесу, вдали от людей, героиня попадает туда и становится «милою сестрою», потом обычно умирает (переживает инициацию) и возвращается в мир людей уже невестой — сразу на свадебный пир.

Период обучения в лесном доме был частью процесса инициации, перехода из детства во взрослость. Поскольку, как мы помним, считалось, что при этом ребенок умирает, а на свет появляется совсем другой человек — взрослый, то все время прохождения обучения и обряда дети находились как бы «в другом мире», в мире мертвых, в мире предков. Их не должны были видеть другие члены племени, они не могли есть обычную пищу. Держали их довольно строго, если не сказать — сурово. Многие обычаи более поздних времен, например, спартанские, восходят как раз к инициационным практикам. Бывало, что и до смерти «заучивали», если не рассчитывали силу воздействия. Дедовщина, конечно, имела место и была нормой. Она не воспринималась как унижение, а просто как естественное проявление внутригрупповой иерархии, как испытание мужества и воли.

С одной стороны, обычаи эти выглядят довольно суровыми в наше время гуманистических ценностей и прав человека. С другой, — детям что-то вроде этого все равно нужно. Чтобы группа, чтобы тайна, чтобы вдали от обычных взрослых, но во главе с необычным, чтобы страшно и трудно, и чтобы преодолевать себя. Чтобы один за всех и все за одного, и общее дело, и все мы братья (жители лесных домов так и назывались — «братьями»). И символика, и ритуалы, и точная грань между «своими» и чужими».

Кто умеет с этой потребностью возраста работать — у того получается с подростками. Все признаки «лесных домов» были, например, в колонии и коммуне Макаренко: изолированность, довлеющая роль коллектива, которому надо было безоговорочно подчиняться, запрет на «романтические отношения» — все девочки — сестры («стань нам милою сестрою»), сложные и красивые ритуалы, правила, форма, внутренняя иерархия. Можно вспомнить опыт коммунаров 60-х годов, многочисленные школы, клубы, студии, в которых дети готовы были пропадать днями и ночами, если там создавалась та самая атмосфера групповой сплоченности, особости, противопоставленности своего «тайного» мира посвященных миру остальному, прозаичному и скучному. Неслучайно постоянно появляются детские книги, описывающие тайные подростковые организации со своим «штабом», руководителем, тайной системой связи и тщательно разработанными правилами, со своими ценностями и убеждениями и готовностью всех и каждого пожертвовать собой ради «общего дела».

Можно вспомнить давнего «Тимура и его команду», а можно «Гвардию тревоги» современной писательницы Елены Мурашовой.

Опыт такого «сектанства» подросткам жизненно необходим, это заложено природой, это потребность возраста, без этого дети задыхаются. Всякий, кто работал в школе, знает, как тяжело иметь дело с 7-9 классами. Особенно с мальчиками. Все время не оставляет ощущение, что им не надо здесь быть. Они должны быть там, в лесу, в степи, прыгать, бегать, драться, испытывать себя. Стоит ли удивляться, что они срывают уроки? Девочкам легче — пребывание в школе вообще очень похоже на те инициационные испытания, которые предназначались девочкам. Терпение, неподвижность, молчание, безоговорочная покорность, общение только с пожилыми женщинами. Чем не школьные будни?

Природу не обманешь. Когда какие-то способы реализации ведущей потребности возраста перекрыты, потребность всегда находит выход в изуродованных формах. И мы получаем скин-хедов, бешеных фанатов, в лучшем случае потребность воплощается в более мирных (хоть и довольно шокирующих) подростковых субкультурах, всех этих «готах», «эмо», «панках» и просто в приверженности подростка «компании», в которой «все наши», и соответствие правилам и ценностям которой становится главным содержанием жизни. Дети все равно объединяются в группы, но эти группы часто оказываются «дикими», злыми, не облагороженными традицией и руководством мудрого жреца. Встречаются и объединения молодежи, сознательно манипулируемые какими-нибудь «жрецами», цель которых, к сожалению, — не помочь детям вырасти, а просто использовать их некритичность, молодую силу и тягу к риску.

Приверженность подростка «компании» — не каприз и не способ избежать неприятных и скучных дел. Общаясь со сверстниками, он учится завоевывать авторитет, решать конфликты, понимать людей, переживать предательство, хранить верность, выбирать друзей, справляться с врагами. Это и есть ведущая деятельность подростка, а вовсе не изучение школьных предметов. Собственно, даже в школу, как показывают опросы, подростки ходят в первую очередь ради общения с одноклассниками. Успехи в учебе имеют для них смысл, только если способствуют авторитету среди сверстников. Если же в данном коллективе быть отличником зазорно, то способный ребенок может, например, специально перестать делать уроки, чтобы «соответствовать требованиям», потому что роль белой вороны, изгоя из коллектива для подростка намного хуже любых репрессий со стороны родителей и учителей.

В пределах одной общности — компании или субкультуры подростки стремятся одинаково выглядеть, одинаково думать, любить и презирать одно и то же.

В забавном рассказе Ильи Зверева «Второе апреля» девочка-семиклассница настаивает на том, чтобы отрезать косы, потому что «так ходят все, так оригинальнее». И родителям даже со словарем в руках не удается доказать ей, что «оригинально» и «как все» никак не могут сочетаться через запятую. У подростка — могут, и именно так и сочетаются.

При всем том, если отношения с родителями в целом хорошие, а привязанность прочна, они остаются для подростка авторитетом, даже если он не желает в этом признаваться даже самому себе.

Типичная ситуация: вы спорите с подростком, он не согласен буквально ни с чем, все ваши доводы подвергает сомнению и саркастично опровергает. А потом, день или два спустя, вы случайно слышите его разговор по телефону с приятелем на ту же тему. И с удивление замечаете, что ваше бунтующее чадо уверенно излагает ваши же вчераш-

ние аргументы. Уверяю вас, что когда вы не слышите, такое случается еще чаще.

Подросток хочет принадлежать группе, но вместе с тем групповое давление пугает его. Подростковая группа жестока к «инакомыслящим», оказаться в положении героини повести Железникова «Чучело» мало кто готов. Поэтому подростку важно, несмотря на все изображаемое пренебрежение к мнению родителей, опираться на их поддержку, их жизненный опыт, пусть даже это становится действительно тайной опорой — в том числе от самого себя. А если речь идет о ситуации действительно важной, сложной, очень значимой, потенциально опасной, подросток бывает готов прийти к родителям с прямым запросом на совет и помощь. Если, конечно, к тому моменту они не погрязли в войне и разрушили свои с ребенком отношения, добиваясь контроля и послушания.

Родителей, мечтающих вырастить своего ребёнка независимо мыслящим, яркой индивидуальностью, очень раздражает подростковый групповой конформизм. Особенно трудно родителям понять подражание лидеру, часто менее интеллектуальному, чем их ребёнок, и обладающему неприятными чертами характера. Но тратить усилия на развенчание авторитета в глазах подростка бесполезно, только отношения испортите. Лучше просто подождать, когда возраст коллективизма и подражания сменится возрастом индивидуализации, подчёркивания своей неповторимости, — а это произойдет совсем скоро.

Проходит время, потребность принадлежать группе реализуется, лучше ли, хуже ли. Наступает юность. Безраздельно принадлежать группе больше не хочется. Хочется быть взрослым, индивидуальностью. Групповая идентичность, осознание «лица необщего выраженья» своей компании, становится необходимой ступенькой к обретению идентичности индивидуальной, личной.

НАЙТИ СЕБЯ

Если биологические изменения происходят сами собой, а изменение социального статуса предусмотрено устройством общества, то работу по перестройке души приходится делать самому человеку. К 12 годам в основном уже проявляется все то, с чем ребёнок пришёл в мир: темперамент, характер, способности. За плечами важнейший опыт детства. Теперь на основе этого материала подростку предстоит начать строительство своей личности, своей Самости, того начала, которое в скором будущем позволит ему распоряжаться своей жизнью, самостоятельно принимать важные решения. Эрик Эриксон назвал эти переживания *кризисом идентичности,* цель которого — обрести самого себя.

Начинается работа по обретению себя очень тяжело. Подросток, в отличие от ребёнка, которым он был совсем недавно, остро чувствует своё несовершенство, свою зависимость от старших и от сверстников. Он старается быть лучше — и в результате страдает от чувства неискренности, фальши. Потом решает: «раз я такой плохой, нечего это скрывать» —

и делает и говорит много такого, о чем потом жалеет. Все эти переживания очень точно описаны в знаменитой книге «Над пропастью во ржи» Сэлинджера.

Подростка перестают удовлетворять оценки со стороны и хочется узнать «какой я на самом деле». В десять лет героический фильм или книга вызывает мечты, в которых ребёнок видит себя таким же непобедимым героем. В тринадцать мысли могут быть совсем другими: «Да, он не трус. Не то, что я...», «Хорошо ей быть принцессой и красавицей. А мне, страшненькой троечнице, что в этой жизни делать?»

Если послушать разговоры подростков между собой, замечаешь, как много они говорят о себе. Это не зависит от интеллектуального и культурного уровня, беседа может состоять из довольно вульгарных выражений и быть бедной по словарному запасу, но содержание ее все то же, что во внутренних монологах героев Достоевского или Сэлинджера: «Я такой человек, что...», «Я не знаю, как ты, но я не люблю, когда так поступают», «У меня не такой характер, чтобы.», «Пусть они думают обо мне, что хотят, но я.», «Я так считаю...»

Поглощенность собой, постоянная потребность оценивать себя делает подростка очень ранимым. Поведение, слова, чувства окружающих воспринимаются им через пелену собственных эмоций. Ему кажется, что все вокруг только и делают, что наблюдают за ним, обсуждают его внешность и поступки. Малейшая неловкая ситуация, некстати сказанное слово, допущенная ошибка заставляют «проваливаться сквозь землю», становятся предметом долгих мучительных размышлений.

Подросток начинает осознавать свою ответственность за то, что с ним происходит. Прежде поступки, хорошие и не очень, совершались импульсивно, под действием мгновенных чувств. Потом самому было непонятно — как угораздило такое натворить? Ребёнок искренне утверждает, что чашка «сама упала» или что беспорядок в комнате учинил «гномик». Что касается последствий, то ребёнку хочется только одного, — чтобы все бури поскорее миновали, родители перестали сердиться и снова все стало хорошо. Теперь все иначе. Сделать какую-нибудь глупость по-прежнему очень легко под влиянием момента, зато потом, независимо от того, повлекло ли это за собой какие-то неприятности, начинается мучительный процесс обдумывания, порой настоящего самоедства. Это касается не только особо значимых поступков, но буквально каждой своей мысли и чувства.

«О ребёнке следовало бы говорить «мне думается», «мне запоминается» — безлично; о подростке: «я думаю, я запоминаю», — писал Лев Выготский.

Познание себя, чувство ответственности, самоосознание — все это составляющие того самого чувства идентичности, которое обретает человек именно в этом возрасте. Оно порой переживается так ново и остро, что подросток кажется себе «не таким, как все», особенным, и это чувство может колебаться от сознания своей гениальности, особой миссии, до ощущения полного ничтожества, уродства, ненормальности. Обыкновенность в этом возрасте переживается как приговор, как крайне отрицательная характеристика, что поразительным образом сочетается со стремлением «быть как все».

Непростое это дело — искать себя, складывать уникальный паззл своей индивидуальности. Особенно в современном мире. Если в архаичных и патриархальных обществах индивидуальность обреталась в юности раз и навсегда, просто принималась в наследство у старшего поколения: мой отец был кузнец, и дед кузнец, я тоже хороший кузнец, из деревни Верхней, что на берегу реки, и вера у нас одна, и образ жизни, и национальность — такая цельная, крепкая, как наливное яблоко идентичность, — то в современном мире все иначе. Человек может быть рожден в семье, где смешаны культуры, национальности и вероисповедания, он может родиться в деревне, а жить в городе, и наоборот, может сменить страну, социальную страту, профессию, образ жизни, веру и даже пол, при желании. Ему не собрать себя один раз в юности и на всю жизнь, современный человек работает над уникальным орнаментом собственной идентичности всю жизнь. Подростковый кризис — лишь первый в череде множества будущих кризисов, когда придется задавать себе все те же вопросы: «Кто я? Какой я? Зачем я живу?».

Тот, кто от этой работы отлынивает, рискует остаться вечным полуребенком. Для этого тоже в современном мире есть все условия: можно всю жизнь потреблять, развлекаться, делать, что велено, и считаться достойным членом общества. На обаятельных кидалтов приятно посмотреть в комедии про Бриджет Джонс, но работать с ними, растить детей, не говоря уже о том, чтобы ходить в разведку, вряд ли найдется много желающих.

ВАХТА СДАНА

Чувства и устремления подростка противоречивы, непонятны ему самому. Он хочет войти в большой мир, найти в нем свое место, и вместе с тем подвергает этот мир жесткой критике, не приемлет его. Эйфория и любовь ко всему живому, мечты о том, как ты изменишь мир к лучшему, сменяются жестокими приступами тоски и отчаяния — «синдромом Лилу» — помните, героиня фильма «Пятый элемент», высшее существо, просмотрела за полчаса всю историю человечества и впала от горя и ужаса в кому?

Мир, в который мы когда-то, в период донашивания, так настойчиво зазывали ребенка, и правда, не всегда справедлив и ласков. И как новорожденному когда-то пришлось смириться с холодом воздуха, жесткостью пеленок и тем фактом, что еда теперь не попадает прямо в живот — для этого еще надо потрудиться, так и подростку предстоит смириться с тем, что в мире много холодного и жесткого, и ничто не дается даром.

Нам может быть очень жаль в этот момент своих только встающих на крыло птенцов, но мы больше не можем в случае любой беды подхватить их на руки, спрятать от мира в психологической утробе привязанности. Мы больше не можем утешить, подув и поцеловав ушибленное место, не можем пойти и разобраться со всеми, кто его обижает, а нашим похвалам и восторгам он больше не верит. Несчастная любовь, предательство близкого друга, провал важного экзамена, роль аутсайдера в группе сверстников — мы не можем защитить свое дитя от этой боли. Родителям, именно хорошим, любящим родителям, трудно бывает с этим смириться. Из родителей ребенка, полностью за него отвечающих, мы превращаемся в родителей молодого человека, которого уже поздно воспитывать. Ему нужна наша поддержка и наша любовь, но отвечает он за себя сам.

В подростковом возрасте и юности роль родителей становится похожа на роль ассистентов во время боксерского поединка. Да, иногда нам кажется, что пора самим пойти набить морду тому негодяю, который обижает нашего мальчика (самим решить проблему ребенка). И уж конечно, мы бы справились лучше, с нашим-то опытом, связями, возможностями, знаниями. Но есть проблема: в этом случае бой не засчитают. Потому что это ЕГО бой, а не наш. И дело родителя — оставаться в углу ринга, болеть и переживать, готовить мокрое полотенце, чтобы вытереть своему юному бойцу лоб и слова поддержки, чтобы придать сил.

Все. Больше ничего. Детство кончилось. Вахта сдана. Дальше он сам.

ГЛАВА ПОСЛЕДНЯЯ

ПОСЛЕ ДЕТСТВА

Подростковый возраст позади, «гадкий утенок» превращается в прекрасного лебедя. Однажды мы с изумлением видим рядом с собой сильного юношу или красивую девушку, таких уверенных, таких независимых и взрослых. Неужели это тот же самый ребенок, который помещался на одной папиной ладони?

Странное чувство. Смотришь на него — он прекрасен. Есть чем гордиться. А вместе с тем тоскуешь по тому, маленькому. Где он теперь? Куда подевался? Вот бы еще хоть разок подержать на руках, понюхать макушку.. Мы улыбаемся, пересматривая детские фото, вспоминаем, каким он был в месяц, в год, в пять, в одиннадцать. Что же теперь с той связью, что нас соединяла — так крепко, как только могут быть соединены люди?

ТАЙНАЯ ОПОРА

По мере того, как ребенок рос, в его зависимости от родителя становилось все меньше материального. Сначала это была буквально трубка — пуповина. Потом молоко и полный уход, потом поддерживающие руки, потом голос, потом взгляд, потом советы и предостережения, сохраненные в памяти. В конце детства от материального остаются только деньги на жизнь и крыша над головой. Еще через несколько лет и эта зависимость уйдет в прошлое.

У нас будут с ним новые отношения: отношения взрослых людей, близких родственников. Может быть, мы станет друзьями, а может, и нет, — окажемся дорогими друг другу, но очень разными по интересам и образу жизни людьми. Мы будем встречаться часто, а может быть, будем жить на разных концах Земли и видеться не каждый год. Наш сын или дочь будет решать проблемы, которые нам не по плечу, узнает то, чего мы не знали, и мы в его битвах будем уже совсем не помощники, но сможем хотя бы порадоваться его победам, или пожалеть и поддержать после поражений. Пройдет еще много лет (хорошо бы побольше) и уже мы будем зависеть от ребенка, он будет помогать нам делами и деньгами, решать наши проблемы, а может так статься, что и с ложки кормить, и памперсы менять. Потом он и вовсе останется совсем-совсем без нас, и мы не сможем помочь и утешить даже своим присутствием.

Ребенок растет — и все больше нитей в канате привязанности становятся незримыми, это нити психической, эмоциональной связи. И вот эта душевная связь остается ресурсом, поддержкой даже тогда, когда сам родитель уже никак не может обеспечить ребенку защиту и заботу. Помните, около 7 лет мы поселились в его сердце? После этого у нас было еще несколько лет, чтоб образ внутреннего родителя окреп, набрался красок и оттенков. Во время подростковой сепарации реальные живые родители потеряли божественный ореол, предстали обычными людьми, уязвимыми и несовершенными. Но их образ, как источник силы, веры в себя, хорошего отношения к себе — остался внутри, в самых сокровенных глубинах души.

От того, каков этот психический образ внутреннего родителя, зависит в жизни человека очень многое. Помните, как ребенок возвращался в родительские объятия, если он не справлялся с жизнью, если стресс оказывался слишком сильным? Реальных объятий больше нет, но именно голос внутреннего родителя мы услышим из глубины души в минуту сильного стресса. Нас обидели, обманули, предали, мы потерпели неудачу или просто несправедливо наорал начальник — во взрослой жизни такое нередко. Тот, у кого история привязанности была благополучной, услышит изнутри: «Ничего страшного, ты у меня умница, все получится, все наладится, постараешься и сможешь». А другому внутренний голос скажет: «Да конечно, ты ни на что не способный идиот! Я всегда тебе это говорила, вот и всем стало видно!». Одному изнутри слышится: «Береги себя, будь осторожен, ты важен, ты дорог», а другому: «Да подумаешь, кому ты нужен?!». Кто-то слышит: «С тобой все будет хорошо», а кто-то: «Вечно с тобой все не слава богу, тридцать три несчастья».

Кто же будет лучше справляться с жизнью? Кто окажется сильнее, успешнее, удачливее, да и просто целее будет? Ведь справляться с жизнью — значит справляться со стрессом. Приятно проводить время, лежа в шезлонге на пляже, это у всех получается одинаково, тут не справившихся не бывает. А вот если начинаются испытания, если жизнь бросает вызов, сразу видно, какие мы все разные: кто гребет изо всех сил, а кто покорно тонет, кто идет по головам, а кто помогает слабым, кто собирается, чтобы прорваться, а кто готов махнуть рукой и запить. В спокойном состоянии мы, может быть, и не очень нуждаемся во внутреннем родителе — своя голова на плечах. А в стрессе, когда лимбическая система в панике, кортикальный мозг не в форме, решающую роль играет — что за голос зазвучит изнутри, и будет ли он голосом защиты и заботы, голосом привязанности, способной теперь перекрыть уже любое расстояние и время, любую разлуку, и даже саму смерть.

Когда мы обнимаем, утешаем, защищаем малыша, мы, конечно, не думаем о том, что, может быть, несколько десятков лет спустя именно эти наши слова, наши объятия, наша любовь могут спасти его от депрессии, от опасного пренебрежения собой, от роковой ошибки, от капитуляции перед бедой или болезнью. Но именно так оно и работает. Когда детство кончается, привязанность остается с ним — навсегда. Его тайная опора.

АВТОПИЛОТ В НАСЛЕДСТВО

Еще одно важное назначение внутреннего родителя — быть на подхвате, когда родителем станет наш ребенок. Конечно, мы не воспитываем своих детей ровно так, как нас воспитывали родители. Мы многое пересматриваем, критически оцениваем, хотим изменить. Каждый из нас когда-то думал: «Нет, я никогда не буду делать и говорить так, как мама». Но кто потом не ловил себя на том, что слышит свой собственный голос, произносящий ровно те же слова, точно с теми же интонациями? Те самые, которые расстраивали в детстве и которые ты зарекался произносить?

Когда мы в здравом уме и твердой памяти, мы ведем себя с детьми так, как считаем правильным. Так, как решили сами, так, как посоветовал психолог, так, как читали в книге. Но если мы устали, не выспались, приболели, сильно испугались за ребенка, — происходит вот это самое. Вытащив своего трехлетку буквально из- под колес машины, вы скажете и сделаете не то, что советовали психологи, а ровно то, что в этой ситуации говорила и делала ваша мама. Управление полетом потеряно — к штурвалу становится автопилот. А его программа у каждого из нас — та самая, записанная в детстве, какая уж кому досталась.

Хорошо, если в целом родительское воспитание нам нравится. Тогда автопилот делает более-менее то же самое, что и мы сами, когда действуем сознательно. А если нет? Если обнаруживаешь себя с ремнем в руке, выкрикивающим оскорбления, хотя в юности дал себе клятву, что ты не будешь делать этого со своими детьми никогда и ни за что? Следом накрывает вина, родитель становится беспомощным и невзрослым, ребенок пугается и ведет себя еще хуже. Тяжело это — быть в разладе со своим автопилотом. Расслабленного, счастливого родительства не получается, все время надо иметь включенной голову. И срывы, конечно, неизбежны.[1]

Я очень уважаю родителей, которые прикладывают огромные душевные усилия, чтобы вернуться в своих отношениях с ребенком к нормальной, естественной связи, полной любви и заботы, а не насилия и страха. Задача их сложна, но выполнима, и тут в дело должна идти любая возможная помощь — книги, тренинги, общение с другими родителями, консультации психолога — все, что может помочь, что будет поддерживать и утешать. Но у этой сложности есть и другая сторона: получается, что все, что вы сделаете по созданию прочной, глубокой привязанности со своими детьми, вы делаете не только для них, но и для своих внуков, и правнуков, и дальше, дальше, на много поколений вперед. Вашим детям будет уже легче растить своих, если их образ внутреннего родителя — ваш образ — окажется поддерживающим и заботливым. Мне кажется, оно того стоит.

Вот и закончена наша история про привязанность в жизни ребенка. Путь завершен, и посмотрите, как последняя кар-

[1] Об этом подробно пойдет речь в книге «Если быть родителем трудно».

тинка нашей «дорожной карты» развития привязанности похожа на первую.

Мы носили ребенка в себе, прежде чем выпустить в мир. Теперь он в мир выходит, и несет в себе нас.

Он прошел по этому пути благодаря тому, что мы отвечали на его зависимость заботой, наполняли его, и вот теперь он готов оттолкнуться от родного порога — и начать свой собственный путь. Зависимость стала самостоятельностью, привязанность переплавилась в свободу. Разве не чудо?

Твои дети — не твои дети.
Они — сыновья и дочери тоски Жизни по самой себе.
Они приходят через тебя, но не от тебя,
Они с тобой, но они не принадлежат тебе.
Ты можешь дать им свою любовь, но не свои мысли,
Потому что у них есть свои мысли.
Ты можешь дать пристанище их телам, но не их душам,
Потому что их души обитают в доме завтрашнего дня,
Где ты не можешь побывать даже в мечтах.
Ты можешь стараться походить на них,
Но не стремись сделать их похожими на тебя,
Ибо жизнь не идет вспять и не останавливается во вчера.
Ты — лук, из которого твои дети, как живые стрелы,
посланы вперед.
Лучник видит цель на пути бесконечности,
Он гнет тебя своей силой, чтобы стрелы
летели быстро и далеко,
И сам напрягается вместе с тобой.

Он любит свои стремительные стрелы,
И любит тебя, свой надежный лук.
Так изогнись в руке лучника — с радостью!

(Калил Джебран, «Пророк»)

ЕСЛИ С РЕБЕНКОМ ТРУДНО

Книга 2

«ЧТО ЗА ДЕТИ, БОЖЕ ПРАВЫЙ, НИКАКОЙ НА НИХ УПРАВЫ»

Жизнь современного родителя непроста. Чего стоят одни названия книг для родителей: «Если ваш ребенок сводит вас с ума», «Нет плохому поведению», «Как мы создаем проблемы своим детям», «Руководство по выживанию для родителей» и тому подобное, это я только одну полку просмотрела.

Мы читаем, а что делать? Мы же ответственные родители. Мы хотим растить детей правильно. Эту книжку, и другую. И еще два десятка. И сообщество в Интернете. И еще пять. И к психологу: подскажите, посоветуйте. И к психологу с ребенком: что с ним не так? Родитель читает, запоминает, вникает. Как активно слушать, как правильно пороть (с любовью в сердце), восемь объятий в день, стояние в углу по формуле n + 1, где n — возраст ребенка. Срочно отдать в детский сад. Срочно забрать из детского сада. Заставлять читать. Ни в коем случае не заставлять читать. Хвалить правильно (образцы прилагаются). Не хвалить вообще, это оценка, а нужно без оценок. Метод воспитания по-японски, по-французски, по-папуасски. Так поступают сознательные родители, а так — естественные, а так — продвинутые.

Очень скоро родитель оказывается вооружен подходами, идеями и педагогическими приемами, как Нео в конце первой «Матрицы». Помните, он так эффектно распахивает свое черное кожаное пальто, а там... Ходить тяжеловато, но зато на все случаи. Можно стрелять с двух рук, в процессе делая сальто. Странно, что это вы таким усталым выглядите? А ребеночек как? Все то же? Надо, значит, расширять арсенал. Искать то самое «волшебное слово». Где-то же есть у него кнопка. А вот это пробовали?

Дорогие родители. А давайте на минутку остановимся. Ну, бывают же и у супергероев короткие минуты отдыха. Отставим базуку в сторону. Снимем с плеча карабин. Отстегнем портупею.

Дети не слушались, нарушали правила, дрались, портили вещи, не хотели учиться, ленились, врали, ныли, объедались сладким и хамили взрослым всегда, сколько стоит этот мир.

Вот, к примеру, излияния родителя из древнего-предревнего Египта: «Дети больше не слушаются своих родителей. Видимо, конец мира уже не очень далек... Эта молодежь растленна

Очень скоро родитель оказывается вооружен подходами, идеями и педагогическими приемами, как Нео в конце первой «Матрицы»

до глубины души. Молодые люди злокозненны и нерадивы». Чувствуете родственную душу? Не мы первые, не мы последние. Поговорите с любой мамой на детской площадке. Поговорите с английской королевой. Поговорите с самым заслуженным педагогом. От любого из них вы можете услышать: «Он иногда так себя ведет — прямо не знаю, что с ним делать».

Слушайте, но, если вдуматься, это же хорошо. Проблема не нова. Множество умных людей тоже с ней намучились. Специалисты между собой спорят. Сами вы уже все перепробовали, а толку нет (иначе зачем бы вам эту книжку читать)? Из этого следует, что спешить-то некуда. Немедленно решать проблему необязательно. Ну, не знаете вы, что делать, чтобы ребенок так больше не делал (или чтобы наконец делал). Вы уже давно этого не знаете. И если не будете знать еще какое-то время, ничего страшного не случится, правда? Столько лет собирали по квартире раскиданные вещи — еще три недели или три месяца погоды же не сделают? Все школьные годы чадо истерит из-за уроков — не хочет их делать. Ну, пусть еще одну четверть не хочет, хуже-то не будет. Если ваши дети дерутся между собой с тех пор, как научились ходить, но при этом оба в целом пока живы-здоровы, скорее всего, еще десяток драк им тоже особо не навредят. И если весь последний год вы бьетесь, чтобы он выключил компьютер, и безрезультатно, возможно, не случится ничего страшного, если вы временно перестанете биться и он еще какое-то время за ним посидит?

Давайте объявим мораторий, перемирие, прекращение огня. Ничего не случится, никакое молоко не убежит. Выдохните. Налейте себя чаю или кофе. Возьмите плед, если дело зимой, или сядьте у окна, если сейчас лето. Пусть пока все идет как идет.

Если бы дело было только в том, что вы не знаете каких-то особых правильных слов, правильного наказания или поощрения, правильного «приемчика», вы бы давно уже сами его изобрели или где-то нашли. Раз стараетесь, а не получается, значит, пора перестать стараться. Отойти на пару шагов. Подумать. Да просто успокоиться. Поставьте ситуацию на паузу.

Я предлагаю вам двигаться в таком порядке.

Сначала давайте разберем свой богатый, но местами уже заржавевший и просто опасный педагогический арсенал. Свалим-ка в кучу все это оружие, которое таскаем на себе (точнее, в себе) годами, и разберем, рассмотрим. Что-то из этого слишком жестоко, что-то просто не работает, а что-то может и у вас в руках взорваться. Может быть, многое давно уже выкинуть пора, вот и полегче станет.

Первая половина книжки — она в основном про то, что нам мешает в отношениях с ребенком, а ему мешает вести себя лучше. Для этого нам понадобится разговор о том, как связаны поведение, в том числе самое ужасное, и ваши отношения. Потому что, как мы увидим, отношения первичны, а поведение сплошь и рядом — только их следствие. Очень часто оказывается, что именно какой-то разлад в отношениях заставляет ребенка вести себя не лучшим образом, а вас раздражаться и отчаиваться. И наоборот, стоит наладить связь между вами, вернуть отношениям тепло и надежность — и волшебным образом, само по себе, улучшается поведение.

А во второй части речь пойдет собственно о поведении как таковом. Что делать и как его изменить, если оно вас никак не устраивает. По пунктам, шаг за шагом, в лучших традициях, с примерами и разбором ситуаций. Мы обязательно доберемся до вопроса «Что делать, чтобы он...» и даже до вопроса «Где у него кнопка», куда ж без этого. Но к тому времени, если не будете спешить, дадите себе время, чтобы думать и чувствовать, вы уже и сами будете знать ответы. Можете и не дочитывать.

Не стоит сразу листать книжку в поисках «приемчиков», боюсь, ничего не выйдет. Можно успешно использовать раз-другой вычитанную технику, но если она осталась лишь техникой, все скоро вернется к исходному положению дел. Все живое и прочное всегда развивается потихоньку, незаметно, как деревце вырастает: вроде сегодня такое, как вчера было, и завтра почти не изменится, а через год — ух ты, как выросло! Можно, конечно, срубить уже готовое и в землю воткнуть — сразу будет красиво. Но засохнет же.

Не надо себя ломать и переделывать, «брать в руки», начинать новую жизнь с понедельника. Это еще никого до добра не доводило. Вы с ребенком своим живете, вы его растите, вы его знаете, вы его любите, он рядом. В самом главном все **уже** хорошо. С остальным разберетесь, так или иначе.

Начнем?

ЧАСТЬ ПЕРВАЯ

ПРОЩАЙ, ОРУЖИЕ, или MAKE LOVE, NOT WAR

Поразительно, как часто мы говорим о проблемах с детьми в терминах войны: «Как нам с этим бороться?», «Мы все время воюем из-за уроков», «Я не могу с ним справиться». Словно ребенок — противник в схватке и вопрос, кто кого одолеет.

Вокруг тоже слышится: «Надо с ним построже. Вы его избаловали. Не надо потакать. Смотрите, привыкнет — на голову сядет. Это надо пресекать. Этого нельзя допустить». Это обычно педагоги. Здесь ребенок — этакий диверсант, коварная пятая колонна, который, только дай слабину — устроит переворот и поставит родителей на колени.

У психологов другой подход: «Не говорите так — это травма на всю жизнь. Не делайте этого — вырастет неврастеник-наркоман-неудачник». Ребенок здесь похож на минное поле, один неверный шаг — и все погибло.

Вам не кажется все это каким-то странным? С кем воюем-то? И зачем? И как дошли до жизни такой? Посмотрите на своего ребенка. Даже если он чумазый, вредный и двоечник, даже если он только что устроил истерику, потерял новый мобильник, нагрубил вам, даже если он достал так, что вас трясет. Все равно он не враг, не диверсант и не бомба. Ребенок и ребенок. Местами, если потереть, можно даже найти, куда поцеловать. Все как-то не так совсем задумано, не надо бы воевать-то. А как?

ПРИВЯЗАННОСТЬ: ВЛАСТНАЯ ЗАБОТА

Все, о чем мы будем говорить дальше, так или иначе вытекает из одного простого факта: человеческий детеныш рождается на свет очень незрелым. Это наша плата за прямохождение (а значит, узкий таз у женщин), с одной стороны, и большой мозг (а значит, крупную голову у ребенка) — с другой.

Вот из такой прозы, из почти инженерных соображений, которые можно было бы выразить в цифрах и схемах, рождается большая и сложная история отношений родителя и ребенка. Родившись очень незрелым, ребенок нуждается в том, чтобы все первое время его жизни рядом находился взрослый, и не просто абы какой, а тот, кому не все равно. Тот, кто будет спешить на первый же зов, кто готов не спать, если ребенок плачет, накормить его, даже если особо нечем, отдав последнее, кто готов защищать его от хищников, согревать своим телом по ночам, шаг за шагом, постепенно, учить узнавать этот мир и готовиться к самостоятельной жизни в нем.

И каждый новорожденный, приходя в мир, глубоко внутри себя знает правила игры. Есть у тебя взрослый, которому не все равно, твой собственный взрослый, — ты будешь жить. Если нет — значит, нет, извини.

Отношения со своим взрослым для ребенка — не просто потребность, это потребность витальная, то есть вопрос жизни и смерти. Более важных отношений у него не будет никогда в жизни, как бы он ни любил потом своего избранника или своих собственных детей, все это ни в какое сравнение не идет с тем глубоким чувством, которое маленький ребенок испытывает к родителю — к тому, кто буквально держит в руках его жизнь. Едва родившись, он уже ищет глазами глаза матери, губами ее грудь, реагирует на ее голос, узнавая его из всех. Установить и удерживать контакт со своим взрослым — вот главная забота ребенка. Все остальное возможно только тогда, когда с этим контактом все в порядке. Тогда можно смотреть по сторонам, играть, учиться, лезть куда ни попадя, завязывать контакты с другими — при условии, что отношения с родителем в порядке. Если же нет, все остальные цели идут по боку, сначала — главное.

Приходилось ли вам видеть трехлетнего малыша, который гуляет с мамой в парке? Она сидит на скамейке и чи-

тает, он бегает вокруг, съезжает с горки, лепит куличики, смотрит на муравьев, несущих сосновую иголку. Но вот в какой-то момент он обернулся — а мамы на скамейке нет. Отошла на минутку куда-то. Что происходит? Малыш немедленно прекратит игру. Ему больше не интересны ни качели, ни муравьи. Он бежит к скамейке, озирается вокруг. Где мама?

Если она быстро нашлась — он успокоится и вернется к игре. Если не сразу — он перепугается, заплачет, может побежать сломя голову, сам не зная куда. Когда мама найдется, он не скоро еще сможет от нее оторваться. Вцепится ручками, не захочет отпускать. Может быть, вообще домой запросится. Не хочет он больше гулять и играть. Самое важное — мама, контакт с ней — оказалось под угрозой, и сразу все остальное отодвинулось на второй план.

Глубокая эмоциональная связь, существующая между ребенком и «его» взрослым, называется **привязанность**. Именно она заставляет маму слышать сквозь сон любой писк новорожденного, а по напряженному голосу подростка догадываться, что он поссорился с девушкой. И ребенку она позволяет чутко ловить малейшие изменения в настроении родителей, например, безошибочно определять, когда они в ссоре, даже если внешне все ведут себя как обычно. Именно привязанность позволяет родителю достаточно легко отказывать себе в чем-то ради ребенка, преодолевать усталость и лень, когда нужно ему помочь. А ребенку помогает прилагать усилия, даже если трудно и страшно, чтобы услышать от родителя слова одобрения и увидеть искренний восторг в его глазах, когда ребенок сделал первые шаги или получил диплом университета. Именно эта связь позволяет малышу сладко спать на руках у мамы, даже если вокруг шум и толчея, именно она делает родительские поцелуи способными снимать боль, бабушкины пирожки самыми вкусными в мире, а любого ребенка — самым умным и красивым на свете для своих родителей.

Привязанность — танец для двоих. В нем взрослый защищает и заботится, а ребенок доверяет и ищет помощи. Даже будучи взрослыми, испугавшись, мы кричим: «Мама!», даже за выросшее, усатое уже, чадо мы волнуемся, если у него что-то неладно. Узы привязанности прочнее любви, прочнее дружбы — любовь и дружба, бывает, умирают, сходят на нет. Привязанность останется с нами всегда, даже если у нас очень непростые отношения с родителями или детьми, безразличны они нам не будут никогда.

Очень многое в поведении детей объясняется именно привязанностью или угрозой разрыва привязанности.

Вот самая обычная ситуация: вы ждете гостей. Ваш ребенок тоже рад предстоящему празднику, он помогает вам накрывать на стол, старательно моет овощи, раскладывает салфетки, расцветает от похвалы. Это поведение привязанности, он хочет быть с вами, хочет вам нравиться, делать общее дело.

Вот гости на пороге — и ребенок вдруг смущается, прячется за вас, вам стоит труда уговорить его выйти и поздороваться. Это поведение привязанности, он осторожен с чужими, не «своими», взрослыми и ищет защиты у родителя.

Вы сидите за столом, увлечены интересным разговором, а ребенок словно с цепи сорвался: шумит, бегает, дергает вас. Это поведение привязанности: он испытывает тревогу, видя, что вашим вниманием завладел чужой человек, и хочет вашего внимания как подтверждения, что с вашими отношениями все в порядке.

Вы теряете терпение, сердитесь на него и выставляете из комнаты. Он громко плачет, бьется об дверь, начинается истерика. Это поведение привязанности: вы дали ему понять, что можете оборвать связь с ним, более того — символически прервали ее, закрыв дверь, он протестует изо всех сил, стараясь восстановить связь.

Вам становится его жалко, вы идете к нему, обнимаете, ведете умыться. Он еще какое-то время всхлипывает, потом обещает, что будет вести себя хорошо, и вы разрешаете ему остаться. Вскоре он затихает, свернувшись калачиком у вас на коленях, и правда больше не шалит. Это поведение привязанности — связь восстановлена, напряжение спало, страх отпустил, ребенок обессилен, а восстанавливать силы лучше всего рядом с родителем.

Возможно, вы никогда не думали об этом в таком ключе. Возможно, вам казалось, или вам говорили окружающие, что это все происходит потому, что ребенок избалованный, или невоспитанный, или вредничает, или перевозбудился. На самом деле все проще и все серьезней. Ему просто жизненно нужна связь с вами. Вот и все. Если это понимать и уметь видеть то, как состояние ваших отношений влияет на состояние и поведение ребенка, очень многие случаи «плохого» поведения предстанут совсем в другом свете.

Привязанность не очень подчиняется логике, объективным фактам, доводам рассудка. Она иррациональна, замешана на сильных чувствах, и у ребенка они особенно сильны. Давайте попробуем чуть подробнее рассмотреть, как это устроено.

ГДЕ ХРАНИТСЯ ПРИВЯЗАННОСТЬ

У нас — и у детей тоже — есть головной мозг (даже если нам иногда кажется, что нету). Говоря очень упрощенно, он устроен как матрешка, то есть внутри внешнего мозга спрятан еще мозг внутренний. Внешний, или кортикальный, мозг — это те самые «извилины», «серое вещество» — то, что мы обычно и называем собственно «мозгами», в смысле «способностью соображать». Когда мы говорим про кого-то: «Вот это у тебя мозги!» или ругаем: «Ты что, вовсе без мозгов?» — мы имеем в виду именно этот, внешний мозг. Там хранятся слова — и умные, и неприличные, там хранятся знания и умения, способность к суждениям, поэтические и зрительные образы, вера и ценности — словом, все то, что делает нас человеком разумным.

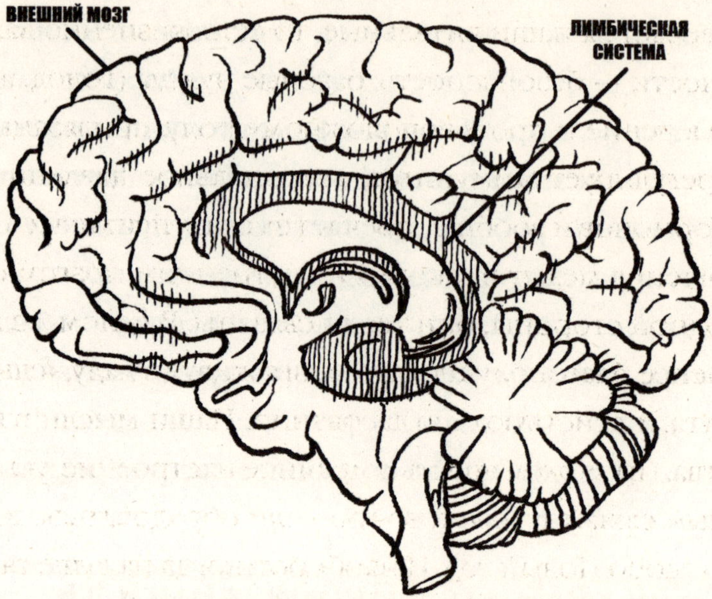

Под этим верхним, «разумным», мозгом есть мозг внутренний, лимбическая система, иногда его называют еще эмоциональным мозгом. Он у нас примерно такой же, как у других млекопитающих, не знающих ни таблицы умножения, ни спряжения глаголов. Но знающих, что они хотят жить, размножаться, не испытывать боли, не быть съеденными хищником, защищать своих детенышей. Этот мозг отвечает за чувства, за отношения, там рождаются и хранятся страх, радость, тоска, любовь, злость, блаженство — много всего. Именно этот, внутренний, мозг заставляет мать счастливо таять, держа на руках ребенка, а ребенка — улыбаться матери, именно он в случае опасности «замедляет» для нас время и придает сил, именно благодаря ему мы наслаждаемся объятиями и льем слезы при встрече и разлуке. Внутренний мозг отвечает за наши витальные, то есть жизненно важные потребности — безопасность, базовые нужды (голод, жажда и др.), влечение к противоположному полу, привязанность. Он же регулирует иммунитет, артериальное давление, выбросы гормонов и вообще отвечает за связь психики с телом.

Отношения между внешним и внутренним мозгом сложные. С одной стороны, они тесно связаны. В целом, если все более-менее благополучно, два мозга живут в ладу, «слышат» друг друга и действуют согласованно. Наши мысли влияют на чувства: мы можем впасть в мрачное настроение, услышав невеселый сюжет в теленовостях, или обрадоваться, вспомнив, что скоро Новый год. И наоборот: когда на душе тяжело, все вокруг кажется подтверждением тезиса «жизнь ужасна, все вокруг идиоты», а когда ты влюблен и счастлив, идиотом кажется какой-нибудь мрачный Шопенгауэр. Но возможности внешнего мозга влиять на внутренний ограничены. Если нам страшно, даже в ситуации, когда объективно бояться особо нечего, например ночью на кладбище, мы не можем заставить себя перестать бояться. Не можем просто спокойно проанализировать ситуацию, решить, что ничего опасного нет, и успокоиться. Так не получается.

Если лимбическая система расценила какую-то ситуацию как тревожную, угрожающую жизни или жизненно важным отношениям, в ней включается сигнал тревоги, эмоциональная «сирена». По нервам разносится сигнал: «Боевая тревога! Свистать всех наверх! Срочно предпринять меры по ликвидации угрозы!» Подключается тело: учащается пульс, в кровь выбрасывается адреналин, мы замираем в ужасе — чтоб не заметили, или громко кричим — чтобы спасли, или быстро убегаем — чтобы не догнали, или бросаемся в драку — чтобы победить опасность.

Причем объективность угрозы тут — дело второстепенное. Если ребенок боится Бабы-яги под кроватью, не помогает ему просто объяснить, что там никого нет, да и посветить фонариком тоже не помогает. Для его внешнего мозга, конечно, все ясно: под кроватью пусто. А его эмоциональному мозгу страшно, и все тут. А не страшно, только когда мама рядом.

Когда ребенок цепляется за вас со слезами, провожая на работу, не помогает ему просто сказать, что «мама скоро придет», что «все взрослые должны работать» и прочие умные вещи. Мама уходит прямо сейчас, и это ужасно, потому что он хочет быть с мамой всегда. А помогает только посидеть с ним в обнимку, не дергаясь и не глядя на часы, и дать ему пока поносить свой халат — для лимбического мозга халат с запахом мамы — это, конечно, не мама, но как бы ее часть, и жить можно.

По этой же причине ваш ребенок уверен, что его папа самый сильный, и неважно, что папа — «ботаник» и сроду не поднимал штангу и не дрался. Ему, ребенку, его лимбической системе, рядом именно со своим папой защищённо и нестрашно. Просто потому что это его папа, его собственный. А с другим, чужим папой, не будет так же защищённо, будь тот хоть чемпион мира по всем видам единоборств сразу. Так кто самый сильный?

Мозг, в котором хранится привязанность, идет от чувств, а не от фактов. Собственно, и открыли привязанность как явление именно благодаря этому обстоятельству.

Во время Второй мировой войны Лондон сильно бомбили и жизнь у детей в городе была невеселая — целыми днями иногда приходилось сидеть в сырых полутемных бомбоубежищах, ни погулять, ни воздухом подышать. Да и еда была очень скудной, не для растущих организмов. И было принято решение детей вывезти в деревню. Там безопасно, травка, воздух, парное молоко, местные жители помогут присмотреть за детьми, а родители в Лондоне пусть спокойно работают для фронта.

Так и сделали, и дети приехали в прекрасные английские деревни, к зеленым лугам, хорошей еде и заботам добрых местных домохозяек, готовых бедняжек приласкать, обогреть и развлечь. Детей сопровождали педагоги, психологи, врачи. Их хорошо устроили, у них была одежда и игрушки. Вот только происходить начало странное. Дети, особенно маленькие, которые в Лондоне были хоть и бледными и худенькими, но веселыми и вполне здоровыми, здесь чувствовали себя явно плохо. Они не хотели играть, плохо ели, они болели всем, чем можно, некоторые начали писаться, другие — перестали разговаривать. Они тосковали по родителям, им было плохо и страшно не там, в Лондоне, под бомбами и впроголодь, но рядом с мамой, а здесь, в чудесной пасторали, но без мамы.

Именно тогда психологи, среди которых был Джон Боулби, обратили внимание на это важнейшее свойство привязанности — она иррациональна. Ребенку спокойно от присутствия своего взрослого самого по себе, даже если вокруг падают бомбы. И наоборот: он не может быть спокоен и счастлив, а значит, не может хорошо расти и развиваться, если своего взрослого рядом нет. Или когда отношения с ним под угрозой.

«Я ЕМУ ГОВОРЮ, ГОВОРЮ...»

Понимая реакцию ребенка на угрозу его связи со «своим» взрослым, а также отношения между внешним, разумным, и внутренним, эмоциональным, мозгом, можно, например, понять, почему не работают объяснения, нотации и вообще «назидательные беседы».

Почти на любой первой встрече психолога с родителем половина времени теряется впустую. На что? На подробный пересказ родителем всех тех правильных слов, умных мыслей и неоспоримых доводов, которые он приводит своему ребенку.

«Я ему говорю: это же тебе нужна учеба, не мне. Ты же вырастешь — захочешь нормальную работу, зарплату. А знаний нет. Будешь локти кусать, а время упущено. Все "Вконтакте" просидел. Сам же потом пожалеешь».

«Я ей говорю: вещи же денег стоят. Не просто так с неба падают. Это мой труд, труд людей, которые их делали. Как же можно так с ними обращаться? Испачкала — ну, пости-

рай. Зачем под кровать запинывать? Выходишь из школы: проверь лишний раз, все ли взяла — шарф, шапку, сменку. Не напасешься же. Я же не ворую, каждую неделю все новое покупать».

«Я ему говорю всегда: умей признавать вину и нести ответственность. Как мужчина, а не как трус. Набезобразничал — отвечай. Зачем юлить, врать? Самому не стыдно? Напортачить мог, а отвечать — тебя нету?»

«Я им говорю: вы же сами потом не найдете ничего. Вот захотите поиграть, а все вперемешку, раскидано-разбросано, где искать детали — непонятно. Ну, разложите аккуратно, есть же коробки, контейнеры, чтобы захотели, время есть — раз и достать. Самим же будет лучше, и настроение другое, когда порядок. Вот у меня инструменты в гараже в порядке лежат, иначе как работать?»

Человек, говорящий «правильный» текст, всегда немножко похож на тетерева на току: токует себе, ничего и никого вокруг не слышит. Сам себя в транс вводит, сам себе кивает. Кстати, если не прерывать, так и весь час консультации может пройти. И только за пять минут до конца человек спохватится: а что делать-то? Поэтому я всегда прерываю. «Уверена, — говорю, — что вы все говорили правильно и замечательно, давайте не будем время терять на пересказ». Потому что и правда уверена. Ну, много ли родителей, которые бы детям говорили: «Ври, детка, не стесняйся», или «Школу прогуливай, а ну ее вообще», или «Кидай вещи где попало — не жалко»? Бывают, наверное, но не часто встретишь.

Наверняка все правильно говорит родитель. Только если б оно работало, он бы здесь не сидел, верно? Раз пришел, значит, уж тысячу раз все это ребенку произносил, а толку нет. Вот почему так?

Мы уже знаем, что в ситуации стресса внутренний мозг включает сигнал тревоги. Как машина «Скорой помощи» сирену. Чем выше стресс, тем громче сигнал. Пробовали когда-нибудь решать уравнения, редактировать текст или размышлять о высоком в метре от вопящей сиреной «Скорой»? Плохо получается? А если сирена вопит прямо в голове, во внутреннем мозге? Внешний мозг в этом случае просто «сносит», он теряет работоспособность, мы плохо соображаем. Характер стресса, кстати, может быть любой: и сильный испуг, и горе, и яркая влюбленность, и неожиданный выигрыш в лотерею разумности нам не прибавляют. Как говорят психологи, «аффект тормозит интеллект».

Теперь вернемся к нашему «я ему говорю». Вот ребенок. Он что-то сделал не так. Он понимает, что родитель им недоволен. Для ребенка недовольство родителя — это всегда серьезный стресс, даже если кажется, что «ему все трын-трава». Привязанность требует от него нравиться своему взрослому, это гарантия его помощи и защиты. Если взрослый недоволен, ребенку, природной, иррациональной части его психики, всегда страшно: вдруг уйдет, бросит, больше не будет моим? Тогда я пропал. Это происходит неосознанно, внешним, разумным мозгом ребенок вполне может быть уверен, что вы его не оставите, что так не бывает, чтобы детей разлюбили из-за двойки или потерянной шапки. Но внутреннему мозгу все эти разумные соображения неинтересны. Родитель явно рассержен, его голос, лицо, поза выражают гнев, неприязнь, разочарование — все, угроза привязанности обнаружена, в лимбической системе срабатывает внутренний детектор, включается сирена. Тем более сильная, чем сильнее разгневан взрослый, чем сильнее и чаще он злился прежде. Сирена включается — внешний мозг «зависает».

Все, с этого момента все ваши умные-разумные доводы и призывы — пустое сотрясение воздуха. Вы обращаетесь к верхнему мозгу — ну, а он в отлучке. «Абонент временно недоступен». Вы это замечаете и сердитесь еще больше: «Ты меня вообще слушаешь или нет? Я что, со стенкой разговариваю? Ты о чем думаешь?» Да ни о чем он не думает, не может просто.

Помните ли вы сами, что чувствовали, когда родители вас ругали? Дети описывают это по разному: «Мне кажется, что меня разрывает на кусочки», «Мне хочется исчезнуть», «Мне так плохо, что даже тошнит», «Я сразу плачу, а папа за это сердится». Это, как вы понимаете, уже те дети, которые способны высказать свои чувства словами, то есть пятилетние хотя бы. Что чувствует годовалый, мы точно не знаем. Можно только себе представить.

Некоторые родители гордятся тем, что не орут. Это хорошо, конечно. Но в стресс ребенка можно вогнать и без децибел. Можно и очень тихим и ровным голосом напугать — встречаются мастера. Можно выразить отвержение лицом — как сказал один маленький мальчик: «Когда моя мама сердится, она глазами толкается». Можно прямым текстом сказать, что такого плохого мальчика тебе не нужно. Можно пожаловаться, что сил никаких нет и здоровья и все это тебя в гроб загонит. А что может быть страшнее, чем перспектива, что родитель умрет, ты его потеряешь — по своей вине? Наконец и сам ребенок, осознав, что опять потерял-забыл-не сделал, может испытывать острый стыд, а стыд — это тоже аффект, и он тоже, между прочим, тормозит интеллект. Так что даже если ребенок стоит красный, как рак, опустив голову и глотая слезы, не обольщайтесь. Это не значит, что он «все понял» и «сделал выводы», его внешний мозг точно так же «снесен» сильным стрессом, и сегодняшнее острое раскаяние может вовсе не привести к тому, что завтра его поведение изменится.

Родитель, чувствуя, что его слова не воспринимают, сердится еще больше. Стресс обоих становится сильнее, способности соображать еще меньше. И так до тех пор, пока напряжение не разразится в истерике или кто-то из двоих не выскочит из комнаты, хлопнув дверью, чтобы прервать непереносимо мучительный контакт.

«Да нет у него никакого стресса, ему просто плевать на все, что я говорю», — заявляют некоторые взрослые. Может такое быть? Да, бывает. Правда, для этого надо сильно постараться. Если на ребенка регулярно, не пропуская ни дня, орать, критиковать, читать мораль и стыдить, если его постоянно пугать и шантажировать, а лучше еще и бить или запирать в чулане, он просто научится защищаться. «Отмораживаться», как говорят подростки. Отсоединяться от чувств. А это значит — прервет свою связь с родителем. Откажется от привязанности. Это больно и трудно, и дети всегда до последнего стараются этого не делать. Обычно дети даже в очень тяжелой ситуации продолжают страдать от душевной боли, но от привязанности полностью не отказываются. Но некоторым просто приходится, стресс слишком велик и постоянен.

Если привязанность «отморожена», родитель для ребенка больше не защита и не опора. Но и его осуждение больше особо не пугает. Родителя остается просто терпеть, пока не можешь никуда уйти. Молчать, делать вид, что слушаешь. А то и говорить правильные слова в ответ — почему бы нет, ведь сильных чувств нет, верхний мозг в норме, манипулируй — не хочу.

Возможно, вам приходилось встречать в жизни взрослых людей с «отмороженной» в детстве привязанностью. Они подчеркнуто циничны, любят демонстрировать, что для них «нет ничего святого», порой жестоки и любят этим бравировать. В отношениях склонны манипулировать, «просчитывать» людские реакции, не умеют сочувствовать, презирают эмоциональную чувствительность и ранимость. Обычно не вступают в длительные глубокие отношения, редко создают семьи. При этом считают свой образ жизни правильным, а ценности семьи, любви, забо-

ты — «вредной сентиментальной чушью», часто имеют наготове теории о том, что все это насаждается с целью наживы или чтобы держать людей в подчинении. Категорически не признают, что несчастны, за помощью не обращаются. Презирают людей помогающих профессий, благотворителей, волонтеров, многодетных родителей и всех, кто так или иначе ассоциируется с заботой о ближнем.

Не думаю, что любому родителю в здравом уме и трезвой памяти захочется такого будущего для своего ребенка.

В более мягком варианте ребенок не рвет внутреннюю связь с родителем полностью, но научается игнорировать именно вопли (или нотации). То есть все происходит, как в притче про пастушка и волков, о которой мы так любим назидательно напоминать детям, а стоило бы для начала понять самим. Если слова неодобрения и угрозы родителя сыплются на ребенка постоянно, из-за любого пустяка, его лимбическая система просто устает включать сигнал тревоги, она отвечает: «Ну, волки, волки, сто раз уже волки, надоело. И не подумаю реагировать».

Что это значит? Очень просто: родитель утратил такой канал связи с ребенком, как слова. Так много раз напускался на чадо из-за пустяков, что теперь, даже захоти он предупредить ребенка о реальной угрозе, поговорить с ним о серьезных запретах, все будет мимо ушей. «Волки, волки». Мели Емеля, твоя неделя. Выражаясь экономическими терминами, произошла девальвация родительских слов, они превратились

Стресс обоих становится сильнее, способности соображать еще меньше

в пустые обертки без смысла. Теперь, чтобы ребенок снова начал воспринимать то, что говорит родитель, тому придется подкрепить свои слова чем-то посерьезнее. Наказанием, угрозами, шантажом. И, возможно, вскоре «легкая» артиллерия постепенно перейдет в «тяжелую».

Что же теперь делать, никогда и слова ему не сказать? Быть всегда спокойным, как удав? А свой стресс куда девать? У родителей же тоже внутренний мозг есть!

Конечно, есть, и о нем надо заботиться, об этом мы чуть позже поговорим подробнее. Но в любом случае быть всегда спокойным нереально. Бывает, что у самого родителя верхний, разумный, мозг снесло напрочь, дети иногда такое творят! Это само по себе не очень страшно, все мы испытываем время от времени аффекты и ничего, живы. Просто надо понимать, что воспитывать ребенка в этом состоянии невозможно и не нужно. Сбросьте стресс. Выскажите чувства. Потопайте ногами, в конце концов. Если в общем и целом ваши отношения с ребенком хорошие и прочные, он, конечно, перепугается и расстроится, но переживет этот стресс, справится. Потом оба остынете, успокоитесь, помиритесь, попросите друг у друга прощения, может, даже поплачете вместе (через слезы лимбическая система очень хорошо успокаивается). И вот только потом, когда слезы уже высохли, когда вы оба сидите в обнимку, а если стресс был сильным — то, может быть, вообще через несколько часов, перед сном, или даже на следующий день — имеет смысл говорить все ваши правильные и прекрасные слова. Которые тогда потекут прямехонько от вашего разумного внешнего мозга к разумному внешнему мозгу ребенка и найдут там свое законное место, запомнятся, станут не только вашими, но и его мыслями.

Неудивительно, что оказываются действенны методы конструктивного общения, например «активное слушание», родившееся из идеи американского психолога Томаса Гордона использовать в общении родителей с детьми приемы гуманистической психотерапии (в нашей стране эти методы стали широко известны благодаря книгам Ю. Б. Гиппенрейтер). Секрет прост: «активно слушая», распознавая и называя чувства и потребности ребенка, мы этим самым даем ему понять: я здесь, я с тобой, я по-прежнему «твой» взрослый, нацеленный на твои нужды, с нашей связью все в порядке, чтобы бы ты там ни натворил. Соответственно, ребенок не впадает в стресс и может слышать, думать, здраво оценивать свои поступки, их последствия, предлагать варианты решения проблем.

Заодно становится понятно, почему некоторых родителей, у которых очень хорошие, глубокие отношения с детьми, подобные книжки, наоборот, раздражают. Там описана техника, а зачем техника, если все естественно и само собой так? Ну, как если поймать человека, который вдохновенно танцует вальс, и совать ему в лицо схему правильных движений или считать «раз-два-три». Ему не надо, его раздражает. А вот тому, кто вальс прежде не танцевал, очень даже поможет и схема, и счет. Техники конструктивного общения спасли от конфликтов немало семей, в которых отношения родителей с детьми уже разладились или находились под угрозой.

Кроме того, активно слушая, сложно сказать что-то такое, что само по себе, даже без крика и оскорблений, будет расценено ребенком как угроза привязанности, как информация о том, что любовь к нему родителя небезусловна, непрочна, что его ошибка, его непослушание, его недостатки могут ее поколебать. Вот об этом поговорим чуть подробнее.

«СТАНЬ ТАКИМ, КАК Я ХОЧУ»

Давайте проведем небольшой мысленный эксперимент.

Подумайте прямо сейчас о чем-то, что вам в себе не очень нравится. Например, лишний вес. Или излишняя обидчивость. А может быть, привычка все откладывать на последний момент. Опишите на бумаге или вслух эту свою особенность, объясните, почему это плохо и почему следовало бы что-то в себе изменить. Приведите убедительные доводы: лишний вес вредит здоровью, обиды по пустякам ухудшают отношения с людьми и портят самочувствие, привычка к авралам не раз уже ставила вас в трудную ситуацию, и так далее.

Что вы чувствуете, когда говорите об этом? Очень ли вам неприятно думать о своих недостатках? Согласны ли вы, что изменить себя было бы очень неплохо? Есть ли желание приступить к изменениям в жизни или хотя бы их обдумать?

А теперь представьте себе, что тот же самый текст с доводами и призывами измениться произносит другой человек, обращаясь к вам. Дословно тот же самый, только «я» заменил на «ты». И объясняет вам, как вредно быть таким толстым или как глупо обижаться по пустякам, как необходимо наконец научиться делать все вовремя.

Что вы чувствуете теперь? Как изменилось ваше настроение? Что произошло с желанием «начать новую жизнь»?

Большинство людей, проводя этот опыт, замечают, что те же самые слова, которые довольно мало расстраивают их, когда речь обращена к самому себе, в устах другого звучат обидно и неприятно. Что планы по изменению своей внешности, характера или привычек, которые мы строим сами, могут вдохновлять, а те же планы, озвученные извне, — вызывать сопротивление и протест. Сразу хочется ответить воображаемому собеседнику, читающему нам мораль: «Отстань! А мне так нравится! Не учи меня жить!»

Мы, люди, уникальные личности. Мы такие, какие мы есть, и наши недостатки — тоже часть нас. Мы не хотим меняться по первому требованию каждого встречного и поперечного. И не будем. Только подумайте, что было бы, если бы вас могли менять с помощью уговоров, объяснений и убеждений все, кого что-то в вас не устраивает? Начальник, соседи, свекровь? Стоит им вас покритиковать — и вот вы уже изменились. Стоит убедительно объяснить, как вы не правы — и вы уже другой человек. Даже страшно становится, как подумаешь. К счастью, это невозможно. Люди умеют отстаивать свою целостность, свою идентичность. И взрослые умеют, и дети тоже.

Причем, обратите внимание, наш эксперимент был невероятно, неправдоподобно щадящим. Воображаемый «другой человек» говорил только то, что вы сказали о себе сами. Он не прибавлял ничего вроде «зла на тебя не хватает», или «уже дурак бы понял», или «как не стыдно быть такой свиньей». Он не повышал голос. Он не критиковал вас при друзьях. Не грозился наказать, если вы не послушаетесь. Он был сущим ангелом, образцом корректности и деликатности. А главное — это был всего лишь воображаемый собеседник, от которого вы можете легко отмахнуться и тут же забыть его противную воображаемую физиономию. Стоит представить себе на его месте, например, супруга — и вы почувствуете, как протест сменяется обидой, а то и яростью. Мы так не договаривались! Самые близкие люди должны принимать нас такими, какие мы есть, иначе нам становится очень плохо и страшно. А если я не смогу изменить характер — ты меня что, бросишь? А если не похудею — разлюбишь? А если еще раз опоздаю — отвернешься, не станешь ждать? Да какая же это любовь, если она все время висит на волоске, зависит от множества условий?!

Мы помним, что отношения ребенка с родителем для него еще более значимы, он еще больше зависит от того, чтобы любовь родителя к нему была незыблема, как скала, чтобы эта связь не могла быть прервана ни ошибкой, ни глупостью, ни несовершенством характера, внешности, способностей. Попытка установить ребенку «планку ожиданий» ввергает его в глубочайший стресс, вызывает сильный протест. И вместо ожидаемого «педагогического эффекта» своих нотаций и вразумлений мы получаем явный или скрытый саботаж, а порой и парадоксальную реакцию: ребенок усиливает как раз то поведение или качество, которым мы часто бываем недовольны. Как это работает?

Представьте себе, что вы гуляете по тропе над пропастью (а это в некотором смысле вообще метафора нашей жизни) и страхует вас прочная веревка, которую держит с той стороны человек, которому вы абсолютно доверяете, больше, чем себе. Именно так воспринимает ребенок свою привязанность к родителю и родителя к нему. И вдруг вам кажется, что веревка ослабла, провисла как-то. Что случилось? Отпустил? Забыл? Бросил? Ушел? Спросить вы не можете, пойти разузнать тоже — страшно же шаг ступить, без страховки-то. Что вы будете делать?

Естественно, дергать за веревку в надежде, что она просто немного провисла и сейчас снова натянется и станет прочной и надежной, как раньше. Дергать с замиранием сердца — а вдруг дернешь, и окажется, что на том конце ее выпустили? Но если не дернуть, то как узнать?

Вот именно это и делает ребенок, когда у него есть сомнение в прочности привязанности. Дергает за веревку. Снова пробует то именно поведение, которое, по опыту, ставит отношение к нему родителя под угрозу. «Ты по-прежнему мой взрослый? — словно спрашивает он. — Даже если я вот так делаю? Даже если я плохой? Я не могу жить в такой тревоге, ответь скорее, чтобы я знал точно». Поскольку вопрос этот рождается во внутреннем мозге, ребенок задает его не словами, а поведением. И ответа ждет не словами («Да, конечно, я тебя очень люблю, иди поиграй в своей комнате» — раздраженным голосом), а чувствами и действиями.

В одной из лучших серий английской телеэпопеи про «Доктора Кто» показано, какой разрушительной силой может обладать ребенок, мучимый тревогой за свою привязанность. Там маленький мальчик, который не понимал, почему его мать отрицает, что она его мать, как призрак ходил ночами по городу, обращаясь к каждому встреченному взрослому с вопросом: «Ты моя мама? Скажи, ты моя мамочка?» — и каждый, кого он касался, тоже превращался в такого потерянного ребенка, внутри которого не оставалось ни разума, ни доброты, ни способности сопереживать — только один этот вопрос, делавший их опасными для всех вокруг. И прекратилось все только после того, как мама обняла своего ребенка, хотя это было очень непросто и смертельно опасно для нее, и твердо сказала: «Да, я твоя мама, и я всегда буду твоей мамой».

Если у родителя получается дать ребенку понять, что, мол, ты, дорогой, конечно, наломал дров, но не волнуйся, я тебя по-прежнему люблю, я с тобой, можешь на меня рассчитывать, веревка прочна, — ребенок успокаивается и может из-

менить поведение. Если взрослый в ответ тоже заводится, сам попадает под власть тревоги «он теперь всегда будет так делать, я плохой родитель, я не справляюсь, он меня не слушается, это он назло, нужно быть пожестче с ним, чтоб неповадно было впредь» и все в таком роде — вопрос ребенка не снимается, а только становится острее. А значит, следует ждать чего? Правильно, повторения и того самого, непереносимого для родителя поведения.

Это еще одно важнейшее качество привязанности — для нее «Не по хорошему мил, а по милу хорош». Мы можем сколько угодно внешним, разумным мозгом понимать, что есть, конечно, дети красивее, талантливее, умнее нашего. Но нашему внутреннему мозгу, нашей привязанности нет дела до объективных критериев. Конечно, наш самый лучший, самый сладкий, самый гениальный и самый неотразимый. Ну и что, что лопоухий и двоечник. Мы ни за что не променяем его на чужого отличника с рекламной внешностью. Нам наш нужен. Свой, родной, любимый. Какой есть, такой и нужен. И важно, чтобы сам ребенок тоже это чувствовал.

СИЛЬНЫЕ СРЕДСТВА

«А может, просто его наказать посильнее?» — наверное, нет такого родителя, который хоть раз не задавался бы этим вопросом. Разговоры не помогают. Тогда, может быть, пора переходить к действиям?

С наказаниями вот какая есть проблема. Во взрослой жизни-то наказаний практически нет, если не считать сферу уголовного и административного права и общение с ГИБДД. Нет никого, кто стал бы нас наказывать, «чтобы знал», «чтобы впредь такого не повторялось». Все гораздо проще. Если мы плохо работаем, нас уволят и на наше место возьмут другого. Чтобы наказать нас? Ни в коем случае. Просто чтобы работа шла лучше. Если мы хамоваты и эгоистичны, у нас не будет друзей. В наказание? Да нет, конечно, просто люди предпочтут общаться с более приятными личностями. Если мы курим, лежим на диване и едим чипсы, у нас испортится здоровье. Это не наказание — просто естественное следствие. Если мы не умеем любить и заботиться, строить отношения, от нас уйдет супруг — не в наказание, а просто устанет, и все. Большой мир строится не на принципе наказаний и наград, а на принципе естественных последствий. Что посеешь, то и пожнешь — и задача взрослого человека просчитывать последствия и принимать решения.

Если мы воспитываем ребенка с помощью наград и наказаний, мы оказываем ему медвежью услугу, вводим в заблуждение относительно устройства мира. После 18 никто не будет его заботливо наказывать и наставлять на путь истинный (собственно, даже исконное значение слова «наказывать» — давать указание, как правильно поступать). Все будут просто жить, преследовать свои цели, делать то, что нужно или приятно лично им. И если он привык руководствоваться в своем поведении только «кнутом и пряником», ему не позавидуешь.

Кроме того, как только мы задумываемся, «не наказать ли», тут же возникает вопрос: «А как?» Этот вопрос очень любят задавать психологам. Хорошо, раз уж у нас тут ревизия арсенала, давайте рассмотрим и арсенал наказаний.

Начнем, конечно, с вопроса, по сравнению с которым бледнеет знаменитая дилемма Гамлета: «Бить или не бить?» На самом деле этой короткой формулой описываются ситуации очень и очень разные. Вот, например:

Мама гуляет с трехлетним сыном. У него кризис негативизма, и он решительно настроен качать права. То есть, что бы мама ни сказала — делать все ровно наоборот. Пока они гуляют в парке, маме удается балансировать на грани скандала. Где-то уступить, где-то отвлечь. Но вот пора идти домой, предстоит переходить оживленную улицу. «Дай мне руку!» — говорит мама, а молодой человек, который все наоборот, руку прячет за спину и с веселым хохотом припускается бегом от мамы — в сторону дороги. Она его догоняет, хватает и пару раз основательно шлепает по попе. Он ревет, но больше не вырывается, они переходят дорогу. Малыш обиженно размазывает по лицу слезы. На той стороне мама останавливается, обнимает его, вытирает ему лицо и что-то говорит, успокаивает. Он кивает, и они идут дальше за руку.

Восьмилетняя девочка пошла гулять с ребятами во дворе и пропала. Бабушка хватилась, побежала искать — нету. Позвонила на работу родителям, те примчались, вызвали милицию, подключились соседи, все прочесывали микрорайон, умирая от страха, что с ребенком случилось самое ужас-

ное. Рядом река, да и мало ли какие люди бывают. Лишь когда стало темнеть, девочка объявилась сама — они со старшей подружкой ушли в соседний двор, там строили домик в кустах и не слышали, как их искали. Заигрались, забыли про время. Девочка очень удивилась, что все так перепугались — сама-то она знала, что с ней все в порядке. Дома папа сначала поставил дочь в угол «подумать о своем поведении», а через час сильно выпорол: «Чтобы запомнила и в другой раз неповадно было». Мама была против, но отговорить мужа не смогла.

Десятилетний Сережа знает — если он приносит из школы двойку, папа его накажет ремнем. Папа не вникает в подробности: за что двойка, справедливо или нет. Он не особо сердится, только говорит: «Опять позоришь нас? На всем готовом живешь, все для тебя делаем, только и требуется, чтобы учился, а ты чем занят? Неси ремень!» Выпоров, отец отправляет Сережу «заниматься, чтобы все исправить» и больше к теме не возвращается. Сережа старается не давать учителям дневник, иногда упрашивает их не ставить туда оценку. Наказаний боится, но считает их заслуженными. Папу любит. Школу не очень.

Мама ругается с дочерью-подростком: та совсем не помогает по дому, прогуливает школу, начала курить. Обещала, что больше не будет, но вот опять в кармане сигареты. На гневные вопросы матери начинает отвечать с издевкой: «И что ты мне сделаешь? Мультики смотреть запретишь?» Потеряв над собой контроль, мать бьет ее наотмашь по лицу, потом еще раз. Девочка кричит: «Чтоб ты сдохла!», убегает в свою комнату и там рыдает. На следующий день она не идет в школу, потому что на лице виден след от затрещины. Кроме того, ее тошнит и кружится голова — видимо, легкое сотрясение. Мама чувствует себя виноватой, но по-прежнему очень зла на дочь. Они не разговаривают.

Как видите, ситуации очень разные. Где-то это разовый случай, где-то систематический метод наказания. Где-то способ воздействия на ребенка, где-то проявление собственной истерики. Одни родители уверены, что правы, другие, побив ребенка, страдают сами. В одних случаях побои не будут имеет особых последствий для ребенка и его отношений с родителями, в других могут сильно травмировать, а отношения испортить навсегда. Мы не берем здесь по-настоящему патологические случаи, взрослых-садистов, описанных Диккенсом и Помяловским. Вряд ли они станут читать эту книжку, а работа с ними — дело следователей по уголовным делам и/или психиатров, а не психологов. Мы о ситуациях довольно типичных, в которых при известном стечении обстоятельств может оказаться практически каждый. В том числе и те, кто, в отличие от отца Сережи, в принципе против физических наказаний.

Собственно, только о них и имеет смысл разговаривать, потому что такие, как отец Сережи, тоже не читают обычно книжек о воспитании и презирают «все эти выдумки про психологию». Их отношения с детьми обычно не очень глубокие, и если сам ребенок по своей врожденной нервной конституции не особо чувствителен, а в разных других ситуациях папа все же защищает и заботится о сыне, такие методы воспитания сильно не навредят. Хотя, конечно, любви к учебе тоже не привьют, просто научат хитрить и приспосабливаться, но папу это ведь вполне устраивает, ему все равно, что Сережа знает и понимает — лишь бы не было двоек в дневнике. Значение имеет и социальная норма: если Сережа знает, что так наказывают всех его сверстников, это одно. Если он понимает, что лупят только его, если для него это не только больно, но и мучительно стыдно, это другое.

Если Сережа окажется ребенком тонким и чувствительным, тогда да, это трагедия. Очень скоро он внутренне отсоединится от своего отца, начнет его ненавидеть, а потом и презирать. На месте былой детской привязанности, готовой многое терпеть и прощать, останется только шрам, след от ожога. Это очень хорошо описано у Гарина-Михайловского в «Детстве Темы». Но у Темы была любящая, понимающая мама. Он потерял близость с отцом, но в целом вырос вполне психологически благополучным человеком. А если мама говорит: «Совсем разболтался, вот придет отец — он тебе покажет»? Что делать ребенку со своей чувствительностью?

Проблема физических наказаний — она ведь не только в том, что ребенку больно и страшно прямо сейчас. Мы помним, что «свой» взрослый для ребенка — прежде всего источник защиты и чувства безопасности. Когда этот же человек вдруг становится источником боли и страха, у ребенка «земля уходит из-под ног», переворачивается картина мира. Это очень понятно на истории про потерявшуюся девочку.

Папа вряд ли задумывается о том, как связана его готовность хладнокровно выпороть ребенка и то, что ребенок может искренне не задумываться о чувствах своих родных. Между тем суть, механизм первого и второго один и тот же — отсутствие эмпатии, способности непосредственно воспринимать чувства другого человека. Если родитель эмпатично воспринимает ребенка, он просто не сможет осознанно и планомерно причинять ребенку боль, потому что это противоестественно. Сорваться, психануть — да, шлепнуть в раздражении — да, больно дернуть и даже ударить в ситуации опасности для жизни — да, но вот решить заранее, а потом взять ремень и пороть — не сможет. Потому что когда ребенку больно и страшно — эмпатичный родитель это чувствует напрямую и сразу, всем существом. И продолжать причинять боль в этой ситуации — все равно что, как Муций Сцевола, держать **свою** руку на горящих угольях.

Если родитель с младенчества относится к ребенку эмпатически, то и ребенок научается у него эмпатии. Еще в раннем детстве он точно воспринимает чувства родителя, а к 8—9 годам уже довольно хорошо представляет себе, что чувствует родитель в той или иной ситуации, даже если прямо сейчас не видит его. И для него обрекать родителя на муки тревоги столь же противоестественно, как родителю его бить. Конечно, бывают дети с задержанным психоэмоциональным развитием, то есть эмпатичность родителя еще не гарантирует эмпатичности ребенка, к сожалению. Зато **отказ** родителя от эмпатии (а порка невозможна без такого отказа) с очень

Когда «свой» взрослый становится источником боли и страха, у ребенка переворачивается картина мира

большой вероятностью приводит к неэмпатичности ребенка, к тому, что он загуляет, а потом искренне удивится, чего это все так переполошились. Не говоря уже о том, что, вынуждая ребенка чувствовать боль и страх, чувства сильные и грубые, мы не оставляем никакого шанса для чувств тонких, невозможных без участия внешнего, разумного мозга: раскаяния, сострадания, сожаления, осознания того, как ты дорог, хоть ставь его в угол «подумать», хоть нет.

Первая история самая безобидная. Ну, бывает, что, испугавшись за ребенка, вымотавшись от пререканий с ним или просто будучи не в форме, родители срываются на крик или шлепают раз-другой. Если сами они не считают это нормальным и готовы потом восстановить отношения с ребенком: обнять, успокоить, извиниться, если происходит такое нечасто, ничего ужасного нет. Стресс, конечно, но вполне в пределах того, с чем ребенок может справиться без последствий. Исключение составляют дети очень чувствительные, физически или психически ослабленные — их даже разовый срыв может сильно травмировать.

И, конечно, здесь справедливо сказанное выше: надо понимать, что чем тоньше, глубже, эмпатичней ваша связь с ребенком, тем более шоковым переживанием для него будет даже разовый удар, особенно если ребенок уже в сознательном возрасте. Известны случаи, когда один-единственный раз побитый ребенок, у которого прежде были очень близкие, доверительные отношения с родителем, начинал заикаться или получал другой невротический симптом, от которого потом лечился годами.

Так что, хотя мы понимаем, что никто не застрахован от срывов, давать себе на них полную индульгенцию не стоит: станете часто шлепать — ребенок перестанет реагировать, придется бить сильнее, а там уже и до настоящих побоев недалеко. Кроме того, позволяя себе решать проблему с помощью физической силы, вы задаете эту модель ребенку, и вам будет потом сложнее объяснить ему, почему нельзя бить слабых и вообще драться, если чем-то недоволен.

С последней историей дело серьезнее — явно это не первый эпизод уже давно длящейся войны между матерью и дочерью. Затрещина здесь — лишь верхушка айсберга, а под ней много всего — и давно нарушенные отношения, и явное нервное истощение матери, и, возможно, какие-то серьезные проблемы семьи в целом. Этот тип ситуаций особенно опасен, потому что именно в моменты таких взрывов ярости люди всерьез психологически травмируют, а то и физически калечат детей. Приходилось работать с такими родителями — врагу не пожелаешь, в каком аду они потом живут. Тут рецепт только один — не доводить ни себя, ни отношения с ребенком до такого состояния. Поддерживать привязанность, не нарушать границ, заботиться о себе (дальше мы поговорим об этом подробнее).

Разбираем наши базуки и гранатометы дальше. Средство не менее, а может быть, и более сильное и жестокое, чем физическое насилие — насилие эмоциональное. Оскорбления, угрозы, шантаж («Я тебя тогда не буду любить», «Ты меня в могилу загонишь»), запугивание («Сейчас уйду и оставлю тебя тут», «Отдам в детский дом», «Заберут тебя в милицию») и так любимое «интеллигентными» родителями и люто ненавидимое детьми игнорирование. Все эти методы очень эффективны — стоит объявить ребенку бойкот, не разговаривать с ним, не замечать его, словно его не существует, и очень скоро даже самый строптивый и наглый начнет заискивать и просить прощения. Проверено тысячами родителей. Действительно сильное средство. И теперь мы уже хорошо понимаем почему.

Для ребенка нет ничего ужаснее отвержения со стороны «своего» взрослого. Программа привязанности определенно утверждает: если будет внимательный к тебе взрослый, тот, кто за тобой «смотрит», ты спасен. Если нет — ты обречен. Поэтому угроза родителя «уйти», «отдать» или бойкот, явно демонстрируемое нежелание «смотреть за» очень быстро и эффективно повергает ребенка в настоящий эмоциональный ад. Многие дети признаются, что предпочли бы, чтобы их отлупили. Когда родитель тебя бьет, он все же в контакте с тобой. Ты для него существуешь, он тебя видит. Больно, но не смертельно. Когда родитель делает вид, что тебя не существует, — это гораздо страшнее, это как смертный приговор. Неудивительно, что ребенок будет готов на все, чтобы это прекратить. Неважно, считает ли он на самом деле себя виноватым. Он будет стремиться любой ценой вернуть контакт с родителем, признает свою вину в чем угодно, согласится на любые условия, надо будет — на коленях приползет, умолять будет его простить. Он просто не может иначе, это выше его сил. Даже наставив на него пистолет, родитель не получил бы такой власти над ребенком, как отворачиваясь и не разговаривая. Еще бы это не работало.

Возможно, хорошо освоив технику бойкота, вы сможете держать ребенка в эмоциональном подчинении всю жизнь, даже когда он вырастет (многим родителям удается). Да, у него не будет своей жизни и, скорее всего, своей семьи, ну и что? Зато к вам он будет прибегать по первому зову и выполнять все ваши желания. Возможно, в какой-то момент, в подростковом возрасте, он сможет волевым усилием порвать эту веревку, которой вы каждый раз так больно дергаете его прямо за душу, и возненавидит вас. Но это еще когда случится, а до того можно вполне успешно добиваться своего, ребенок будет как шелковый. Да и опасности никакой — это за побои могут под суд отдать, а за эмоциональное насилие у нас пока не судят. Теперь механизм вы знаете. Использовать этот «эффективный метод» — и ведь культурно же все, без криков-визгов-драки — или нет, решайте сами.

Про оскорбления, унижения и угрозы нет смысла говорить отдельно — по отношению к ним справедливо все то, что мы говорили о побоях. Разовый срыв, обидное слово, обещание «голову оторвать» — это одно. Методичное уничтожение словами — это другое. Во всем остальном — все те же соображения. На эмпатию со стороны ребенка можно не рассчитывать. Урон для отношений большой. Травма для чувствительного ребенка может быть крайне тяжелой. Например, подростковые суициды нередко происходят в тот момент, когда ребенок представляет себе, «что скажут родители»[1]. Что же такое надо говорить, чтобы это показалось ужаснее, чем смерть? Да иногда ничего особенного. Обычный такой текст в духе: «Какая же ты неблагодарная тварь!», «Что из тебя вырастет, а?», «Заткни свой поганый рот!» и все в таком духе. Тут не в грубости выражений даже дело, а в том послании, которое слышит ребенок: «Ты не такой, как нам нужно, нам от тебя плохо, лучше бы тебя не было». А дети, они же нас любят. Чего не сделаешь для мамы с папой, чтобы они так не расстраивались...

Ну, хорошо, допустим, мы готовы перейти к разоружению и отказаться от всех этих жестоких и довольно опасных для детей методов. Когда мы в здравом уме и трезвой памяти, мы, конечно, не станем орать, бить или бойкотировать. Но что делать в те моменты, когда «накатило»? Когда не справляешься с собой и оно само как-то так получается?

Чаще всего такое случается с теми, кого самого в детстве воспитывали с помощью «тяжелой артиллерии». Модели, которые дети неосознанно копируют с родителей, очень цепкие. Когда наш внешний мозг в порядке, мы можем выбирать, мы можем отказываться от моделей, которые нам не нравятся, и использовать другие. Но когда мы в стрессе и управление потеряно, сам собой включается режим автопилота, а там у нас что? То, что делали наши мама с папой. И если они

[1] Подростковый суицид – сложное явление, он не всегда говорит о том, что у ребенка были плохие отношения с родителями. Иногда причины совсем в другом, от отношений со сверстниками до ранних проявлений психического заболевания.

били, то рука тянется к ремню, если не разговаривали, мы не можем заставить себя повернуться в сторону ребенка, если орали, срываемся на крик.

Это проблема непростая. Вот так вдруг, волевым усилием, программу своего автопилота не перепишешь. Прежде всего нужно постараться преодолеть автоматизм, превратить модель из «того, что происходит со мной как-то само собой» в «то, что делаю я сам», хорошо это или плохо. Здесь важно даже то, как об этом говорится. Если сказать «Ребенок получил ремня» или «Ему по попе прилетело», сразу попадаешь в языковую и ментальную ловушку: «Я тут ни при чем, это оно само». Но мы же знаем, что никто сам по себе ничего не получал. И уж точно никому ничего от мироздания не прилетало. Это вы его побили. И пытаетесь снять с себя ответственность. Это самообман. Пока вы ему предаетесь, ничего не изменится. Как только научитесь хотя бы не вслух, а про себя говорить: «Я побил (а) своего ребенка», удивитесь, насколько вырастет ваша способность к самообладанию. То же самое с фразами типа «Без этого все равно нельзя». Не надо обобщать. Научитесь говорить: «Я пока не умею обходиться без битья (крика, бойкота)». Это честно, точно и обнадеживает.

Привычка эмоционально разряжаться через ребенка — если вы срываетесь часто — это просто дурная привычка, своего рода зависимость. И эффективно справляться с ней нужно так же, как с любой другой вредной привычкой: не «бороться с», а «научиться иначе», постепенно пробуя и закрепляя другие модели. Не «с этой минуты больше никогда» — все знают, к чему приводят такие зароки, а «сегодня хоть немного меньше, чем вчера» или «обойтись без этого только один день» (потом «только одну неделю», «только один месяц»). Не пугаться, что не все получается. Не сдаваться. Не стесняться спрашивать и просить помощи — у родных, друзей, у специалистов. Держать в голове древнюю мудрость «Лучше один шаг в правильном направлении, чем десять в неверном».

Не снимая с себя ответственности, важно и в самобичевание не впадать. За вашими срывами скорее всего долгая, в даль поколений уходящая невеселая история детей, которым доставалось от родителей, которые сами были несчастны, потому что их родителям было несладко, и так далее. Поиски виновных тут ни к чему не приведут. Прервать эту порочную цепь можно только сочувствием, в том числе к самому себе, к тому ребенку, которым вы когда-то были. Иногда, если «накатывает», самое правильное — прекратить воспитание своего реального ребенка, взять паузу и заняться ребенком внутри себя — его успокоить и пожалеть. Если сложно научиться этому самостоятельно, имеет смысл обратиться за помощью к психотерапевту.

В последние годы все больше родителей, которые приходят к специалистам и говорят: «Меня били (орали, бойкотировали) и я так иногда делаю, но я не хочу». Я безмерно уважаю тех взрослых, которые, сами пострадав от физического и эмоционального насилия в детстве, стараются не передавать «эстафету» дальше. Им гораздо труднее, чем тем, кого в детстве не обижали так сильно и у кого даже в стрессе рука не тянется к ремню, а голос не взлетает до визга. Им правда очень сложно, и не все получается быстро и сразу. Но зато когда все же удается — это многого стоит. Они, как никто другой, представляют себе, от чего смогли оградить своих детей. Награда — разрыв патологической цепи передачи насилия от поколения поколению. Бесценный дар не только детям — внукам, правнукам и прочим потомкам до не знаю какого колена.

НА ЧУЖОЙ ТЕРРИТОРИИ, НО НЕ МАЛОЙ КРОВЬЮ

Давайте сравним ситуации.

Из комнаты подростка с утра до вечера гремит музыка, ему так нравится. Соседи стучат по батареям, в доме уже у всех болит голова, а он если и делает тише, то ненадолго, а потом опять прибавляет звук.

Вы входите в комнату своей дочери-подростка. Без стука, ваша же дочь и квартира ваша. А чего ей скрывать от матери-то? В комнате, как обычно, бардак. Вещи валяются, у компьютера лежат надкусанное яблоко и лифчик (вы, кстати, такой ей не покупали — откуда он?), у порога — рюкзак, сделав еще шаг, вы спотыкаетесь о ролики. «Что тут у тебя творится, зайти нельзя!» — возмущенно восклицаете вы и начинаете собирать рассыпанные по кровати тетрадки. Дочь фурией бросается на них и вопит: «Ну, и не заходи, тебя никто не просил!»

Чем они отличаются?

И там, и там речь идет об агрессии, о нарушении чужих границ, о захвате чужой территории. В первом случае агрессор — подросток, во втором — родитель. И хотя это две разные ситуации из разных семей, скорее всего, и в первой и во второй агрессия имеет место с обеих сторон.

Проблема, о которой идет речь, — проблема границ, одна из самых болезненных в семейной жизни. Непросто бывает принять, что, хотя мы и члены одной семьи, близкие люди и любим друг друга, каждый из нас — отдельная личность. Которая имеет право на свою территорию, как в буквальном смысле (свой стол, кровать, комнату), так и в переносном (свое время, своих друзей, свои увлечения, мысли, чувства, ценности).

Дети, особенно те, что постарше, очень чутки к проблеме границ. Наверное, вы и сами замечали: если мы находимся «на своей территории», например, ребенок взял у нас без спросу какую-то ценную вещь и не положил на место, а то и сломал, то мы можем кричать и топать ногами, грозить самыми страшными карами и даже наказывать, но ребенок на нас не обидится. Потому что мы в своем праве. Но стоит нам залезть на его территорию и начать предъявлять претензии, даже в гораздо более вежливой и мягкой форме, за то, что по большому счету не наше дело, как ребенок реагирует крайне болезненно. И эти обиды могут помниться всю жизнь. Многие взрослые и в 50 лет помнят, как мама пожаловалась всем родственникам, что ребенок описался на празднике, как папа наказал их за то, что отняли свою (!) вещь у младшего брата, как родители без спроса прочитали личный дневник или выкинули любимого старого мишку.

Конечно, дети возмущаются. Каков привет, таков ответ. Вы совершаете агрессию, влезаете на чужую территорию и получаете закономерный отпор. Когда на нашу территорию кто-то влезает без разрешения, мы сопротивляемся, и это вполне естественно. С возрастом мы научаемся противостоять агрессии без грубости, вежливо, но твердо. Но в детстве, да еще при столкновении с таким мощным агрессором, как собственный родитель, единственный способ защититься — грубость, крик или отказ от общения. Справиться с этим поведением ребенка совсем просто — достаточно изменить свое поведение, перестать быть агрессором, и поведение ребенка изменится автоматически. Все равно у нас нет другого способа научить детей, например, стучаться, прежде чем войти, кроме как самим стучаться, или научить их не брать чужого без спроса, кроме как самим у них спрашивать разрешения воспользоваться их вещью. В противном случае все будет как обычно: мы будем произносить правильные слова, а дети будут копировать наши поступки — правильные и неправильные, уж какие есть.

Еще один частый случай нарушения границ — требование «сделать немедленно». Почему-то многим взрослым кажется, что если ребенок не бросает мгновенно все, чем был занят, и не бежит выполнять их поручение, это признак неуважения. На самом деле неуважение — это обращаться к человеку не с просьбой, а с приказом, не интересуясь его планами и желаниями (исключение составляют только ситуации чрезвычайные, связанные с безопасностью).

В этом случае у ребенка два варианта поведения: либо защищаться, пытаясь сохранить самоуважение ценой грубости, либо подчиниться, проглотив обиду. Каждый такой «глоток» — трещина в отношениях. Проявленное взрослым неуважение, грубость, высокомерие никуда не деваются, ребенок просто «гасит» их волевым усилием внутри собственной души. Бесследно это не проходит. Трещина к трещине — и вот уже отношения отравлены обидой, злостью, унижением. А ребенок очень дорожит отношениями, для него, как мы помним, они жизненно важны. Он меньше всего хочет накопления трещин и поэтому пытается отбить удар, рискуя даже быть наказанным. Потому и грубит.

На самом деле за требованием безусловного подчинения обычно стоит страх утратить власть над ребенком, контроль над ним. Дашь слабину — на шею сядет, ножки свесит. Начнет пререкаться, совсем обнаглеет. Спокойно. Мы помним, что ребенку очень важна привязанность. Если его отношения с родителем хорошие, если он доверяет вам, он **хочет** слушаться. Для него это естественно, так же, как позвать вас на помощь, если он испугается или больно ударится. По умолчанию в любого ребенка встроена опция «сделать так, как велит "свой" взрослый». Да, есть ситуации и возрастные периоды, когда дети склонны «качать права», но в большинстве случаев им проще и приятней послушаться родителей.

В семьях, где просьбы к ребенку — всегда именно просьбы и сопровождаются словами «пожалуйста», «если тебе не трудно», «когда тебе будет удобно», «когда освободишься», «если ты не очень устал» и тому подобными, конфликтов и препирательств почти не бывает. Да, ребенок может увлечься и забыть, и вам придется ему напомнить. Но это не злостный саботаж, а обычная детская невнимательность. Если напомнить тоже без агрессии, он вскочит и поспешит выполнять поручение. И даже, весьма вероятно, скажет «прости, я увлекся и забыл». Еще чуть повзрослев, ребенок станет сам замечать, что вы устали, перегружены, что вам нужна помощь. И вы услышите: «Отдохни, я сам сделаю». Не потому, что строили и гоняли. А потому, что сами не раз демонстрировали ему именно эту модель поведения — модель уважения границ, помощи и заботы.

ВЛАСТЬ И ЗАБОТА

Слушайте, но ведь он тогда избалуется? — наверняка спрашивает сейчас каждый второй читатель, а может, и каждый первый. Не так ли получаются дети, похожие на барчука из рассказа Куприна «Белый пудель»? Ужас же: неуправляемый, эгоистичный, да просто противный.

Давайте разберемся. В привязанности родителя к своему ребенку две важные составляющие. Он должен, с одной стороны, опекать, защищать и заботиться. С другой — руководить, обучать, устанавливать границы дозволенного. Забота и власть. Властная забота[1]. Это работает только вместе, только «в одном флаконе». Если мало заботы — родитель превращается в тира-

[1] Гордон Ньюфелд, известный канадский психолог, развивающий теорию привязанности, называет такую родительскую позицию «позицией заботливой альфы», в Рунете есть интересное сообщество http://alpha-parenting.livejournal.com/, где ситуации с детьми рассматриваются именно под этим углом зрения.

на, часто жесткого и несправедливого. Если нет властности — в обслугу или вечно ноющего и жалующегося «слабака». Обычно у кого-то проседает одно, у кого-то другое. Проседающая забота политкорректно называется «строгостью», а проседающая властность — «либеральным воспитанием».

Есть родители, которым легко доминировать и требовать, дети их слушаются и не садятся на голову, но при этом родитель часто не понимает чувств и потребностей ребенка. Он может тратить очень много сил и времени на ребенка, но заботиться не о том, что нужно самому ребенку, а реализовывать некое свое представление о том, как «правильно» — как ребенку есть, одеваться, строить свой день, учиться, развлекаться, как себя вести, что думать и что чувствовать. Такому родителю сложно принимать растущую самостоятельность ребенка, его своенравие, его непохожесть. Очень часто в собственном детском опыте таких родителей — тоже насилие и вызванная им необходимость «отморозить» чувства, поэтому им трудно дается эмпатия, а значит, и забота.

Дети в этой ситуации часто бывают обижены, напуганы, они не могут довериться своему взрослому, потому что в любой момент ждут от него насилия, если не физического, то психологического. Привязанность представляется им небезопасной, и они принимают меры: врут, дистанцируются от родителей, а ближе к подростковому возрасту нередко начинают бунтовать, хамить или уходить из дома.

Другие родители, напротив, чувствительны к потребностям ребенка, заботливы — но не решаются занять взрослую, власт-

Дети в этой ситуации часто бывают обижены, напуганы, а ближе к подростковому возрасту нередко начинают бунтовать

ную позицию, пытаются общаться с ребенком «на равных», «как друзья». Нередко сами такие папы и мамы в прошлом — дети родителей первого типа, с проседающей заботой, давящих. Натерпевшись в детстве, они решают, что со своими детьми будут вести себя иначе — и впадают в другую крайность. А иногда это происходит вообще неосознанно: ведь если растешь с давящим родителем, требующим беспрекословного подчинения, очень трудно отрастить в себе взрослую роль, способность доминировать в отношениях. Вот и получается вечный зависимый ребенок, который не перестает быть несамостоятельным и слабым даже после рождения собственных детей.

Пока ребенок совсем мал, все идет неплохо, он наслаждается теплом и заботой. Но как только ребенок начинает «качать права», пробовать на зуб прочность границ, выясняется, что родитель не способен доброжелательно, но твердо встретить этот вызов. Он пугается воплей и протестов своего маленького ребенка так же, как когда-то пугался истерик матери или грозных криков отца. Он демонстрирует беспомощность, причитает на тему «я с ним не справляюсь», причем обычно сообщает это всем родным и знакомым, пытается управлять поведением ребенка, демонстрируя свою слабость: плачет, обижается, надувает губы и ждет, пока ребенок «извинится». Паникует и злится при криках и истериках.

Как это все выглядит с точки зрения ребенка? Он, конечно, тоже пугается. Если мама так боится меня, когда я скандалю и брыкаюсь, что она будет делать, если придет Бармалей? Законный вопрос, согласитесь. Для ребенка важно, чтобы «его» взрослый был надежной защитой и опорой, чтобы от него исходила уверенность и сила. Что ему делать, если в большом непонятном мире он, «Очень Маленькое Существо», как говорил Пятачок, остался фактически один, ведь беспомощный, ноющий, обижающийся родитель — не в счет? Ребенок становится тревожным, нервным, неуправляемым, а родитель и не собирается его «упаковывать» — он просто пугается и либо устраняется, либо истерит в ответ. Грустная история.

Когда-то в 30-е годы прошлого века Януш Корчак пытался объяснить родителям издержки слишком доминантной позиции, показать, что «делать ребенка удобным для нас» — значит вредить его развитию. Как врач и педагог, он видел результаты этого воспитания — потухших, вялых, робких детей с притупленными чувствами, задавленной творческой инициативой или детей ощетинившихся, озлобленных, не доверяющих взрослым, постоянно отстаивающих свою независимость, где надо и где не надо.

Позже, выдохнув после ужасной войны, другое уже поколение родителей ударилось в противоположную крайность — либеральное воспитание: «быть с ребенком на равных», не давить, не ограничивать, не командовать — пусть растут счастливыми и свободными. Однако обернулось это все совсем не счастьем и свободой, а детскими неврозами и опять же отсутствием доверия к взрослым. Дети, которых изнутри буквально разрывала тревога, начинали ужасно себя вести, становились неуправляемыми, невыносимыми в общении, и в какой-то момент «либерализм» родителей кончался, сменялся криком, угрозами, а то и побоями. Что окончательно портило отношения с ребенком, но к послушанию не приводило — потому что это были срывы от слабости.

Встречается иногда и «адская смесь», когда ни заботы, ни властности.

На черноморском пляже мама, не очень уже молодая, ругает четырехлетнего мальчика, который не слушается —

не хочет сидеть на коврике в полотенце, как она велела, а хочет бегать по песку вокруг. Сидя на этом самом коврике с полотенцем в руках и даже не пытаясь никак реально изменить поведение ребенка (например, встать и поймать его), мама громко вопрошает: «Нет, ты скажи, мне что, ремень с собой на пляж брать? Тебе дома мало? Прямо здесь тебя лупить, да, чтоб ты слушался?» Потом поворачивается к своим знакомым на соседнем коврике и так же громко (ребенок слышал) говорит им: «Ну, прямо не знаю, что с ним делать. Уже и луплю его, и в угол ставлю, объясняю, что надо слушаться, а он все равно. Замучил меня. Больше не возьму его на море, пусть дома сидит». Говорит она это без особого, надо сказать, отчаяния в голосе и даже с некоторым кокетством.

Что мы здесь видим? Родитель, с одной стороны, проявляет полную беспомощность: он делегирует ребенку — довольно маленькому — решение о том, слушаться или нет, и даже решение о том, где и как его, ребенка, наказывать. Он прямо озвучивает свою беспомощность и как единственный выход называет отделение от ребенка (не возьму с собой), то есть заявляет, что с ролью родителя не справляется и собирается ее оставить, разорвать привязанность (пусть временно). При этом реальной заботы тоже не наблюдается, хотя, наверное, мама считает, что она заботится, стремясь завернуть подвижного мальчика в полотенце и усадить. Потребности ребенка ее не интересуют, она готова прибегнуть (и прибегает, видимо) к жестокому обращению, а уж эмоциональная безопасность ребенка, про которого весь пляж услышал, что его «лупят, а ему все мало», вовсе не принимается в расчет.

Мальчик, видимо, привык делать вид, что не слышит, и так справляться с эмоционально непереносимой для себя ситуацией, чтобы не чувствовать страха, стыда и обиды. Можно себе представить их отношения еще лет через десять. Слушаться он ее не будет, и его можно понять, обращаться к ней за помощью — тоже. Будет вести себя отвратительно, хамить, орать, демонстрировать пренебрежение. Она будет смертельно обижена, ведь в ее картине мира она хорошая мать — воспитывает, следит, чтоб не простыл, возит на море и вообще «я ему все время объясняю». И любит сына, конечно. Жизнь за него отдаст, если потребуется. Но отношения с ним рушит, как будто задалась такой целью.

Повезло тем, кто позицию властной заботы получил по наследству от собственных родителей — знай себе воспроизводи модель, и все будет хорошо. Потому что когда родитель последовательно проявляет властную заботу, с детьми обычно все хорошо, они чувствуют себя спокойно, защищённо, у них много душевных сил и полно занятий поинтересней, чем устраивать истерики или мотать нервы взрослым. Если такой ребенок и делает что-то не то по глупости или из озорства, родителю обычно довольно легко удается поправить дело — ведь ребенок ему доверяет, а значит, последует его просьбам или запретам.

Качественно «избалованный», то есть выросший в защите и заботе, под крылом сильного взрослого ребенок — это ребенок легкий, сотрудничающий, слышащий, любящий. Ему не надо воевать ни с родителем, ни с собственной тревогой, он внутренне расслаблен и потому полон сил, а значит, хорошо развивается и учится, он уверен, что его потребности будут услышаны, и потому готов слышать потребности других, в том числе, став постарше, заботиться о младших и старших членах семьи. У него бывают, конечно, срывы, кризисные периоды и прочие неприятности, но в общем и целом растить такого ребенка — одно удовольствие, не требующее ни жертв, ни надрыва.

К сожалению, не всем так везет, чтобы готовую прекрасную модель получить в наследство. У большинства из нас не хватает либо заботливости, либо властности, модели поведения наших родителей оставляли желать лучшего, и апгрейдить свою родительскую модель приходится прямо по ходу, уже столкнувшись с трудностями во взаимодействии с ребенком. В этом нет ничего страшного, по сути, вся история человечества может быть описана как непрерывная эволюция родительских моделей. В конце концов, не так давно детей вообще в пропасть сбрасывали. Апгрейд вполне возможен, и первый шаг к нему — честно ответить себе на вопрос: получается ли у меня заботиться о реальных потребностях ребенка? и не боюсь ли я ответственности и власти?

У ПРИРОДЫ НЕТ ПЛОХОЙ ПОГОДЫ

Мы выяснили, что ни человека вообще, ни ребенка в частности не очень получается изменить, в ответ на давление он будет защищаться и сопротивляться. Более того, есть качества, которые изменить в принципе невозможно, ни по указке родителя, ни даже по собственному желанию. Например, темперамент. Или особенности работы нервной системы. Или степень ее зрелости. Ребенок не может ни по вашему, ни даже по своему собственному желанию перестать быть медлительным, или гиперактивным, или способным к произвольному вниманию раньше, чем созрели соответствующие отделы мозга. Ну, не может, и все тут, хоть с утра до вечера будет стараться. Однако порой родители с упорством, достойным лучшего применения, стараются изменить именно то, что изменить нереально. Не от нечего делать, конечно. Просто трудно им с ребенком.

Если сами вы, например, холерик и все делаете быстро, а ребенок у вас ярко выраженный флегматик, медлительный и основательный, любые сборы с ним куда-то могут свести с ума. За то время, пока ребенок натягивает одну колготину, родитель успел бы раздеться и снова одеться полностью, от трусов до шубы. И еще в процессе проверить почту в компьютере, собрать бутерброды на завтрак для старшего, обсудить с супругом выпуск утренних новостей и поменять лоток кошке. А младшенький, темпераментом уродившийся не в этого родителя, все пыхтит с колготками. И не спешит совершенно. Как тут не завестись?

Или, например, родитель — меланхолик. Любит тишину и покой, быстро устает, часто у него снижено настрое-

ние — не по какой-то причине, а просто так, темперамент такой. А ребенок у него — шумный жизнерадостный сангвиник, двести слов в минуту, и все громким голосом, с размахиванием руками, прыжками на месте и восторженными вскриками. Нет, ничего такого не случилось, просто ребенок так себя чувствует в этом мире и так себя проявляет. Темперамент. Таблетки от головной боли такой родитель всегда носит при себе, время от времени он мечтает о том, как бы спрятаться от ребенка в шкафу, и сам, конечно, этих фантазий стыдится. Но очень уж тяжело.

Что происходит, когда родитель «больше не может это терпеть»? Первый родитель, холерик, скорее всего взорвется и начнет орать, может быть, схватит, дернет, встряхнет. Второй, меланхолик, впадет в отчаяние и «уйдет в себя» или начнет придумывать, как бы прекратить общение с ребенком, избавиться от него хотя бы на время.

Что произойдет с ребенком? Перепугается, расстроится, как минимум будет озадачен. Ведь в его представлении он ничего плохого не делал, не шалил, правил не нарушал, просто был таким, какой он есть. Одевался вот, старался, чтобы две дорожки сзади, одна впереди. Или рассказывал, как они с дедушкой в парк ходили — хорошо же рассказывал, с выражением! Но родитель — совершенно непостижимо почему — рассердился. Ребенок сразу чувствует угрозу привязанности. И что — изменяет свое поведение? Начинает одеваться быстрее (вести себя тише)? Как бы не так.

Темперамент — природная особенность, слабо контролируемая рассудком. Усилием воли под контролем разума мы можем сделать проявления темперамента более сглаженными, приемлемыми для окружающих (например, научиться сдерживаться и не орать, когда рассержен), но изменить сам темперамент мы не в силах. А что происходит, когда ребенок испытывает стресс, поскольку родитель сердится или не хочет с ним общаться? Это мы уже знаем — в лимбической системе включается тревога, внешний, разумный мозг теряет управление, и все проявления темперамента становятся сильнее и ярче. То есть медлительный ребенок замирает вообще, а шумный начинает еще более шумно требовать внимания. К большому восторгу родителя, надо думать.

Сколько бы сил и времени вы ни потратили, вы не сможете сделать гиперактивного ребенка спокойным и уравновешенным, медлительного — расторопным, рассеянного — безукоризненно внимательным, замкнутого — душой компании, чувствительного — невозмутимым. Чем больше вы будете «бороться» с этими качествами, тем больше риск просто невротизировать ребенка и разрушить ваши отношения, а неудобное для вас поведение в результате только усилится.

Поведение, связанное с устойчивыми качествами ребенка, похоже на погоду — глупо пытаться ее изменить, к ней надо приспособиться. И помнить, что «у природы нет плохой погоды», каждая имеет свои достоинства.

Ваш невыносимо активный живчик в свое время будет резво бегать, когда его сорокалетние сверстники с большими животами залягут на диванах. Ваш копуша пожмет плечами и спокойно пойдет домой, когда его буйные пятнадцатилетние сверстники на спор полезут прыгать с моста в воду. Ваша Маша-растеряша, вечно занятая обдумыванием про себя всяких важных и сложных вещей, будет много читать, а может быть, и сама писать начнет. А ваша сверккоммуникабельная болтушка, у которой знакомых — полшколы и весь район, будет не раз и не два выручать в будущем всю семью, потому что будет знать, где хороший врач, где парикмахер, у кого перехватить денег в долг и кто согласится поливать цветы, пока все в отпуске. И кто в этот момент вспомнит про ее дневник, вечно красный от замечаний «Болтала на уроке»? Наши недостатки есть продолжение наших достоинств, и наоборот. Почему-то мы охотно признаем это по отношению к самим себе, но забываем, когда речь идет о детях.

Если отказаться от попыток менять базовые качества ребенка, его врожденные особенности, то становится возможным сформулировать задачу скромнее: подкорректировать проявления этих особенностей так, чтобы было меньше проблем для самого ребенка и окружающих. Приспособиться к погоде. Рассеянный ребенок все равно будет много чего забывать и путать, но вполне реально добиться, чтобы он перестал выходить зимой на снег в школьной сменке или научился наконец не забывать, что у него уже полчаса вода набирается в ванну. Гиперактивный ребенок вряд ли сможет сидеть за уроками тихо и смирно, но научить его доводить дело до конца хотя бы в половине случаев — реально. Медлительный не начнет летать по квартире, однако не опаздывать каждый день в школу вполне сможет. Застенчивый не полюбит быть в центре внимания, но выступать с докладом перед классом, не теряя голоса и не «проваливаясь сквозь землю», может научиться. Преодолеть ограничения, связанные с выраженными особенностями нервной системы, можно, но это задача не простая, она потребует от ребенка много душевных сил. Которых хватит при одном условии — если они не будут тратиться на оборону от вас. Если вы сами начнете формулировать задачу не как «заставить его», а как «помочь ему».

Иногда помочь — значит просто самому натянуть на него эти самые колготки. Иногда — вовремя отвести к невропатологу, заняться грамотной психокоррекцией. Иногда создать щадящий режим, дать передышку, например вопреки всем правилам не повести в сад, школу, разрешить не делать что-то, что очень тяжело дается, сделать вместо него. Иногда — пойти за желаниями и потребностями ребенка, даже если вам лично они кажутся странными и непонятными. Например, разрешить гиперактивному ребенку учить стихи, вися вниз головой на спорткомплексе и время от времени кувыркаясь на кольцах. Иногда — придумать способ общения, который позволит вам быть вместе, несмотря на то, что вы хотите совсем разного.

Вспоминается давний рассказ одного знакомого папы. У него была очень тяжелая и нервная работа, после которой все, чего ему хотелось, добравшись до дома, — принять душ и лечь. А дома его ждали двое сыновей-погодков, весьма активных молодых людей, которые папу обожали и желали с ним общаться и играть. А папа то сердился и прогонял их из комнаты, то терпел со страдальческим выражением лица, то умолял маму обезвредить детей хоть на полчасика, а мама тоже была усталая и ужин готовила. В общем, не очень получалась счастливая семейная жизнь, хотя все всех любили.

Спасла их традиционная по тем временам поездка «в столицу нашей Родины, город-герой Москву», где в обязательную программу входило посещение Красной площади и Мавзолея. На мальчишек огромное впечатление произвел караул кремлевских курсантов: как они стояли! Не шелохнулись целый час (мальчики специально не уходили — проверяли). С этого момента любимой игрой после прихода папы с работы стал «Мавзолей Ленина». Папа падал ни диван и становился «телом вождя». А мальчишки занимали места в почетном карауле и честно старались не шевелиться и не хихикать. Час не час, но полчаса покоя папе теперь было гарантировано. Немного подремав, он уже мог нормально общаться с семейством.

С какого-то возраста сам ребенок станет понимать, что его особенности могут мешать ему, и захочет что-то изменить, будет готов прилагать к этому осознанные усилия. Медлительный сам предложит ставить будильник на четверть часа раньше, застенчивый запишется в театральную студию, забывчивый начнет составлять списки вещей или заносить напоминалки в мобильник, робкий пойдет заниматься айкидо, вспыльчивый будет стараться держать себя в руках. Очень важно, чтобы к этому моменту он был уверен, что может с вами посоветоваться, попросить помощи, да просто поговорить откровенно о своих особенностях, о том, что ему в себе нравится и не нравится, что можно было бы изменить и как. А до того — не мучайте ни себя, ни ребенка. Не боритесь с природой — приспосабливайтесь.

«КАК ОН ПОЙДЕТ В АРМИЮ?»

Еще одна могучая сила, которой родители, подобно героям мифов, любят бросать вызов, — это время. Или они время подгоняют, или игнорируют его течение. Словом, как-то непочтительно с ним обходятся.

Яркий пример — пресловутое «раннее развитие». Сколько сил, времени и нервов тратят некоторые родители, чтобы как можно раньше научить ребенка читать. И всю квартиру буквами и словами обвешивают, и в игры играют, и на занятия с кубиками Зайцева водят. И обычно преуспевают: кроха уже года в четыре вполне читает слова. Есть лишь одно «но». Этот навык ребенку совершенно ни к чему. Нет у него в этом возрасте потребности получать информацию из текста. Ему нужно живое общение, сказка, рассказанная или прочитанная мамой, папой, дедушкой. Да и текстов, интересных и доступных четырехлеткам, не так много. В результате дети, которых научили читать в четыре года (потратив прорву сил и времени), и дети, которых научили в семь (за пару недель), к восьми годам читают абсолютно одинаково. Не отличишь, психологи специально проверяли. Возникает вопрос — зачем было так стараться? Только чтобы пару лет гордиться, что «мой уже, а вот ваш еще»?

Еще чаще требования не по возрасту связаны с поведением.

Мама с двух-трехлетним ребенком в автобусе. Жарко, ехать долго, тягостно. Он крутится, начинает ныть, потом плакать. И получает строгое приказание: «Сиди спокойно!» Конечно, оно остается невыполненным. Ну, не может он спокойно, если ему скучно, он вспотел, хочет пить, и спать, и вообще куда угодно отсюда. И он хочет, чтобы мама его поняла и услышала. Потому и плачет, а как еще? Мама усиливает нажим: «Сиди тихо, а то накажу!» Дите заливается ревом уже в полный голос и получает по попе. Вот и поговорили.

Что происходит? Ребенку предъявляется требование вести себя так, как он не готов и не может. И сможет еще только через несколько лет. Можно ли требовать от него изменить поведение? Конечно, мама могла бы все это время непрерывно его развлекать, отвлекать, рассказывать ему шутки и прибаутки, делать «козу», кормить печеньем и поить соком. Возможно, она даже смогла бы продержаться все время поездки, и ребенок бы так и не заплакал. Но здесь мы имеем дело с изменением поведения мамы, а не ребенка. Она перестала перекладывать на него ответственность, стала регулировать его поведение сама. Очень разумный вариант, если ехать все

же надо. Ставить же перед собой задачу «научить двухлетнего малыша терпеливо сидеть в транспорте и не жаловаться» нет смысла. Пройдет время, и он сможет. Сможет помечтать, почитать, поиграть в мобильник, наконец. Все могут, и он никуда не денется. Надо просто подождать. Сейчас же можно либо избегать подобных ситуаций (не ездить никуда с ребенком в час пик по пробкам), либо взять формирование поведения ребенка на себя, быть «весь вечер на арене». А если и это не сработает, уж точно не ругать и не наказывать его за то, что он не способен вести себя как семилетний. Пожалеть, утешить, дать поплакать, в конце концов, возможно, после этого он уснет.

Неудобное поведение ребенка, связанное с конкретным моментом (переутомлен, испуган) или с возрастом (капризы трехлеток, перепады настроения и ершистость подростков), разумнее всего просто переждать. Пытаться менять поведение ребенка, обусловленное просто возрастом или моментом, — это все равно что зимой бороться с сугробами. Можно, конечно, все время сметать снег с любимой клумбы. День за днем, не зная отдыха. Но не проще ли подождать, когда в апреле все само за три дня растает? Да и для цветов полезнее получить все, что предусмотрено природой: и снег, и талые воды, и солнечные лучи. Освобожденные от зимнего укрытия насильственно, просто потому что мы не желаем ждать, они могут просто померзнуть. Как, например, тот малыш из автобуса, который в результате может получить стойкий невроз и потом его всю жизнь будет тошнить в транспорте.

Ничего не бывает просто так. Трехлетке **нужно** научиться настаивать на своем. И поэтому он будет скандалить, и капризничать, и говорить «нет» — этого требует задача возраста. Перевозбудившемуся на детском празднике ребенку **нужно** сбросить напряжение в слезах или дикой беготне. Подростку **нужно** внутренне отделиться от родителей, обрести самостоятельность суждений, и поэтому необходимо научиться спорить с ними и видеть их несовершенство. Потерявшему любимую собаку ребенку **нужно** утратить на время интерес к учебе, потому что все его душевные силы мобилизованы на переживание горя.

Если мы будет пытаться менять естественный процесс, мы либо потерпим неудачу — в лучшем случае (на Востоке это называют «становиться против селя»), либо сломаем этот самый процесс и добьемся желательного поведения, нарушив развитие ребенка.

Встречали ли вы когда-нибудь людей, которые никогда не способны настоять на своем? Всегда со всем соглашаются, и все на них «ездят»? Возможно, их родители в свое время очень «успешно» справились с капризами трехлетки. Так успешно, что с тех пор само слово «нет» присыхает у человека к гортани.

Вообще, формул «Если ребенка сразу не приучишь (отучишь), то так будет всегда» — одна из самых вредоносных в воспитании. Не нужно приучать к рукам — он с них потом не слезет. Нужно сразу приучать к аккуратности, а то так всегда и будет грязнуля. Не нужно приучать спать с мамой, а то никогда не захочет перейти в свою кроватъ. Нужно сразу приучать все делать самостоятельно, а то как он в армию пойдет?

Такой подход подразумевает взгляд на ребенка как на банку с крышкой, куда что засунешь, так оно там и останется. При всей очевидной вроде бы абсурдности этот взгляд обладает прямо-таки магнетическим действием, буквально гипнотизируя взрослых. «Ну как же так? Так и оставить? Но ведь тогда он будет **всегда** (сосать палец, рыдать в магазине игрушек, забывать сделать уроки, смотреть мультики, проливать на себя кисель — нужное подчеркнуть)! Нужно же что-то делать!»

Это вообще интересный ход мысли. Может, тогда не стоит переводить ребенка за руку через дорогу? Надо сразу приучать к самостоятельности! Пусть сам идет! Дикая мысль, правда? Ведь очевидно, что сначала нужно долго-долго, годами, водить ребенка за руку, постепенно объясняя ему правила движения, потом еще какое-то время переходить улицу с ним вместе, рядом, потом смотреть из окна, как он переходит, потом просить обязательно звонить, что дошел до школы благополучно. И только к подростковому возрасту доверить этот процесс полностью ему. И конечно он прекрасно сможет переходить улицу в двенадцать, хотя в два не мог. Это же очевидно! Однако в других областях почему-то не очевидно.

Порой взрослые напоминают капризную принцессу из известной сказки, возжелавшую подснежников в декабре. Почему нельзя **просто подождать**? Зачем ломиться в дверь, которая еще закрыта и которая сама в свое время обязательно откроется?

Причина — как раз вот этот страх. «Если сразу (не) приучишь, то...» Странная уверенность взрослых, что детей именно они воспитывают и формируют, и надо все предусмотреть, заложить хорошее, заблаговременно пресечь плохое. Сам-то ребенок, если его за уши не тянуть, конечно, и расти не станет. Или вырастет в «типичное не то».

Давайте как-то справимся с этой манией величия. Дети растут и развиваются просто потому, что они дети. Этого достаточно. Ни один ребенок не будет держаться за поведение, обусловленное возрастом или ситуацией, дольше, чем это ему необходимо. Думаете, ему самому сладко, когда он ноет, впадает в истерику или не справляется с чем-то? Тем более если родителей это сердит или расстраивает? Как только он сможет, он сразу же перестанет, он же себе не враг. В пять ему уже не захочется ложиться на пол в магазине, требуя немедленно купить машинку. В десять он сможет сам собрать портфель и ничего не забыть. После того как он привыкнет к новой школе, он будет ходить туда с удовольствием, а не ныть каждое утро, что живот болит. Когда гормональные подростковые бури улягутся, он будет с утра улыбаться, а не ходить мрачнее тучи. Трудное поведение, обусловленное возрастом или сегодняшним состоянием ребенка, — тот самый случай, когда лучше всего настроиться на мудрость царя Соломона: «И это пройдет». Вы даже себе не представляете, как быстро пройдет, и оглянуться не успеете, как будете с улыбкой умиления и легкой грустью вспоминать, «какой он был маленький».

Другой вариант «борьбы с временем» — наоборот, не замечать, как ребенок растет и меняется, у него появляется свое мнение, свои интересы, свои ценности.

Мальчика 11 лет отводят в школу, встречают из школы, никуда не отпускают одного, даже в ближайший магазин за хлебом. Встречая его после уроков, бабушка при одноклассниках завязывает ему шарф получше и громко спрашивает, хорошо ли он покушал. После школы он делает уроки под присмотром бабушки, затем идет на музыку или на шахматы. Гуляет только вместе с бабушкой в ближайшем парке. Однажды мальчик вылезает из окна школьного туалета и сбегает с ребятами играть в футбол, бабушка пугается до сердечного приступа, вечером в семье устроена большое разбирательство, во время которого в ответ на вопрос: «Как тебе не стыдно?» — мальчик вдруг кричит на родителей: «Да, не стыдно! Я вообще от вас уйду! Лучше на улице жить, чем с вами!» Взрослые в шоке, по их версии, ребенка «испортила плохая компания» (та самая, которая позвала играть в футбол).

Трудно бывает выбраться из блаженного слияния с младенцем, который полностью от нас зависел и так явно в нас нуждался. Нам по-прежнему кажется, что ребенок — это часть нас, как рука или нога, и он должен хотеть того же, чего мы, любить то же, что мы, делать то, что мы считаем нужным и правильным. А в ответ на его сопротивление злимся и обижаемся: ну, правда, мы же любим его, волнуемся, хотим как лучше! Мы же все для него готовы сделать! А он вот не хочет, чтобы мы «все». Вырос.

Так странно получается. Сначала родители ждут: «Ну когда он уже начнет говорить!» Потом мечтают: «Ну, помолчал бы хоть пять минут, голова трещит!» Потом жалуются: «Ну, скажи хоть слово матери, как ты живешь, что ж это — буркнул: “нормально” и все?!» На нас не угодишь. Мы всегда недовольны. А ведь сегодняшний день есть у вас только сегодня. И мы пропускаем его, пока пытаемся торопить будущее или удерживать прошлое.

Не воюйте со временем. В мифе, кстати, бог времени Кронос съедал собственных детей — аж целиком глотал. Современные родители тоже иногда их поедом едят, требуя того, на что дети сейчас просто не способны. И себя заодно грызут — как же так, все уже, а мой еще; все еще, а мой уже — видимо, я плохой родитель. Не стоит. Попробуйте почувствовать возраст ребенка, его неповторимость, его прелесть. Он никогда уже не будет таким, как сейчас. Сладкий малыш. Нежный кузнечик-пятилетка. Серьезный первоклассник. Полный энергии и интереса к жизни десятилетний. Подросток, такой несуразный и такой уязвимый. Все тот же, ваш, и совсем разный в каждом возрасте. Наслаждайтесь.

ЧУВСТВА НЕПРАВИЛЬНЫМИ НЕ БЫВАЮТ

Есть еще кое-что, с чем родители порой пытаются воевать, а не надо бы. Это чувства ребенка, которые нас пугают, расстраивают или раздражают.

Ребенок боится спать один. Ну, мы-то, конечно, знаем, что скелет под кроватью, которого он боится, нереален, в отличие от машин на дорогах. Но для него-то реален! Гораздо более чем машины, потому что скелета, такого страшного, он почти прямо видит и почти прямо слышит, как тот скребет своими костями об пол. А машина — чего ее бояться? Едет и едет себе.

Кстати, интересно было бы узнать, как дети объясняют себе, почему от одних опасностей взрослые готовы их оберегать, а другим спокойно отдают на растерзание, да еще и стыдят, что ты боишься? Какая у них на эту тему версия в голове? Может, и никакой особой нет, они привыкли, что взрослые — довольно нелогичные существа.

Или вот еще ситуации.

Ребенок очень боится сдавать кровь, нам его жалко, он так горько плачет, нам кажется, что мы изверги и бесчувственные люди, которые мучат малыша.

Малыш очень тоскует, когда родителей нет дома, он рыдает, упрашивает не уходить, не уезжать, цепляется руками. Это очень тягостно, мучительно, особенно если никакой возможности остаться дома и не пойти у вас нет.

Ребенку тяжело и скучно учиться в школе, для него домашние задания — сущее наказание, пытка, он их ненавидит. И родитель чувствует себя надсмотрщиком, заставляющим дитя давиться ненавистными знаниями, умениями и навыками.

Что происходит в подобных случаях? Мы видим, что ребенок испытывает сильные и неприятные чувства. Мы понимаем, что эти чувства заставляют его вести себя нежелательным для нас образом: плакать, не засыпать, отлынивать от уроков. Нам жаль его, но мы не можем избавить его от самой ситуации: кровь сдать надо, на работу уходить надо, спать надо, уроки делать надо. Получается, что мы плохие родители — не можем защитить своего ребенка, избавить его от страданий! Как говорится, не мать, а ехидна. И мы начинаем сердиться на себя и на ребенка за то, что он испытывает это чувство.

Мы требуем: «Прекрати бояться! Ты же мужчина! Как не стыдно плакать!», «Имей совесть, я провел с тобой все выходные!», «Тебе лишь бы играть, а учиться не желаешь! Что ты устраиваешь каждый раз концерт из уроков!» И этим мы намертво запираем ситуацию. Ребенок не может по нашему приказу перестать чувствовать то, что чувствует. Он просто видит, что мы им недовольны, и к уже имеющимся страху, тоске, отчаянию прибавляется угроза привязанности и связанная с ней тревога. Если у него и были до этого какие-то внутренние ресурсы, чтобы справиться с собой, то теперь их уже точно нету. Он заходится слезами, вцепляется в родителей мертвой хваткой или, наоборот, замыкается, становится совершенно недоступен для любых уговоров.

Знакомо? Давайте попробуем перестать воевать с чувствами и будем действовать как-то иначе. Для начала вспомним, что наши чувства родом из внутреннего мозга, доводам рассудка они подчиняются не вполне, но и полной власти над нашими решениями и действиями не имеют. Мы можем бояться, но идти; лениться, но делать; скучать, но переносить разлуку. Чувства не бывают неправильными, они какие есть, такие есть. Мы можем чувствовать все, что чувствуем, но действовать так, как считаем нужным, — при условии, что мы не охвачены неконтролируемой паникой.

Что нужно сделать, чтобы паника лимбической системы ослабила хватку и освободила пространство для разума? Правильно, успокоить ребенка. Успокоить его можно, только дав понять, что вы с ним, что вы не сердитесь, что вы принимаете его вместе с его чувствами и готовы поддержать, помочь, утешить. Приемы активного слушания здесь будут как раз кстати: «Я вижу, что ты боишься», «Конечно, ты не хочешь, чтобы мы уходили», «Я понимаю, как тебе не хочется делать уроки». Тут главный секрет — сказать именно это и только это. Остановиться, когда захочется — а захочется обязательно — продолжить фразу, перейдя к оргвыводам: «Но все равно надо». Ребенок и так в курсе, что надо. Но сейчас ему нужно сочувствие, а не напоминание о суровой правде жизни. Часто одного этого бывает достаточно. Получив от родителя понимание и поддержку, ребенок успокаивается, собирается и делает то, что необходимо. Иногда нужна еще какая-то помощь: «Давай, я буду держать тебя за руку и рассказывать что-нибудь интересное, пока у тебя будут брать кровь», «Давай мы оставим дверь открытой, и я буду к тебе заглядывать», «Давай я тебе оставлю вот эту картинку, смотри я нарисовала: это ты, это я на работе и сердечки, они показывают, что я тебя люблю, даже когда я на работе», «Давай ты будешь делать уроки, а я пойду пирог печь, и мы потом будем пить чай вместе и заодно повторим устные».

Да мы все это уже сто раз предлагали, могут сказать родители, он и слышать не хочет. Конечно, не хочет, если предлагать, пока он захвачен своими сильными чувствами, на которые вы сердитесь. Предлагая в этот момент альтернативу, вы как будто его чувства отменяете, объявляете неправильными, неважными. А они-то сильные! Принцип здесь простой: **сначала** признаем чувства и даем поддержку, ждем, когда подействует и ребенок успокоится, и только **потом** переходим к оргвыводам и предлагаем конкретные действия. Сначала успокаиваем внутренний мозг, потом обращаемся к внешнему, не наоборот.

Если ребенок в отчаянии рыдает над задачей, которая никак не решается, или не рыдает, а злится и швыряется тетрадями, бесполезно подсказывать ему решение. Попросите его отложить задачу в сторону, подойти к вам, если он еще мал — возьмите его на руки, если большой — обнимите. Покачайте, пошепчите что-нибудь ласковое или смешное, но в коем случае не про то, что «не надо так нервничать», «нельзя сразу сдаваться», «зачем так злиться» и тому подобное. Пусть успокоится. Если очень сильно распереживался — сделайте перерыв, выпейте чаю. И только потом возвращайтесь к задаче. В подавляющем большинстве случаев она решается потом легко и быстро. И уже совсем потом, при случае, в подходящий момент, когда вы оба будете спокойны и расслаблены, можно поговорить про то, что не стоит сразу впадать в отчаяние, если что-то не получается.

Если вы замечаете, что какие-то чувства ребенка для вас совершенно непереносимы, что вы вместо того, чтобы сочувствовать и помогать ему, сами погружаетесь в пучину страха, отчаяния, одиночества и готовы заплакать или, наоборот, впадаете в неконтролируемую ярость, возможно, это связано с вашей собственной детской травмой. Имеет смысл обратиться к психологу, чтобы ее проработать. Наверное, вас уже раздражает, что я снова и снова даю этот совет. Но что поделать, книжка и советы из книжки — они как народная медицина, могут помочь в профилактике, в общем улучшении здоровья, вылечить недомогание. Но если у человека аппендицит или открытый перелом, не стоит рассчитывать на травки, нужно-таки искать врача.

МАМА ПЛОХОМУ НЕ НАУЧИТ?

Хорошо, темперамент не меняем, время не торопим, чувствовать не запрещаем. Но что же получается — родители вообще никак не должны влиять на ребенка? Воспитывать-то надо? Формировать личность? Разве не от нас зависит, каким он вырастет?

О, еще как зависит. Возможно, гораздо больше, чем хотелось бы.

Начать с того, что одно из проявлений привязанности — стремление подражать «своему» взрослому. Это очень мудро заложенный природой механизм обучения детенышей. Например, свой родной язык ребенок учит без учебников и курсов. Просто с ним разговаривают родные, он повторяет, сначала непонятно, потом все лучше. Так постепенно и учится, подражая. И кошки так учат своих котят ловить мышей. И птицы так учат своих птенцов летать. Эта программа обучения намного глубже и сильнее всех способов обучения, созданных нашим внешним, разумным мозгом: объяснений, нравоучений, предписаний. Поэтому если вы твердите ребенку, что телевизор или компьютер — зло, но сами все вечера проводите перед экраном, несложно угадать, какая из программ одержит верх: подчинения словам родителя или подражания его делам. Если мы учим детей не врать, а сами врем, требуем не курить, а сами курим, велим не обижать маленьких и слабых, а сами ребенка лупим, не стоит питать иллюзии относительно результата. На эту тему есть хороший афоризм: «Не надо воспитывать детей. Воспитывайте себя, а дети сами вас скопируют».

Но это все вещи очевидные. Мы, конечно, все равно предпочитаем о них не очень помнить, но хоть знаем. Есть и другие аспекты влияния родителей на детей, более хитро устроенные.

До сих пор мы говорили только о том, что привязанность дает ребенку чувство безопасности. Но она же таит в себе и опасность; как и у всего на свете, у привязанности есть теневая сторона. «Своему» взрослому ребенок доверяет безо-

«Своему» взрослому ребенок доверяет безоговорочно

говорочно. Он вручил ему свое сердце, доверил свою жизнь, свою судьбу. Ребенку иначе не войти в мир, только через этот опыт полного, некритичного доверия, которое он будет потом с трудом и нервами преодолевать в подростковом возрасте, чтобы обрести независимость, но это еще впереди. До 10 примерно лет ребенок ничего не может противопоставить родительскому внушению. Он верит в Деда Мороза, он верит, что «мама знает лучше», он удивляется, если папа признается, что чего-то не умеет. Ребенку просто неоткуда узнать правду о мире и о самом себе, кроме как от взрослых, а если это «свои» взрослые, то все, ими сказанное, является безоговорочной истиной в последней инстанции. Если папа говорит, что я неумеха, что у меня «руки не тем концом вставлены» — значит, так оно и есть. Если мама говорит, что «со мной всегда одни проблемы», что я «вечно влипаю в неприятности», значит, ей виднее, она же мама. Стоит ли стараться что-то делать, если — «неумеха»? Какой смысл думать и быть внимательным, если все равно «влипну в неприятности, такой уж я»?

Чем больше переживаний и страсти вкладывает взрослый в свои тирады, тем сильнее стресс ребенка, тем меньше включен его внешний, разумный мозг, тем меньше он способен сопротивляться внушению, тем менее свободен в выборе собственного пути. И уже детали, будет ли он соответствовать ожиданиям родителей, не в силах сопротивляться навязанному образу, или протестовать, воплощая в жизнь самые страшные родительские кошмары.

Любопытно, что довольно часто, если в семье больше одного ребенка, дети делят между собой разные способы реакции на родительские ожидания.

Вот очень «правильные» родители, девиз их жизни «есть такое слово — надо», они работают и занимаются домом, не позволяя себе «распускаться», гордятся своей организованностью, способностью подчинить все свои личные желания делу или семье.

У них две дочери. Старшая — копия родителей, собранная, ответственная, живущая по принципу «делу время — потехе час». Она выбрала профессию родителей, успешно закончила вуз, ценный сотрудник на работе, из рабочих лошадок. В доме образцовый порядок, она прекрасно готовит, держит себя в форме. Несмотря на это, личная жизнь не очень удалась, потому что она очень требовательна к партнерам, любит поучать и объяснять, как «правильно». С возрастом ее характер стал довольно тяжелым, она часто ссорится с сестрой и обижается по любому поводу.

А вот младшая. Любимая, но с детства раздражала родителей «раздолбайством» и ленью, всячески отлынивала от домашних дел, вечно нарушала порядок разбросанными вещами, не хотела есть полезную, заботливо приготовленную мамой пищу, а «кусочничала». Училась неровно, то олимпиаду выиграет, то тройку в четверти схватит. Ужаснула родителей выбором профессии — совсем не надежной с точки зрения «куска хлеба». Они буквально встали дыбом и заставили-таки поступить в «нормальный» вуз, однако на втором курсе дочь связалась с непонятной компанией, начала пробовать травку, пропадать из дома, потом выяснилось, что институт она бросила. Родители были в отчаянии, но потом все как-то выровнялось: младшая пошла-таки учиться куда хотела, вышла замуж. Увидев на пороге будущего зятя с дредами и в растянутом свитере, родители едва не получили инфаркт, однако потом все оказалось не так страшно, молодой человек учился в аспирантуре философского факультета и не был наркоманом, как им сначала показалось. Сейчас младшая растит сына, жалуется, что с ним очень тяжело. Профессией довольна, хотя часто конфликтует с начальством и вообще довольно нервная.

Старшая сестра очень обижается на родителей, что они любят младшую больше, хотя она всегда их расстраивала. Младшая обижается на то, что родители ее не принимали *и все детство «выносили мозг». Родители считают, что дети «неблагодарные» и не реализовали родительских ожиданий.*

Хотя на самом деле все как раз наоборот — реализовали с большим усердием, причем обе. Старшая, видимо, менее уверенная в прочности родительской привязанности, не осмелилась сделать ни шагу в сторону и всю жизнь положила, чтобы родителям нравиться и походить на них, заслужив тем самым их любовь и одобрение. Младшая, которую любили больше, не чувствовала необходимость «класть жизнь», но и в безопасности себя не чувствовала, и потому все время «дергала веревку» и все больше соответствовала родительским причитаниям на тему «в кого ж ты у нас такая непутевая».

Мы часто упрекаем детей, что они непослушны. На самом деле они, к сожалению, очень послушны. Гораздо больше, чем надо бы. Мы совершенно напрасно недооцениваем формирующую силу родительских ожиданий. Да, дети не слушают наших приказов и критики, но на наше настроение, чувства, состояния они реагируют очень чутко. Стоит ли пользоваться этой властью? Кто мы такие, чтобы менять ребенка по своему желанию и капризу? Мы не знаем, каким он задуман, в чем смысл его жизни и как ему в будущем помогут или помешают те или иные качества. Не надо брать на себя функции Создателя. Каждый ребенок уникален. Кроить его по своему произволу — все равно что, сняв с полки новую интересную книгу, не читать ее увлеченно, а сразу начинать править красным карандашом, выискивая ошибки и меняя сюжет.

ТРЕТИЙ — ЛИШНИЙ!

Ребенок капризничает, требует чего-то, ноет. Или расшалился, бегает, вопит, не слушается. Плохо ведет себя за столом, вертится, все роняет, недоволен едой, пускает пузыри в стакане с соком, возит по тарелке котлету, пока она не плюхается на скатерть. Или скандалит, кричит вам грубости, замахивается даже. Неприятно, досадно? А теперь представьте себе, что все происходит не дома, а на людях. В гостях, в кафе, в парке, в транспорте. Что с вашим уровнем стресса? Чувствуете, как он взлетел в разы? А если окружающие еще и подключатся к этому перфомансу и начнут стыдить ребенка или вас, предлагать «забрать его себе», пугать милиционером и выдавать на гора еще всяческий педагогический креатив? Да даже и просто осуждающе смотреть и раздраженно отворачиваться. Уже завидуете карасю на сковородке?

Львиная доля родительского стресса — это стресс, вызванный «третьим», наблюдающим и оценивающим. Это могут быть посторонние люди, случайные свидетели «родительского фиаско», родственники, придирчиво оценивающие поведение ребенка, педагоги, вечно недовольные им, а порой и просто некий обобщенный образ «общества», которое, как Старший Брат из романа Дж. Оруэлла, смотрит на тебя и решает, достоин ли ты быть родителем. Возможно, сам родитель реагировал бы гораздо спокойнее, что-то переждал бы, что-то не заметил, к чему-то просто притерпелся. Но «третий» обычно ни ждать, ни терпеть не намерен. Он требует, чтобы с ребенком «все было хорошо». И прямо сейчас.

Так устроена наша жизнь, что воспитание детей считается «общим делом». Частично это особенности национальной культуры, — скажем, иностранцев шокирует, что в России незнакомые люди могут подойти к маме, гуляющей с ребенком, и сделать ей выговор, что он слишком легко одет. Частично — наследие советского периода, когда дети искренне считались собственностью государства, а не своих родителей. Сказывается и веяние времени — приходится признать, что сегодня тенденция все большего вмешательства государства в частную жизнь семей имеет общемировой характер. Это оборотная сторона системы социальной помощи и поддержки.

Конечно, все это не может не отражаться на отношениях родителей и детей. Родитель, постоянно находящийся «под колпаком», чувствует себя скованно, неуверенно. Ребенок, чувствующий, что родитель скован и неуверен, пугается еще больше. Ведь ему нужен свой взрослый. И здесь важно не только слово «свой», но и слово «взрослый». Сильный, независимый, самодостаточный, никого и ничего не боящийся. А если мама испуганно лепечет оправдания в ответ на ворчание участкового педиатра «Зачем вызывали, если нет температуры»? А если папу при ребенке отчитывает завуч? А если соседка в лифте громко спрашивает: «Что это ваш мальчик не здоровается, вы его не воспитываете, что ли?», а мама улыбается натянуто и говорит: «Поздоровайся с Натальей Петровной, ты что, забыл? — и тут же громко, соседке: — Он у нас ужасно застенчивый».

Такие моменты переносятся детьми очень тяжело. Его родитель, его защитник, его самый-самый умный-сильный-замечательный, вдруг оказывается маленьким, робким, слабым, вдруг оправдывается перед этими чужими людьми, как провинившийся ребенок, явно нервничает и боится их, или ведет себя очень неестественно, заигрывает, заискивает, притворяется. Все это очень тревожит: если сам папа боится, что за угроза нависла над нами? Если сама мама оправдывается, что же такого ужасного со мной, что она меня стыдится?

Когда «третий» обретает слишком большое влияние в отношениях между родителем и ребенком, родитель невольно начинает общаться и выяснять отношения скорее с ним, чем с собственным чадом. Такое происходит, например, при болезненных разводах с дележкой детей. Сам ребенок становится лишь поводом, средством, чтобы в чем-то убедить «третьего», что-то ему доказать или отомстить. Или родитель, испытывающий сильную неприязнь к учителю своего ребенка, может утрировать трудности ребенка, неосознанно используя их как доказательство некомпетентности педагога. Естественно, ребенок будет подыгрывать родителю так же не вполне осознанно, и его трудности будут только нарастать.

Понятно, что пока родитель находится в диалоге не со своим ребенком, а с кем-то посторонним, он никак не может ни понять ребенка, ни изменить его поведение. Сам же ребенок при этом чувствует себя несчастным, лишним, он не понимает сути кипящих страстей и почему родитель так себя ведет. При этом обычно прекрасно чувствует, что его самого как человека в этот момент как бы нет, он только повод, тема, средство выяснения каких-то других отношений его родителя с кем-то внешним. Это воспринимается ребенком как предательство и ранит очень больно.

Еще хуже, когда под давлением «третьего» родитель вдруг сдает своего ребенка, набрасывается на него с обвинениями и обещаниями наказать: «Да вы не сомневайтесь, домой придем — он у меня получит», говорит о нем в третьем лице: «Он у нас такой, знаете, сладу с ним нет», высмеивает, рассказывает какие-то интимные подробности: «Да, Марья Семеновна, вы же знаете, нам сейчас не до уроков, у нас одна Настя Первенцева на уме, весна, понимаете, любовь — хи-хи-хи». Детьми такие ситуации трактуются однозначно — их сдали. Родитель и сам боится «третьего», поэтому пожертвовал «менее ценным членом экипажа». Дети обычно не протестуют — они ж в курсе, что менее ценные. Просто переживают опыт «ухода земли из-под ног» и навсегда запоминают, что ни на кого, даже на любящего родителя, положиться нельзя. Говорят, самка кенгуру может, спасаясь от хищника, выбросить ему детеныша из сумки, чтобы съел и от нее отстал. Животное, что с него взять. Ужасно, когда так же поступают люди.

Что же нам делать с этим самым «третьим лишним», как оградить свои отношения с ребенком от его «всевидящего взгляда, всеслышащих ушей»? Когда-то можно просто махнуть на него рукой, вспомнив народную мудрость «на каждый чих не наздравствуешься». Это касается прежде всего дальних родственников, доброхотов в транспорте и на детской площадке и прочих случайных людей. Отмахнуться от близких или значимых в жизни ребенка людей (учителей, врачей) не получится, с ними надо как-то выстраивать отношения.

Можно постараться сделать взгляд «третьего» более доброжелательным, например, в ответ на обвинения в адрес ребенка и рассказы о его «ужасном» поведении не оправдываться и не спорить, а перевести разговор на самого учителя: какой у него нелегкий труд и как много ему нужно терпения. Иногда помогает вовлечение «третьего» в решение проблем, не все ж ему наблюдать и оценивать, ничего не делая. Попросите помочь, посоветуйтесь, задайте вопрос.

Наконец, бывают ситуации, когда «третьего» надо просто поставить на место. Вежливо, но твердо. Вашего права на частную жизнь никто не отменял.

Если воспитатель в детском саду начинает выговаривать вам за поведение вашего ребенка при посторонних — сразу останавливайте его. Вы имеете право на индивидуальную беседу.

Что же нам делать с этим самым «третьим лишним», как оградить свои отношения с ребенком от его «всевидящего взгляда, всеслышащих ушей»?

Если соседка задает вашему ребенку бестактный вопрос типа: «Что, мама теперь сестренку больше любит, чем тебя?», не ждите, пока он скажет ей, что она дура. Лучше вмешаться и сказать прямо: «Простите, но мне не нравится, когда лезут в жизнь нашей семьи». А если не успели вмешаться и он уже назвал дурой, не стоит на него набра-

сываться и требовать извинений. Достаточно будет сказать что-то вроде: «Мне жаль, что мой сын вам нагрубил, но я прошу больше не задавать ему подобных вопросов».

Имейте в виду, что существует профессиональное правило соблюдения конфиденциальности. Учителя, врачи, сотрудники опеки не имеют права обсуждать поведение, диагнозы, особенности вашего ребенка и вашей семьи в ситуациях, не связанных непосредственно с выполнением их профессиональных обязанностей. А также разглашать информацию, которая может нанести ребенку моральный ущерб. Об этом можно напомнить, например, классному руководителю, который очень уж любит обсуждать поведение вашего ребенка публично, на родительском собрании или с частных разговорах с другими родителями.

Но и сами не рассказывайте о подобных вещах никому, кого это прямо не касается, даже своим близким друзьям. Представляете, каково было бы ребенку услышать, как вы обсуждаете со своей подругой, что он все еще писается по ночам? Или пересказываете то, что дочь в минуту откровения поведала вам о своих чувствах? Не приобретайте без необходимости «третьих», даже если они кажутся доброжелательными. Из лучших побуждений можно тоже причинить немалый вред.

Самый коварный «третий» — не реальный человек, а образ из прошлого самого родителя. Например, слишком критичной мамы, которая все детство повторяла: «Как ты своих детей растить будешь, такая безответственная!» Когда внутри звучит такой голос, любая ситуация, похожая на «я не справляюсь с ребенком», заставляет буквально «проваливаться» в отчаяние и беспомощность. При этом доставший уже голос внутри вызывает гнев, и родитель кричит — на кого? Не на виртуальную же маму? Конечно, на ребенка, из-за которого снова пришлось предстать перед жестоким и несправедливым внутренним судьей.

Коварство в том, что это не всегда осознается, родитель считает, что это он просто «несдержанный», «психованный», что, в свою очередь, добавляет вины и неуверенности. Справиться с виртуальным «третьим» бывает непросто, ведь это обычно фигура очень близкого и значимого человека, который когда-то был для нас самым большим авторитетом. На него не подашь в суд, его не сменишь, как плохого учителя. С ним придется договариваться. И не всегда это удается сделать собственными силами. Если вы подозреваете, что ваш «третий лишний» — ваш собственный родитель, и вы чувствуете, что его власть над вашими чувствами и реакциями очень сильна, имеет смысл обратиться к психологу. Хотя уже осознание того факта, что ваши стыд, гнев, беспомощность связаны не с вами и не с ребенком, а с фантомом из прошлого, уже облегчает положение.

А ТЕПЕРЬ О САМОМ ГЛАВНОМ

Угадайте, не читая главу, о чем пойдет речь? Три попытки. Что самое-самое главное в деле воспитания детей?

А самое главное — это конечно, родитель и его собственное состояние. Психологи обожают приводить в пример пункт из инструкции о безопасности полетов: «В случае разгерметизации салона **сначала** наденьте кислородную маску **на себя**, затем на ребенка». Потому что, если вы не сможете нормально дышать, ребенку уж точно никто и ничто не поможет.

Мы много говорили о том, как важная привязанность для ребенка, как многое зависит от того, спокоен ли его эмоциональный мозг, не испытывает ли он стресса. А что на другой стороне веревки под названием «привязанность»? Как там обстоят дела?

Если честно, обстоят они неважно. Родителей, пришедших на консультацию, я часто спрашиваю: «Как много в течение дня вы думаете о проблемах своего ребенка?» И очень часто слышу в ответ: «Все время. Весь день, и ночью долго не могу заснуть, или просыпаюсь — и думаю». Люди приходят, рассказывают, глотают слезы, теребят одежду, сцепляют пальцы. Признаются, что потеряли покой и радость жизни, что их ноги не несут домой, что у них скачет давление и болит сердце. Потому что он не учится, врет, хамит, не приходит вовремя, почти непрерывно сидит в Интернете, требует денег, не убирает в комнате — у каждого свое «то, что не дает жить».

Слушайте, это уже серьезно. Это уже не просто беспокойство — это настоящий невроз. «Родительский невроз» — странно, что до сих пор не ставят такой официальный диагноз. Нарушение способности нормально жить и радоваться жизни из-за проблем с ребенком. Не с его, упаси Господи, здоровьем, а именно с поведением, с тем, что он делает или чего делать не желает.

Мы начали разговор с того, что родители ворчали на детей столько, сколько стоит этот мир. Но наверное, никогда они так не нервничали из-за проблем с детьми, как в наше время. Никогда не чувствовали себя такими беспомощными и виноватыми, никогда так не старались, не читали книг, не обращались к специалистам — и все равно не оставались неудачниками в собственных глазах. Почему так? Причин очень много.

Здесь и все более назойливое присутствие «третьего», о котором мы уже говорили.

И собственный не всегда веселый детский опыт, ведь далеко не все сегодняшние родители сами в детстве имели условия для надежной и глубокой привязанности к «своему» взрослому. Многие росли в основном в учреждениях, а от родителей слышали только вопросы типа «Руки помыл?» и «Что сегодня поставили?».

Есть и более широкий контекст: мы живем на сломе эпох, когда прежняя, авторитарная модель воспитания отходит в прошлое, а новая еще не устоялась, находится в поиске. Людям стало важно не просто чтобы ребенок слушался и «не позорил семью», но и он сам, и отношения с ним. Чтобы был счастлив, чтобы любил родителей, а не просто «почитал». Масла в огонь подлила психология, обнаружившая, как сильно влияют на детей отношения с родителями, как их может травмировать родительское отвержение, насилие, равнодушие. Страшно же — ты вроде не хотел ничего плохого, а ему потом всю жизнь мучиться.

Естественно, не обошлось без «эффекта маятника», когда ударились в другую крайность, детоцентризм. Дети — прекрасные цветы жизни, они сами знают, что им надо, с ними надо на равных, как с друзьями. У детей, естественно, от «на равных» сразу зашкаливает стресс — ведь каждый ребенок прекрасно понимает, что он «Очень Маленькое Существо» и ему важно, чтобы родитель был сильнее, взрослее и главнее, иначе совсем как-то страшно жить. Дети от стресса шли в разнос, начинали командовать и «строить» взрослых, хамить и явно показывать, что ни в грош их не ставят. Или, истощенные стрессом, впадали в глубокую апатию и к ужасу родителей, с рождения развивавших их денно и нощно с года, таскавших по театрам и выставкам, составлявшим списки «100 книг, которые обязательно должен прочесть ваш ребенок», а к 18 годам эти самые дети прочно укладывались на диван и на все попытки общения со стороны родителей отвечали: «Отвалите, а?»

Перепуганные родители снова вспоминали про «старые добрые традиции» и хватались за ремень, только это теперь не работает: во-первых, государство категорически против, и можно запросто сесть в тюрьму за такие методы воспитания, во-вторых, дети «так не договаривались» и вместо послушания реагируют на насилие ненавистью (в лучшем случае) или нервными срывами и попытками суицида (в худшем).

Все эти примеры мы видим вокруг, мы слышим, как жалуются родители детей постарше, потом сталкиваемся с трудностями сами. Еще бы у нас не было родительского невроза! А окружающий мир продолжает давить на больное место, полки книжных магазинов бьют по нервам названиями вроде «После трех уже поздно», и мы — а куда деваться — торопимся купить и прочесть — а вдруг я уже все, опоздал? Все пропало, мой малыш обречен быть неудачником, плестись в хвосте этой жизни?

При этом все хотят разного результата наших родительских усилий. Если слушать школу, ей подавай ребенка, который ходит по струнке и выполняет команды. Если Интернет, сразу понятно, что он должен быть «индиго» и в школу категорически не вписываться, а то недостаточно «индигисто» получится. Это не считая мнения на этот счет бабушек, дедушек, соседей, маститых педагогов и религиозных деятелей. То есть реально у нас не один «третий лишний», а целый хор, причем каждый в нем тянет свою песню.

Так что чувство собственной некомпетентности, неспособности правильно воспитывать детей и общей никуда не годности очень часто посещает родителей, а если само не посещает, то об этом найдется кому позаботиться. Однако правила привязанности остались те же: родитель в глазах ребенка по-прежнему самый главный человек. И ребенку очень важно, чтобы этот человек чувствовал себя хорошо: уверенно, жизнерадостно или хотя бы просто спокойно. По большому счету, это гораздо важнее для благополучия и развития ребенка, чем все остальные обстоятельства вместе взятые. Рядом со спокойным, уверенным и вполне довольным собой взрослым ребенок может без потерь перенести любые бытовые невзгоды и лишения, потому что он еще не знает, как должно быть, и принимает любые обстоятельства жизни как они есть. Зато если взрослый тревожен, несчастен и думает о самом себе плохо, ребенок даже в идеальных условиях не сможет нормально жить и расти — раз мама или папа от чего-то так страдает, значит, все и на самом деле плохо.

Это очень заметно, когда общаешься с людьми, детство которых пришлось на первую половину 90-х годов, время, когда многие семьи вынуждены были полностью менять уклад своей жизни, родители теряли работу, уровень жизни падал, хотя мало у кого доходило до настоящих лишений и голода, скорее мучила тревога и неизвестность, что будет дальше. Поразительно, как по-разному люди вспоминают это время, причем те, чьи семьи хоть и просели по жизненному уровню, но все же не бедствовали, могут оказаться гораздо сильнее травмированы, чем те, чьи родите-

ли и правда годами перебивались с картошки на макароны. Потому что сами родители по-разному реагировали, кто-то совсем терялся и отчаивался, а кто-то сохранял присутствие духа и чувство юмора.

У родителя-то тоже есть лимбическая система. Именно там — второй конец привязанности, именно ее состояние важно ребенку гораздо больше, чем родительские слова. Эмоциональный мозг ребенка находится с эмоциональным мозгом родителя в почти телепатической связи, он считывает состояние «своего» взрослого бессознательно, минуя разум, и мгновенно заряжается теми же чувствами. Поэтому мы, например, читаем мемуары о совершенно счастливом послевоенном детстве, хотя и разруха, и голодно, и лупили почем зря, но в целом взрослые были на эмоциональном подъеме и ждали от будущего хорошего. И вместе с тем я и коллеги можем видеть глубоко несчастных и невротизированных детей, которые живут в полной роскоши, отдыхают в пятизвездочных отелях, но у них папа изменяет маме, мама чувствует, что ее жизнь пропала, и у нее в тумбочке упаковка «тех самых» таблеток, и няня с шофером возят дитя по врачам и психологам то с экземой, то с тиком, то с приступами агрессии.

При этом, как бы мы сами ни были устойчивы и благополучны в семейной жизни, как бы мы ни были независимы от мнения окружающих, никто ведь не застрахован от проблем. Дети болеют, иногда тяжело. Родители теряют работу, разводятся, у них болеют и потом умирают собственные родители. На работе могут быть неприятности или перегрузка. А тут еще ребенок постоянно «попадает в истории», и приходится идти в школу, разбираться, вникать, а нервов уже никаких. Да и отпрашиваться каждый раз так сложно, потом придется брать работу домой и ночью не спать, и когда последний раз спал восемь часов подряд, уже просто не помнишь, вся жизнь как в полусне, на автопилоте. Знакомо?

Каждый родитель (да и каждый человек, если честно) должен знать, что существует такое малоприятное явление, как нервное истощение. Возникает оно в результате длительного, непрерывного стресса — дистресса, особенно связанного с другими людьми и их проблемами, прежде всего с теми, кто от нас зависит. Нервное истощение вызывается грузом ответственности, необходимостью постоянно сопереживать, вникать, помогать, искать общий язык, бесконечно «вынимать из себя» душевные силы и отдавать их, иногда подолгу ничего не получая в ответ.

Рано или поздно силы кончаются. Подступает усталость, организм и психика настоятельно требуют отдыха. Как бы не так! Отдыхать не время и нельзя, нужно еще так много всего сделать. Собрав волю в кулак, стиснув зубы, человек через силу продолжает и дальше решать проблемы, вникать, отдавать, не успевая пополнить свой эмоциональный «резервуар». У него появляется особенное «стоическое» выражение на лице, усталый голос и словно бы тяжесть во всем теле, когда трудно даже подняться со стула. Постоянное напряжение не отпускает и тогда, когда, казалось бы, можно было бы расслабиться. Все мысли — о делах, о проблемах, ночь не приносит облегчения, потому что сон нарушен. Любой конфликт надолго выбивает из колеи, любое замечание воспринимается крайне болезненно. В ход идут стимуляторы: кофе, чай, энергетики и расслабляющие вещества, в том числе алкоголь.

Но это еще пока не истощение, это стадия «перед». Иногда все же удается немного отдохнуть и становится легче, иногда усталость сменяется новым подъемом, и все вроде бы становится неплохо. А потом возвращается с новой силой.

Грустно, но в этом состоянии живет большая часть современных горожан. Это уже почти стало нормой и даже не воспринимается как проблема. Вечная усталость, постоянный фоновый стресс, лимбическая система уже не имеет сил на сирену, там просто постоянно звучит противный зуммер, но кто ж его слушает?

Если так и продолжать, через месяц или через год, или через пять — у кого какой запас прочности и кому какой выпал клубок стрессов, — наступает собственно нервное истощение. Запредельная усталость. Раздражительность. Плаксивость. Полное безразличие, перемежающееся вспышками истерического гнева. Верный признак того, что дело серьезно — парадоксальная усталость, которая максимально чувствуется не к вечеру, а с утра, словно вы всю ночь грузили вагоны. А к вечеру, наоборот, расходитесь и долго не можете уснуть.

Истощенного родителя ребенок «просто бесит», кажется, что в нем нет ничего хорошего, «он просто издевается». Именно в этом состоянии родители срываются и начинают бить, оскорблять, орать, даже если прежде этого не делали и даже не думали никогда, что будут. Верхний мозг совсем теряет управление, мало ли что мы считаем правильным и допустимым, верх берут те модели, которые мы видели в собственном детстве, впечатанные в нашу бессознательную память. А они у кого какие, у некоторых совсем не веселые. Но в состоянии истощения даже те, кто в свое время клялся себе, что «никогда не будет так, как мама (папа)», вдруг обнаруживает, что кричит совершенно маминым голосом, срываясь на визг: «Да вы просто все хотите, чтобы я сдохла!», не обращая внимания на ужас в глазах детей, или, как папа, остервенело лупит ребенка ремнем, «чтобы знал, как издеваться».

Дальше появляется чувство вины, что еще больше усиливает стресс. Хочется «сбежать от всего на край света», «все бросить к черту», «умереть». И для этого сразу появляются веские основания, ведь жизнь буквально летит под откос. Очень страдает иммунитет, расшатывается здоровье, обостряются все хронические заболевания и начинаются новые. Разваливаются отношения, распадаются браки. Больше ничего не радует, ничего не хочется. Все теряет смысл. Наступает полное эмоциональное истощение.

Как вы понимаете, в таком состоянии общаться с ребенком очень трудно, не то что «правильно», но и вообще как угодно. Да и сами дети в ужасе от того, что они улавливают от эмоционального мозга родителя, напуганные его неадекватным поведением, становятся очень непростыми в общении. Бессмысленно в подобной ситуации что-то делать с ребенком, водить его к психологам, воспитывать, поучать. Нужно срочно надевать кислородную маску на себя.

А вот с этим бывают проблемы. Многие из нас, особенно женщины, воспитаны в убеждении, что заботиться о себе — это эгоизм. Если у тебя есть семья и дети, никакого «для себя» уже не должно существовать. «Как вы восстанавливаете силы?» — обычно спрашиваю я у родителей. Типичный ответ, особенно от мам: «Никак, мне не до этого, столько всего». Либо говорят что-то вроде: «Да вот я обязательно на днях пойду запишусь в бассейн, вот только вот это разгребу, вот это решу и найду сеанс, чтобы ходить с ребенком, ему это очень полезно».

Так не пойдет. Заниматься собой по остаточному принципу можно, когда вы в форме, когда нагрузки посильны и хватает обычного отдыха вечерами, по выходным, в отпуске. Если дело зашло далеко и вы видите у себя признаки нервного истощения, систему приоритетов надо срочно перевернуть. Пусть весь мир подождет. Никакие деньги, никакие развивалки, никакое образование — ничто не заменит вашему ребенку вас. Пока вам плохо, он будет несчастен и не будет нормально развиваться. Вкладывать в такой ситуации время и силы в него, пытаться улучшить его поведение — бесполезно. Отдайте себе отчет, что сейчас вы — самое слабое и самое при этом ценное звено. Все, что вы сейчас вложите в себя — время, деньги, силы, — все пойдет в прок вашим детям. Это не траты, это инвестиции в ваших детей, их здоровье и будущее. А все, что вы сейчас из последних сил из себя выскребете, все равно ничему не поможет, а вас истощит окончательно. Осознайте это сами и доведите до сведения окружающих, особенно вашего «третьего», даже если он виртуальный.

Подумайте, какие занятия вас восстанавливают? Баня, прогулка, встреча с друзьями, наведение красоты, валяние с книжкой, чаепития с супругом? Все, что лично вам помогает отдохнуть и расслабиться, должно присутствовать в вашей жизни регулярно. Не по остаточному принципу, «когда получится», а совершенно обязательно, «как штык». Если вы будете знать твердо, что, скажем, в субботу вечером с ребенком сидит бабушка или старший брат, а вы можете заняться чем захотите, это поможет пережить трудные моменты и в течение недели. Если же отдых не гарантирован, а «то ли будет, то ли нет», его эффект очень сильно снижается и вы можете не успеть восстановиться за отведенное время.

Придумайте, как устроить незапланированный отдых. Возьмите путевку в санаторий, если путешествие не является для вас дополнительным стрессом, купите самый дешевый горящий тур куда угодно и смените обстановку. Или возьмите больничный и просто поваляйтесь дома.

Устраивайте себе «тайм-ауты», маленькие перерывы до того, как придет невыносимая усталость. Поставьте детям мультик и спокойно выпейте кофе или примите душ. Забудьте про грозные предупреждения врачей, что телевизор дольше 15 минут в день — это очень вредно. Поверьте, мама в состоянии нервного истощения — **гораздо вреднее**, чем телевизор. Когда вы будете в лучшей форме, вы сможете играть и заниматься с детьми.

Важное условие — нормальный сон. Если продолжать недосыпать, истощение никуда не денется. Просто ложитесь, и все, небо не упадет на землю. Вообще, перейдите в режим «сброса балласта», как на падающем воздушном шаре, скиньте с себя все обязанности и дела, какие только можно. Жертвуйте всем, чем угодно, сохраняя оставшиеся силы для поддержания на плаву отношений. Побоку хозяйство, пусть полы будут немыты и белье неглажено (если только для вас уборка — не способ восстановления сил), но у вас будут силы хоть иногда улыбаться детям. Забудьте про оценки в школе, пусть не будут сделаны все уроки, но вечерние «обнимашки» перед сном — это святое. Не бойтесь, что так будет всегда — почувствуете себя лучше, — и ребенок успокоится, и вместе все нагоните. Общайтесь с теми, кто вас поддерживает и хвалит. Избегайте всех, кто обвиняет, требует, жалуется. Не сейчас.

Не стыдитесь говорить о своем состоянии окружающим — вас поймут, ведь все там бывали. Неврастения, нервное истощение — это не каприз, не лень, не распущенность, не «плохой характер». Это болезнь, и если ее игнорировать, последствия ее могут быть очень серьезными. Кстати, посетить невропатолога очень желательно — поверьте, он совсем не удивится перечисленным вами симптомам, а легкая медикаментозная поддержка может быть очень нелишней, иногда вывести мозг из состояния хронического стресса можно только с помощью курса мягких транквилизаторов. Сами можете начать пить витаминные комплексы, содержащие витамины группы В и магний, это подпитка истощенной нервной системы.

Позже, когда отползете от края, имеет смысл подумать, как не попадать туда вновь. Как перестать относиться к себе как к средству для удовлетворения нужд семьи и ребенка. Возможно, это имеет смысл делать с помощью психолога, который поможет справиться с беспощадным внутренним «третьим» и отделить здоровую родительскую ответственность от истощающей и бессмысленной вины.

Помните, мы говорили о том, что дети всегда ведут себя не так, как мы им велим, а так, как мы сами себя ведем? К заботе о себе это тоже относится. Если вы пренебрегаете собой, заботясь о ребенке, позже, когда вас не будет рядом, он тоже будет пренебрегать собой. Как мамочка. Как папочка. Он же ваш ребенок, ваше продолжение, он будет делать это из любви к вам. А вот себя он сможет любить, если видел, как вы себя любите. Пора начинать.

ГДЕ ПРОХОДИТ БАРРИКАДА?

Да, дети часто расстраивают и злят нас своим поведением. Да, нам многое может не нравиться, и «не нравиться» — это еще мягко сказано. Мы имеем право отстаивать свою территорию, свои правила, имеем право влиять на поведение ребенка и менять его — на то мы и родители. Но важно не попадаться в ловушку «борьбы» с самим ребенком.

Часто взрослые пытаются объяснить расстраивающее их поведение ребенка качествами самого ребенка. «Ленивый», «неуправляемый», «безответственный», «упрямый, «вредный», а то и «бессовестный», «испорченный», «обнаглевший». У других дети как дети, а у нас вот такой. Потому и ведет себя так. Ленивый — потому и не учится, наглый — потому и грубит, безответственный — потому и теряет вещи.

Чем тут можно помочь? Да, в общем, ничем. Только сесть и пригорюниться. В лучшем случае. А в худшем — выйти на тропу войны, «раз он такой».

Давайте будем проще: если прямо сейчас он делает что-то, что отравляет нам жизнь, эту проблему мы и будем решать. Потому что мы имеем право жить неотравленной жизнью. Если ребенок шумит, когда вы или кто-то в доме неважно себя чувствует и прилег отдохнуть, не надо думать о том, какой ваш отпрыск нечуткий, и срочно начинать воспитывать в нем внимание к близким (обычно это делается с помощью ора или злобного шипения в адрес нарушителя покоя). Ваша задача — добиться тишины, и только.

Если вы пришли с работы и обнаружили, что ужинать вам негде (стол завален объедками) и не из чего (ни одной чистой тарелки), не надо расстраивать себя еще больше мыслями о том, какой бессовестный у вас растет сын, любит ли он вас хоть немного и как воспримет его манеру ведения хозяйства его будущая жена. Потому что стоит вам начать думать в этом направлении, и вечер сложится очень предсказуемым образом. Сначала будет скандал с потоком упреков и огрызаний в ответ, а потом дитя, хлопнув дверью, уйдет в свою комнату, а вы останетесь плакать или злиться на грязной кухне. Правда, ее чистота уже не будет иметь значения, ужинать вы все равно не сможете — кусок в горло не полезет. Будьте скромнее. Ваша задача — добиться, чтобы все было убрано прямо сейчас. Потому что вы хотите есть и имеете на это право. А про бессовестность и тем более про будущую жену поразмышляете после ужина, если уж очень захочется.

Давайте сделаем еще одно мысленное упражнение.

Представьте себе такую картину: вот вы, замученный поведением ребенка, знающий, «как надо», желающий ему только добра и вообще кругом правый. Вы выходите на борьбу — с ребенком и его «закидонами» (ленью, безответственностью, агрессией, враньем, вспыльчивостью, несобранностью — нужное подчеркнуть). Между вами и вашим ребенком — баррикада, линия фронта. Вы полны решимости победить. Вы знаете, что ваше дело правое. Вы уверены, что так надо.

Как самочувствие? Не очень? Странно, а почему? Откуда эти злость, бессилие, отчаяние, раздражение? Разве вы не делаете то, что должен делать нормальный ответственный родитель?

А теперь измените мысленно картинку. Вот вы. Вот баррикада. За ней — то самое расстраивающее вас поведение. Ребенок — рядом с вами, по эту сторону. Вы ведь не хотите бороться против ребенка из-за этой несчастной неубранной комнаты или несделанных уроков. Если и стоит бороться, то вместе с ним, за то, чтобы вам было хорошо вместе. А трудное поведение мешает вам и вашим отношениям. Вот поэтому его и стоит изменить.

Как самочувствие? Получше? И настроение тоже?

Постарайтесь удерживать в голове именно эту, вторую картинку все время, когда занимаетесь трудным поведением ребенка. Не воюйте с ребенком. Не боритесь против. Это же ваш детеныш, вы его защита и опора в этом пока непонятном для него мире. Вы сильнее, умнее, старше. А он любит вас всем сердцем, как могут любить только дети своих родителей. Вам не нужны никакие особые «приемчики», чтобы быть хорошим родителем хорошего ребенка, сама природа, сама привязанность работают на вас. Если вы чувствуете, что увязли в борьбе, — самое время перелезть через баррикаду и встать рядом с ребенком. Тогда все получится.

ЧАСТЬ ВТОРАЯ

ТРУДНОЕ ПОВЕДЕНИЕ: ПЕРЕЗАГРУЗКА

Если вы готовы перестать бороться и начать жить, давайте теперь поговорим о том, как и что делать. Проблемы-то все же есть. Дети скандалят, врут, берут чужое без спросу, ругаются плохими словами, ломают и теряют вещи, дерутся с братьями и сестрами, плюются кашей, не желают вовремя ложиться спать и систематически опаздывают в школу. Как изменить такое поведение, не впадая в логику войны с ребенком?

Давайте сначала поймем, как оно устроено изнутри, это самое плохое поведение, а потом шаг за шагом попробуем что-нибудь с ним сделать.

ТРУДНОЕ ИЛИ ПЛОХОЕ?

Психологи, кстати, обычно не используют выражение «плохое поведение», предпочитают говорить «трудное». И в этом есть своя логика.

Приходилось ли вам ловить себя на том, что когда другие родители жалуются на своих детей, вы думаете: «Вот еще нашли проблему! Подумаешь! Из-за этого и беспокоиться не стоит. Вот у моего тоже было, я так и так сказал или сделал, и все прошло».

Вы не поверите, но когда вы говорите о трудностях со своим ребенком, всегда есть кто-то, кто думает точно так же. Вас трясет, в доме уже на исходе запасы корвалола, вы чуть не плачете, когда об этом думаете, — а кому-то все кажется надуманным или легко решаемым. Одно и то же поведение ребенка может быть очень трудным для одних взрослых и совершенно не расстраивать других. Например, для кого-то непереносимы шум, постоянная беготня и озорство, а кто-то считает это нормальным поведением здорового ребенка дошкольного возраста. Кто-то с ума будет сходить от валяющихся по всему дому вещей, а кто-то и сам любит творческий беспорядок и не видит проблемы в том, чтобы перешагивать через сапоги, валяющиеся поперек прихожей.

Поэтому название «трудное» гораздо точнее. «Трудное» поведение — это поведение, с которым нам, взрослым, трудно. Трудно с ним смириться и трудно его исправить. То, которое отравляет нам жизнь, заставляет доходить «до белого каления», сомневаться в том, что мы хорошие родители, то, о котором мы думаем по ночам, бесконечно обсуждаем с родными и друзьями.

При этом объективно оно может вовсе и не быть таким уж плохим. Например, мечтательный, рассеянный ребенок собирается по утрам в школу. Долго-долго надевает один носок. Замечает, что надел наизнанку. Задумывается. Снимает. Смотрит на носок и снова думает. Выворачивает носок. Собирается надеть на ногу, но застывает: ему пришла в голову мысль. «Мама! А почему ботинки — правый и левый, а носки — одинаковые?» А до выхода из дома пара минут. И впереди еще брюки, свитер, ботинки и куртка с шапкой. В такие моменты родителю может быть не то что трудно, а просто слов нет, хоть на стенку лезь. Но ребенок-то ничего плохого не делает! Он одевается! Ну, и думает параллельно о всяком важном и интересном... А что, думать — это плохо?

И наоборот, очевидно плохое поведение, например воровство, грубость или катание на санках рядом с проезжей частью, может вовсе и не быть трудным — если мы знаем, как это поведение изменить, и у нас получается. Детям свойственно ошибаться и делать глупости, долг взрослых — их поправить. Дело житейское. Если мы объяснили, попросили, договорились, дали понять, что это недопустимо, пригрозили и наказали, наконец, и поведение изменилось, значит, в данном конкретном случае это не было трудным поведением.

Кстати, сплошь и рядом когда нам трудно, сам ребенок может и вовсе не видеть никакой проблемы (если не считать нашей, неадекватной, на его взгляд, реакции). Он-то ничего плохого не хочет и не имеет в виду! И эта еще одна причина, по которой трудное поведение не есть «плохое». Меньше всего ребенок хочет нас расстроить, разозлить или обидеть. Он просто ведет себя так, как ему удобнее, легче, привычней, безопасней. И искренне недоумевает, почему это мы так распереживались?

И все же трудное поведение — это очень плохо. Потому что оно способно полностью отравить жизнь родителям, а значит, и детям. Мы стараемся-стараемся, и так и эдак пробуем, а все по-прежнему. Мы начинаем чувствовать собственное бессилие, наша уверенность в себе как в родителе, воспитателе, взрослом начинает шататься. Наши отношения с ребенком портятся из-за постоянных скандалов и препирательств. Порой атмосфера в семье становится такой, что хоть из дома беги. Поэтому, как его ни назови, а мириться с ним не стоит. Если его в принципе можно изменить (если оно не связано с врожденными качествами ребенка или особой ситуацией) — надо менять.

ГДЕ У НЕГО КНОПКА?

Вот мы и добрались до «того самого» вопроса. Его часто произносят иронически — типа вот, взрослые нормально общаться с детьми не хотят, им подавай робота с переключателем. Конечно, это не так. Ни один нормальный родитель не хочет вместо своей живой и теплой детки управляемую куклу. И вопрос о кнопке возникает не случайно, мы же чувствуем, что есть какая-то тайная пружина, управляющая поведением ребенка. И она действительно есть, и у нас, и у детей. Очень простая — мы обычно делаем что-то потому, что нам это нужно. Вот и все. Нужно на самом деле, на глубинном уровне, а не по чьему-то мнению, не по чьему-то примеру, не по инерции, не по чьим-то привычным представлениям.

Разница между «на самом деле нужно» и «мы думаем, что нужно» очень существенна. Например, взрослым часто кажется, что дети хотят только удовольствий и развлечений и чтобы никаких запретов и обязательных дел. Это, конечно, не так. Спросите как-нибудь в подходящий момент у своих детей, хотели ли бы они, чтобы их жизнь стала такой **на самом деле**. Не на пару дней, а насовсем. Вечный праздник, в котором взрослые выполняют все капризы, ничего не запрещают и не заставляют. Возможно, поначалу эта мысль вызовет восторг. Но подумав и пофантазировав, дети довольно быстро приходят к выводу, что такая «чудесная» жизнь без всяких «нельзя» и «надо» до добра не доведет. Не только в дальней перспективе, о которой любят говорить взрослые («и что из тебя вырастет?»), а даже прямо сейчас. Дети часто не могут внятно сформулировать почему, просто чувствуют дискомфорт и тревогу, когда представляют себе в подробностях этот «праздник непослушания». Ему это не нужно.

А что же нужно? Да ничего особенного, то же, что и любому в общем-то человеку, с поправкой на то, что ребенок — «Очень Маленькое Существо» и потребность в защите и заботе у него намного выше.

Ребенку нужна уверенность в том, что его взрослый любит его, помнит о нем, что он всегда на его стороне и к нему всегда можно обратиться за помощью. Важно знать, что его любят не только тогда, когда им полностью довольны и все разрешают, что наши «надо» и «нельзя» не означают отвержения.

Ребенку необходимо чувствовать, что его взрослый «знает, как надо», что есть правила и границы дозволенного, потому что без этого ему страшно и неуютно. Ребенок прекрасно чувствует, что сам еще не способен полностью управлять своим поведением и справляться со своими эмоциями, ему нужен родитель как надежный «контейнер» для его, ребенка, несовершенства, как молодому деревцу нужны бывают опора и заграждение.

Ребенку необходимо быть успешным, преодолевать собственное неумение, сопротивление, страх, чувствовать, что он растет, что сегодня знает и умеет больше, чем вчера. Даже если сию секунду он больше всего на свете хочет, чтобы не надо было идти к зубному врачу или писать контрольную, другая его часть мечтает преодолеть трудности и иметь основания гордиться собой.

Ребенку необходимо получать от взрослых информацию о том, что такое хорошо и что такое плохо, в том числе и критику своих поступков и суждений. Тогда у него есть ориентиры, система координат, ценности, которые он может, конечно, и не принять, но даже для того, чтобы с ними спорить, о них сначала нужно получить представление.

Ребенку нужно получать разнообразный опыт взаимодействия с людьми, получать их естественную реакцию на свои поступки. Это позволяет ему потом планировать свои действия, оценивать их последствия и в конечном итоге чувствовать себя более уверенно в мире людей.

Ребенку очень важно чувствовать себя нужным, необходимым, понимать свое место в семье и в группе детей.

Таким образом, ребенок хочет вовсе не только конфет, игрушек, компьютера без ограничений и каникул 365 дней в году. Он, как и всякий нормальный человек, хочет:

- хорошо себя чувствовать (не испытывать страданий, не бояться, нс делать чего-то очень неприятного);
- быть любимым, принятым, нравиться (своим родителям, сверстникам, учителям), в том числе быть уверенным, что от тебя не откажутся;
- быть успешным (в отношениях с родителями, в дружбе, в игре, в учебе, в спорте);
- быть услышанным, понятым, общаться, дружить, получать внимание;
- быть нужным, чувствовать принадлежность, знать свое место в семье;
- знать правила игры и границы дозволенного;
- расти, развиваться, реализовывать способности.

Хорошие такие, правильные желания и потребности. Как ни странно, при ближайшем рассмотрении оказывается (и в этом мы чуть позже убедимся), что всеми своим выкрутасами и неприятными поступками дети чаще всего добиваются именно этих целей. Причем добиваются всеми имеющимися в их распоряжении средствами. Цели, еще раз обратите внимание, совершенно благовидные и понятные. Ничего плохого он не хочет. Почему же, раз он хочет как лучше, получается как всегда?

ТРУДНОЕ ПОВЕДЕНИЕ КАК ПРИМИТИВНАЯ ТЕХНОЛОГИЯ

Дети, как мы уже говорили, очень сильно зависят от взрослых. От их взглядов на воспитание, принципов, отношения к ребенку, даже от сиюминутного настроения. Общаясь с родителями год за годом, ребенок становится все более продвинутым «экспертом по собственным родственникам». Мы часто говорим детям, что знаем их как облупленных. Так вот, если честно, они знают нас гораздо лучше. Их лимбическая система настроена на контакт с нами, на распознавание наших реакций и эмоций. Просто потому, что они зависят от нас больше, чем мы от них. Вот вас чье сегодняшнее настроение будет больше интересовать: своего начальника или своего подчиненного?

Если ребенок общается со своими взрослыми много и качественно, если они достаточно открыты в проявлении чувств, если ему спокойно с ними, ничто не мешает его огромной исследовательской работе по изучению взрослых. И тогда уже к 7—10 годам он знает, к кому и с чем надо подойти, как с кем разговаривать, у кого какие слабые места и больные мозоли. И эти знания позволяют ему довольно неплохо устраивать свои дела, они помогают получить нужную ему вещь, когда-то отправиться спать пораньше или прийти домой попозже, когда-то улизнуть от домашних обязанностей, в какой-то момент получить поддержку и помощь, или возможность побыть «маленьким и бедненьким», в другой — получить больше самостоятельности, «карт-бланш» на какие-то новые затеи. Они же позволяют избегать «взрывоопасных» моментов, не нарываться без крайней необходимости на неприятности. А с другой стороны, когда-то почувствовать, что самому родителю сейчас несладко, и отступить со своими просьбами, перестать качать права, пожалеть, помочь. Все это образует коммуникативную компетентность, умение понимать и чувствовать другого, общаться и договариваться.

Семьи, в которых коммуникативная компетентность (прежде всего взрослых) высока, живут практически без скандалов, в них, как говорят, «хорошая атмосфера». Семьи, в которых не научились понимать друг друга и быть «экспертами по родственникам», нередко выясняют отношения и разрешают противоречия более грубыми способами: криком и руганью, а то и дракой. Если ты человека не понимаешь, не чувствуешь, на место «слепого пятна» тут же вторгаются стереотипы, ярлыки, проекции вроде «Всем вам, мужикам, только одно нужно», «Все бабы истерички, и ты туда же», «Детей надо держать в ежовых рукавицах, а то обнаглеют» и все в таком роде, после чего общение продолжается уже не с реальным человеком, у которого какие-то там чувства и желания, с фантомом, который сведен к одной какой-то плоской характеристике: «кобель», «истеричка», «наглец» и тому подобное. Согласитесь, договориться в этой ситуации будет непросто.

Как формируется у ребенка коммуникативная компетентность? Конечно, в общении со «своими» взрослыми. Чем больше времени они проводят с ребенком, чем более открыты и искренни с ним, чем чаще говорят о своих чувствах, о том, что им нравится и не нравится и почему; чем сложнее, тоньше, разнообразнее та обратная связь, которую получает ребёнок от взрослых в ответ на каждый свой поступок, тем лучше условия его коммуникативного развития. При этом одно из важнейших условий — отсутствие тотального стресса, постоянного страха или чувства одиночества. Стресс «обжигает» лимбическую систему, делает ее невосприимчивой к нюансам, и ребенок реагирует только на грубые, явные проявления окружающих: «Пока не заорешь, не понимает». Если ребенок элементарно боится своих родителей или практически их не видит, у него формируется грубое, примитивное коммуникативное поведение (истерики, крики, агрессия, ступор и т. д.).

Практически любое трудное поведение — это не что иное, как поведение примитивное, грубое, «простое», действие по кратчайшей траектории. Привлечь к себе внимание истерикой просто, врезать в ответ на обидные слова — просто, уйти, хлопнув дверью, если что-то обидело, — просто, отказаться делать уроки, поскольку трудно и непонятно, — просто. При этом, как мы помним, даже самое ужасное поведение не направлено по своей подлинной цели «против» кого-то, оно всегда «за» ребенка, его цель — удовлетворить какие-то его потребности: получить внимание родителя, защитить себя от душевной боли, не быть неуспешным. Но добиться того же самого более приемлемыми и приятными способами он не может или не знает как.

Ребенок пришел из школы домой, в дневнике двойка по русскому.

Мама спрашивает:

— Ну, как сегодня в школе, что получил?

— Ничего, меня не спрашивали.

А мама-то как раз по дороге из магазина встретила его учительницу и про двойку знает.

— Ты уверен? А я вот слышала, что спрашивали.

Ребенок делает глаза еще честнее и шире, добавляет в голос уверенности:

— Нет! Не спрашивали! У нас сегодня вообще никого не спрашивали, была новая тема.

— Да как ты смеешь так нагло мне в лицо врать! — кричит мама уже вне себя от гнева.

Что происходит? Ребенок, конечно, понимает, что за двойку его не похвалят. Ну не убьют, конечно, и даже не побьют, но мама расстроится, будет ругать или засадит дополнитель-

Возможно, он хочет найти, где проходят границы дозволенного

но заниматься. Ему не хочется всего этого, хочется, чтобы тихо-мирно и без неприятностей. Как этого добиться? Детское сознание магично: скажи «халва» — будет сладко. Вот он и говорит уверенным голосом, что нет никакой двойки, и сам в это почти верит. Раньше получалось. А тут мама не верит, сомневается. Значит что? Плохо вру, некачественно. Надо поднажать. Добавить «честности». И чего это мама так разозлилась?

Даже если нам кажется, что ребенок делает что-то «назло» и его единственная цель — довести нас до белого каления, это почти наверняка не так. Просто потому что наше «белое каление» само по себе ему совершенно ни к чему. Возможно, он хочет проверить прочность привязанности и убедиться, что «даже такого» мы его все равно любим. Возможно, он уже напуган взрослыми, их беспомощностью или их жестокостью, и хочет всегда быть главным, настаивать на своем, обеспечивая тем самым собственную безопасность — ведь если он «главный», мы не сможем причинить ему никакого вреда. Возможно, он хочет найти, где проходят границы дозволенного, потому что границы — не только запреты, но и гарантия безопасности, и дети это прекрасно знают. Возможно, он просто не может справиться со злостью на что-то, выливая ее на нас, и это его способ, чтобы не погрузиться в пучину обиды, отчаяния, депрессии. Возможно, он просто по-детски чего-то очень сильно хочет, но не верит, что его желания нам важны и интересны, поэтому ему в голову не приходит ими поделиться — проще добиваться заветной цели «своей мозолистой рукой». Или просто хочет избежать неприятностей, как в нашем примере, и в силу своей детской еще наивности не понимает, что только увеличивает масштаб проблемы.

Ребенку есть чем заняться помимо того, чтобы специально доводить взрослых. Перед ним стоят большие задачи, ему надо расти, развиваться, разбираться в жизни, укрепляться в ней. Проблема в том, что его «арсенал», набор технологий по достижению целей может быть скуден — в силу возраста или в результате нарушения отношений со своими взрослыми. Задача по изменению трудного поведения — это и есть задача по расширению арсенала технологий, обучению ребенка более сложным, но более эффективным способам добиваться своего.

В общем, мы с вами долго разоружались, чтобы теперь подумать, как бы нам получше вооружить ребенка. Не для войны с нами — для завоевания мира. Ниже мы по шагам — их будет семь — разберем алгоритм изменения поведения трудного на поведение приемлемое.

В ПОВЕДЕНИИ ЛИ ДЕЛО?

Давайте сейчас еще ненадолго притормозим и подумаем. Браться за изменение трудного поведения вашего ребенка иметь смысл, только если дело **именно в его поведении**. Тогда, действуя по ниже перечисленным шагам, вы действительно сможете помочь ему овладеть лучшими технологиями достижения целей, а значит, перестать портить вам и себе нервы, стать более взрослым, успешным, воспитанным, организованным.

Если дело не в поведении, а в чем-то более глубоком, использовать «семь шагов» бессмысленно, как бессмысленно просто сбивать температуру при тяжелой болезни. Если результат и будет, то кратковременный, а то и хуже станет, поскольку дети прекрасно чувствуют «приемчики» и протестуют против такого с собой обращения.

Возможно, имеет смысл начать с ваших отношений, с укрепления связи между вами. Подумать, понаблюдать, проанализировать, что происходит между вами. Например, понаблюдать, какие слова вы часто говорите ребенку?

Иногда достаточно начать давать ребенку больше защиты и заботы, да просто внутреннее перестать перетягивать с ним канат, вспомнить, что вы его любите, само это состояние вернуть себе, и поведение сказочным образом начинает меняться к лучшему без всяких шагов вообще.

Молодая, очень милая женщина озабочена тем, что ее пятилетняя дочь «растет потребителем». Проявляется это в том, что каждый раз, когда мама приходит за ней в детский сад, дочь бежит к ней с вопросом: «А что ты мне купила?» Если выясняется, что ничего, обижается, капризничает и на обратной дороге прикладывает все усилия, чтобы затянуть маму в магазин игрушек или хотя бы в киоске какой-нибудь пустяк выцыганить. Мама уже боится этих вечерних возвращений домой, старается проложить

Вопросы для анализа отношений	Привычные фразы, которые могут служить признаком того, что проблема имеется
Не чувствует ли ребенок угрозы привязанности, уверен ли он, что защищен и любим?	Глаза б мои тебя не видели! Уйди отсюда, не желаю с тобой разговаривать. Больше никогда тебя с собой не возьму! Я ухожу, а ты как хочешь (маленькому ребенку). Иди в свою комнату и не смей выходить.
Не даете ли вы ему понять, что он разочаровывает вас, что вам он — такой — не нужен?	У других дети как дети, у меня же... Почему с тобой вечно все не слава богу? Ты опять хуже всех! Я столько сил потратила, чтобы ты (поступил в хорошую школу, выиграл конкурс, начал учить язык), а ты! Да что ты о себе воображаешь?
Вопросы для анализа отношений	**Привычные фразы, которые могут служить признаком того, что проблема имеется**
Не демонстрируете ли беспомощность?	Горе мое, не знаю, что с тобой делать! Сил моих на тебя нет! Я с ним не справляюсь. Я больше не могу.
Не злоупотребляете ли, перевешивая на ребенка ответственность за отношения?	Ты любишь мамочку? Почему ты такой неласковый? Я на тебя обиделась. Ты неблагодарный, не ценишь ничего! Пока не извинишься, не подходи ко мне.
Не сдаете ли ребенка «третьему»?	С тобой со стыда провалиться можно! Опять мне краснеть из-за тебя? Люди смотрят, думают: какой невоспитанный мальчик. Вот тебя сейчас заберет чужая тетя. Нас сейчас отсюда выгонят (нас будут ругать).

маршрут подальше от торговых точек и не может понять, как ей отучить дочь от такой ненасытной требовательности.

При этом мама рассказала, что еще пару лет назад они жили очень скромно, если не сказать бедно, отец их оставил и не помогал деньгами, маме приходилось крутиться, чтобы, сидя с ребенком дома, хоть что-то зарабатывать, каждая копейка была на счету, ничего купить особо дочери не получалось. Сейчас жизнь наладилась, дочка ходит в детский сад, у мамы неплохая зарплата, но это же не повод скупать тоннами всякую чушь, которая потом валяется по всему дому.

Что происходит в этой ситуации? Ребенок долгое время чувствовал, что мама напряжена из-за денег, нервничает. Он, конечно, считывает ее тревогу, связанную именно с покупками-подарками, и начинает «дергать за веревку», чтобы убедиться, что все в порядке. Все действительно уже в порядке, но мама боится «потребительства», поэтому не идет навстречу желаниям дочери, а воюет с ними. Естественно, тревога ребенка еще больше усиливается, она еще больше требует, мама еще больше сердится. Замкнутый круг.

Мы с мамой решили попробовать действовать прямо наоборот. Теперь она обязательно приходит в детский сад с подарком, причем не обязательно покупным. Это может быть красивое яблоко, смешная картинка, которую она нарисовала по дороге с работы, магнитик, подаренный клиентом, большой блестящий каштан, найденный на улице. Главное — подарок должен быть вручен сразу, еще до того, как ребенок потребует. И вручен с радостью, как дар любви и заботы. Важно показать девочке, что привязанность прочна, мама помнит про нее и ее желания, и у мамы всегда есть все что нужно для своей дочки. Довольно быстро это сработало, баталии прекратились, а еще через некоторое время девочка уже сама бежала маме навстречу с подарком: аппликацией, конфетой, сохраненной с праздника, одуванчиком, сорванным на прогулке. Конечно, никакого «потребительства» в ее характере не было, просто тревога.

Следующее, про что стоит подумать, — возраст ребенка и его задачи в этом возрасте.

Когда научившийся хорошо ходить и всюду залезать малыш использует эти свои умения на полную катушку, у родителей наступает веселая жизнь. Сапоги лежат на шкафу, чтобы их не облизали, ножницы заперты на замок, а кошка вообще старается слиться с интерьером. Но хотели бы вы, чтобы он никуда не лез, ничего не трогал, чтобы сидел неподвижным апатичным кульком и целый час держал в руке ту игрушку, которую ему сунули? Так сидят дети в домах ребенка, растущие без родительской любви, и это довольно грустное зрелище.

Вы правда уверены, что вашей пятнадцатилетней дочери полезнее сидеть вечерами дома и делать уроки, чем «думать о мальчиках»? То есть не учиться общаться, в том числе устанавливать дистанцию, определять безопасность и надежность партнера, учиться отказывать, разрешать ситуации соперничества и т. п. С чем она выйдет в жизнь после успешной сдачи ЕГЭ, что ей поможет строить отношения с молодыми людьми, когда вас уже не будет рядом, — теорема Пифагора?

Ответьте себе честно: то изменение поведения, о котором вы мечтаете, соответствует задачам возраста, поможет ли оно развитию ребенка? Не лучше ли просто подождать, сохраняя контакт с ребенком и удерживая разумные границы, пока он не освоит очередную высоту? Сэкономите время и нервы.

Дальше: то, что делает (не делает) ребенок, — точно ли вопрос поведения? Возможно, это его личные особенности, которые нужно просто принять, приспособиться к ним, сглаживая проявления, но не требуя коренных изменений? А может быть, это реальная проблема со здоровьем, которую нужно просто лечить, а не исправлять воспитательными методами: гиперактивность, утомляемость, депрессия, невроз, сильные страхи?

Родители в бешенстве: восьмилетний сын не спускает за собой воду в унитазе. Причем раньше прекрасно все делал как надо, а вот примерно полгода назад — перестал. Говорит «Я забыл». Напоминали, ругали, стыдили, орали, наказывали. Ребенок просил прощения, обещал, что больше это не повторится, краснел, плакал. И все оставалось по-прежнему. Мальчик умненький, тонкий, хорошо учится — ну что за заскок такой?

Однажды летним вечером папа гулял с сыном в парке, наигрались в футбол, устали, сели отдыхать в тени. О чем-то говорили, папа вспоминал, как в детстве был в пионерском лагере и как там по вечерам мальчишки рассказывали друг другу страшные истории. Сын вдруг на-

прягся, а потом разрыдался и, глотая слезы и вцепившись в папину руку, рассказал, почему не спускает воду в туалете. Старшие ребята на даче как-то рассказали ему, что в бачке унитаза живет череп, просто так его не видно, но иногда, в момент спуска воды, он вдруг выскакивает и вцепляется человеку зубами в горло. И ты даже охнуть не успеешь, как загрызет. А если расскажешь кому-нибудь, что про это знаешь, то тогда точно череп тебя подкараулит и убьет. Папа был поражен видом ребенка, у него были расширены глаза, бледный, руки трясутся от страха. Он не стал говорить, что «это все глупости», и стыдить сына, просто договорились, что теперь, сходив туалет, мальчик будет звать его или маму и спускать воду, приоткрыв дверь. На следующий день родители записали сына к детскому психологу, буквально нескольких встреч хватило, чтобы справиться с фобией.

Не менее важный вопрос: что со мной? Не истощен ли я? Не пугаю ли ребенка своим гневом, отчаянием, паникой? Не стоит ли мне начать с себя, своего состояния?

Проблемы могут быть не только с вами лично, но и с семьей в целом.

Плохих историй, в которые успел попасть одиннадцатилетний Павлик буквально за пару последних месяцев, хватило бы на десяток мальчиков и еще на пятерых девочек бы осталось. Он послал матом директора школы, раз-

бил окно в классе (специально), сбегал с уроков, дрался, не приходил вовремя домой, украл деньги у родителей, потом банку пива в магазине, даже в милиции успел побывать. При этом прежде Павлик не отличался собой склонностью к нарушению порядка, ну, бывало, хулиганил, но в пределах нормы. На все увещевания и воспитательные беседы отвечал хамством, орал родителям, чтобы они отстали, что они ему не нужны и всякое еще малоприятное. Его даже отлупили один раз, но на поведении это никак не отразилось, на следующий же день все продолжилось.

На консультацию они пришли вместе, всерьез перепуганные тем, что происходит с их единственным сыном. Слово за слово — выяснилось, что отношения между самим супругами в глубоком кризисе. Не то чтобы они прямо завтра собирались разводиться, но уже давно не было прежней близости, накопились какие-то претензии и обиды, да и просто усталость, они практически не разговаривали друг с другом, общались только по надобности — вот, например, из-за проблем с Павликом. Вдруг мама застыла на мгновение и, посмотрев на мужа, сказала: «А ведь сегодня, когда мы ехали сюда в машине, я впервые за долгое время подумала: как хорошо, что ты рядом, что мы вместе, одна бы я уже свихнулась от всего этого». Потом они долго молчали, пораженные открытием. И папа положил на ее руку свою руку и, наверное, обнял бы, но меня постеснялся. А мама заплакала.

Они договорились, что придут еще раз, но уже не про Павлика, а на супружескую сессию, а Павлика они, пожалуй, прямо сейчас поедут заберут из школы и забурятся все вместе на дачу на пару-тройку дней, хоть уже и осень, будут валяться, гулять, смотреть вместе кино и приводить нервы в порядок. И никакого воспитания.

Если ребенок ведет себя плохо, особенно если это началось после чего-то (вашей с супругом ссоры, переезда, рождения младшего), обязательно спросите себя: что с семьей в целом? Не пытается ли ребенок своим поведением что-то вам сообщить, на что-то повлиять? Дети очень любят своих родных и, если надо, легко приносят себя в жертву семье. Подумайте, не стремится ли он, например, восстановить справедливость, если в семье нарушен баланс между правами старших и младших детей? А может быть, создавая проблемы, он хочет вытянуть кого-то из родителей из депрессии, в которую тот все больше погружается? Отвлечь от начинающейся формироваться зависимости? Или, возможно, ребенок делает в школе или во дворе то, что вы, его родители, очень хотели бы, но не посмеете сделать в своем взрослом окружении, на работе — послать всех к черту, нарушить правила и субординацию?

Наконец, не стоит ли за трудным поведением ребенка какая-то реальная проблема, о которой вы пока не догадываетесь, а он не решается вам сказать, поскольку вы увлеклись войной с ним. Возможно, его действительно обижает воспитатель в детском саду, или травят ребята в классе, или с него требуют денег взрослые хулиганы, ему не дается учеба в слишком сильной школе? Тогда самое время вмешаться, защитить, может быть, забрать из непереносимой для ребенка ситуации, воспитанием его самого тут ничего не сделаешь, Но возможно, почувствовав вашу готовность его защищать, он сам почувствует себя увереннее и начнет лучше справляться с собой.

Если вы убедились, что дело в поведении и только в поведении, тогда вперед. Держим в голове, что ребенок не хочет ничего плохого, и дело в том, что он добивается своего негодными технологиями. Пошагали.

ШАГ ПЕРВЫЙ. ОПРЕДЕЛЯЕМ ЦЕЛЬ

Нам многое может не нравиться в поведении ребенка. Не слушается, шумит, разбрасывает, теряет, грубит, врет, не хочет делать уроки... А хотелось бы, конечно, чтобы все наоборот. Чтобы слушался, помогал, был всегда чистым и любил читать умные книжки. И уроки делать тоже любил. Словом, чтобы все делал правильно.

Так вот, есть две новости: одна плохая, другая хорошая. С какой начинать, все равно, потому что звучат они одинаково: это невозможно. Детей, полностью соответствующих ожиданиям и пожеланиям родителей, не бывает на свете. Это, с одной стороны, делает родительскую жизнь не столь безмятежной, как хотелось бы. С другой — только представьте себе, что случилось бы, если бы детей можно было легко сделать «удобными» и «правильными» с точки зрения взрослых. Если бы такой ребенок, тихий, аккуратный, послушный, никогда ничего не «выдумывающий», никогда ни от чего не «отлынивающий», никогда никуда не «лезущий без спроса», вышел в жизнь.

Мы ведь хотим, чтобы он был в ней успешен. Чтобы мог сказать «нет», постоять за себя, приспособиться к меняющимся обстоятельствам, точно определить, что для него лучше, преодолеть трудности, достичь чего-то выдающегося в своем деле. И мы совсем не хотим, чтобы им помыкали, пользовались, чтобы делали его козлом отпущения, чтобы он панически боялся нарушить любую норму и правило, чтобы был нелюбопытен и безынициативен. Легко видеть, что наши ожидания от ребенка и от него же после 18 лет не то что разные — они прямо противоречат друг другу.

80% наших переживаний связаны с 20% того, что наш ребенок делает «не так»

Поэтому предлагаю отставить в сторону мечты об идеально ведущей себя детке и начать думать в более практическом ключе. На самом деле, если проанализировать, из всего того, что наш ребенок делает неправильно (не так, как мы хотели бы), по-настоящему выводят нас из себя лишь два-три вида поведения. Понаблюдайте за собой, и вы убедитесь в этом сами.

Здесь срабатывает широко известный принцип «20 на 80». Почему-то его принято формулировать на примере потребления пива, и он гласит: 20% людей выпивают 80% пива, и наоборот, оставшиеся 80% людей выпивают лишь 20% оставшегося пива. Так и есть, конечно. И справедливо это соотношение не только для пива. Действительно, 80% времени мы носим 20% всей имеющейся у нас одежды, поскольку есть вещи более любимые, и ситуации в жизни более частые. В 80% случаев мы готовим для семьи любимые блюда, которые составляют лишь 20% всего того, что мы в принципе умеем готовить.

Кстати, и 80% всех результатов воспитания мы получаем ценой лишь 20% потраченных усилий и времени, а остальные 80% времени (нотации, выговоры, «я с тобой не разговариваю» и прочие способы скоротать вечерок) если и дают эффект, то это лишь 20% всего необходимого. Точно так же с трудным поведением: 80% наших переживаний связаны лишь с 20% всего того, что наш ребенок делает «не так». Во всех остальных случаях мы либо знаем, что делать, либо не очень расстраиваемся («сам такой был», «перебесится и все пройдет», «ну, просто он такой»).

Что нам это дает? Очень просто: если какое-то дело или обстоятельство более значимо, именно им и надо заниматься. Вряд ли вашу семью утешит, что вы бесподобно один раз в год к новогоднему ужину жарите гуся и печете «Наполеон», если ежедневные борщ и котлеты в вашем исполнении в рот взять нельзя. Если до прихода гостей осталось 20 минут, а в комнате беспорядок, нужно заняться тем, что на 80% определяет впечатление «убранности» — застелить постель, попрятать крупные валяющиеся вещи, подмести пол. Протирать пыль со всех статуэток на полочке в этот момент довольно глупо. Все это совершенно понятно, когда речь идет о бытовых проблемах. Наша задача — помнить про принцип «20 на 80» и в вопросах воспитания. Если нас по-настоящему выводят из себя и разрушают наши отношения с ребенком лишь некоторые виды его поведения, именно на них и надо сосредоточить свои усилия. А все остальное — если руки дойдут.

Итак, шаг первый: выбрать цель. Один, максимум два вида поведения ребенка, которые по-настоящему отравляют нам жизнь. Это может быть все что угодно, в том числе и нечто такое, что постороннему наблюдателю показалось бы ерундой. Если вы все время думаете об этом, если вы сильно злитесь или отчаиваетесь, если вы вспоминаете о случаях такого поведения на работе, засыпая и просыпаясь, если вы постоянно обсуждаете проблему с супругом или с друзьями, значит, это оно и есть. Те самые ваши 20%. А может, и 10 или 5. Иногда одна мелочь может отравить жизнь больше, чем сто крупных проблем (кто гулял в натирающих туфлях в прекрасный день по чудесному парку в замечательной компании — тот знает).

Если не получается назвать цель с ходу, попробуйте записывать в течение нескольких дней в блокнот, что ваш ребенок делал «не так». А потом честно спросите себя — что из этого **действительно** отравляет мне жизнь? И выберите один, максимум два пункта. Это и есть цель. Именно это поведение надо изменить настолько, чтобы оно стало для вас приемлемым. Не идеальным и удобным — просто терпимым. Чтобы оно перешло в разряд «мелких проблем».

Если все-таки вы обнаружите, что таких пунктов не один-два, а, скажем, пять, действуйте последовательно. Невозможно начать готовить суп, не решив сначала, что это будет — борщ или окрошка. Наметьте цель № 1. Это ваша задача на ближайшее время, скажем, два-три месяца. Все остальное пока отодвиньте в сторону, постарайтесь не переживать, скажите себе: «Я подумаю об этом позже». Когда добьетесь успеха с целью № 1, и если к тому времени остальные проблемы еще будут актуальны, вы займетесь ими.

Итак, наша задача — сделать неприемлемое для нас поведение приемлемым.

Представьте себе, как будет выглядеть это приемлемое поведение. Что именно должен ребенок делать или не делать, чтобы «жить стало легче и веселей». Как это соотносится с обстоятельствами вашей жизни? Что в результате выиграете вы? Что выиграет ребенок? Например, если в результате того, что ребенок не будет просиживать за уроками вечера напролет, у вас и у него появится больше времен, — чем вы думаете заняться?

Чем подробнее и конкретнее вы представите себе результат, тем более разумными и целенаправленными будут все ваши действия. Лучше всего описать результат на бумаге: вот прошло три месяца. Вы сумели решить проблему. Как теперь выглядит типичная ситуация, от которой сегодня вас трясет? Что говорите или делаете вы? Что говорит и делает ребенок? Как вы оба себя чувствуете?

И еще важный вопрос: не создаст ли этот новый способ поведения какие-то новые сложности? Если больше не придется часами обсуждать с супругом «нашего оболтуса, который опять прогулял школу», найдется ли другая тема для разговоров? Если ребенок вылезет из-за компьютера и станет гулять с друзьями, вы готовы будете его отпустить и не контролировать каждый шаг, не диктовать, с кем ему следует дружить, а с кем нет?

Кстати, возможно, будет не лишним обсудить эту картинку с ребенком. Нравится ли она ему? Все ли устраивает? Что мешает, чтобы такое началось прямо с завтрашнего дня? Только начинайте разговор без наезда, без «многозначительного» тона, спокойно, даже расслабленно: «Вот я иногда мечтаю, чтобы у нас было так... А ты бы так хотел?» Очень может быть, что узнаете много интересного!

ШАГ ВТОРОЙ. ЧТО ИМЕННО ПРОИСХОДИТ?

Изменение трудного поведения — это задача, которую предстоит решить. Что мы делаем обычно в первую очередь, чтобы решить какую-либо задачу? Изучаем исходные данные, условия, собираем информацию. Казалось бы, это очевидно. Никому не взбредет в голову решать задачу, про условие которой известно только, что там какие-то путники вышли из какого-то там пункта и куда-то долго шли. При этом требуется узнать, через сколько именно часов и в какой точке они встретились. Всякий скажет: нельзя эту задачу решить, исходных данных недостаточно.

Но когда речь идет о поведении ребенка, родители часто именно так и пытаются поступить.

Типичный вопрос на консультации: «Он меня не слушается совершенно, что делать?» Спрашиваю: «Что это значит — не слушается? Когда именно? В каких ситуациях? Что делает?» В ответ: «Ну, не слушается! Никогда!» Но я продолжаю задавать вопросы и вскоре мы выясняем, что ребенок, например, не сразу выключает компьютер, когда ему велят, или долго упирается, прежде чем лечь вечером спать. Что в ответ он огрызается, или соглашается, но не делает или врет, что уже сделал. Что если настаивать, он злится или плачет. И множество еще всяких подробностей.

Или еще любимая фраза: «Он ничего не хочет!» Обычно выясняется, что как раз много чего хочет, но не того же, чего хотят взрослые. А именно: не хочет убирать в комнате и делать уроки. Еще не хочет в музыкальную школу ходить и на шахматы. А на футбол, наоборот, хочет. И новые ролики хочет тоже. В комнате, тоже, кстати, не всегда не хочет убирать — вот на прошлой неделе девочка в гости приходила, так все сияло и блестело. Да и уроки не прямо все подряд не хочет делать, письменные делает, а устные ненавидит, пересказы все эти. У него память плохая, трудно ему это.

Согласитесь, две большие разницы: ребенок, который «ничего не хочет», и ребенок, который не хочет делать то, в чем не видит смысла (чего убирать, если гостей не ожидается?), или то, в чем боится потерпеть неудачу (лучше с вызовом сказать: «Я не учил», чем угробить два часа на подготовку, а потом все равно жалко блеять у доски и чувствовать себя тупицей).

Поэтому самое важное для начала — точно описать трудное поведение. Не «она постоянно врет», а по пунктам: как часто врет; по каким поводам; при каких обстоятельствах; как именно; что делает, если не верят; как реагирует, когда разоблачают; пытается ли как-то сама справиться со своим поведением; считает ли его неправильным; как объясняет причины и т. д. и т. п. Чем более детальное описание «исходных данных» будет у вас в руках, тем легче вам будет выдвинуть предположение о внутренней пружине трудного поведения, о том, какая потребность за ним стоит и какие «плохие» технологии используются.

Не забываем задать себе вопросы: было ли трудное поведение таким всегда или появилось в какой-то момент? Что этому предшествовало? Что могло в это время вызвать у ребенка стресс, или протест, или ревность? В чем вообще сейчас у ребенка может быть особая потребность? Может быть, у него нервы на взводе после перенесенного тяжелого ОРВИ? Может быть, у него нет друзей в классе, его дразнят и отвергают? Может быть, у него подростковый возраст и он пытается разобраться в себе и в своих отношениях с вами?

Следующий круг вопросов: что вы уже пробовали делать? И какой был результат? Какие ваши действия улучшают поведение ребенка, а от каких становится только хуже? Как вы выходите из ситуации? Быстро ли потом миритесь? Что происходит с вашими отношениями? Как выглядит и чувствует себя ребенок во время и после «инцидента»? А как вы?

Сравните три ситуации, которые исходно были описаны родителями совершенно одинаково: «Невозможно с ней: рыдает по любому поводу».

Марусе два с половиной года, она умненькая, энергичная девочка, раньше не была особо капризной, но в последнее время ее характер испортился. Она не терпит ни малейшего отказа, настаивает на своем, плачет, кричит, может даже замахнуться на маму или лечь на пол и рыдать. Иногда плачет так сильно, что начинает захлебываться. Особенно плохо дело в поездках, в гостях, в людных местах. Мама уже боится ходить с Марусей в магазин, это почти всегда заканчивается сценой. Кроме самых тяжелых случае, она успокаивается быстро, уже через пять минут настроение снова хорошее, бодрое. Родители пытались отвлекать, ругать, оставлять одну в комнате, умывать холодной водой. Помогает не очень.

Алине семь, она недавно пошла в школу. Она способная девочка, поэтому школу родители выбрали сильную, учительница очень требовательная. Алина справляется с программой, она аккуратная и ответственная, но к концу первой четверти стала очень нервной. Плачет, если хоть что-то не получается в домашнем задании, поливает слезами почти каждый пример или строчку с буквами. Родители предлагают переделать — плачет, потому что нет сил, устала. Предлагают оставить как есть — плачет, потому что учительница не напишет «Молодец». Собирая портфель, может заплакать, обнаружив, что карандаш сломался или тетрадь помялась. Иногда доходит до рыданий, переходящих в изнеможение. После каникул стало немного лучше, но потом опять началось. Родители спрашивали, не обижает ли ее учительница: говорит, нет, Алла Петровна хорошая, добрая.

Насте 11, и она всегда была ребенком очень чувствительным, застенчивым, легко краснеет, легко выступают слезы. Может заплакать, если что-то не получилось, если с ней хоть немного строго поговорили, просто если оказа-

Давайте попробуем представить себе, с какой целью может ребенок настойчиво таскать вещи или деньги?

лась в центре внимания. Плачет тихо, прячет слезы, очень старается перестать, но обычно не может. Если начинают утешать или стыдить, слезы начинает лить ручьями, и Настя пытается убежать в туалет, особенно если дело происходит при ребятах. Если не обращать внимания, через какое-то время сама успокаивается. В классе ее дразнят за частые слезы.

Как мы видим, это совсем разные случаи, разные дети, разные причины слез, а значит, и разные стратегии изменения поведения, о которых мы еще поговорим.

В результате подробного описания у вас будет гораздо больше возможностей строить предположения, что может стоять за поведением ребенка и как нам действовать. Заодно и успокоитесь — трудно впадать в панику и в отчаяние в процессе вдумчивого наблюдения. Обычно уже по ходу появляются идеи и гипотезы о том, «как это все устроено». Значит, пора переходить к следующему шагу.

ШАГ ТРЕТИЙ. ИЩЕМ «ПРУЖИНУ»

Люди по природе своей ленивы. И взрослые, и дети. Мы не склонны делать то, что нам ни к чему. Тем более мы не станем делать ничего трудоемкого, энергозатратного да еще и влекущего за собой неприятности, если нам от этого нет никакой пользы. Причем это справедливо не только для «хороших» дел, но и для «плохих». Например, та же истерика. Очень энергозатратное поведение! Или воровство — это ж сколько сил и нервов надо потратить! Да и отбояриться от вынесения мусорного ведра, выдержать натиск родителей, их недовольство, а то и последующие санкции на самом деле гораздо труднее, чем вынести это самое ведро. Если ребенок все же выбирает столь утомительный тип поведения, значит, есть ради чего.

Из этого следует, что первый вопрос, который стоит себе задать, — зачем он это делает? Чего хочет? Мы уже говорили об общих целях, которые всегда стремится достичь ребенок, давайте теперь рассмотрим, как это происходит на деле.

Мы не сможем здесь разобрать все и всякие виды трудного поведения и его пружин, давайте возьмем для пристального рассмотрения что-нибудь посложнее, из тех видов трудного поведения, которые особенно сильно расстраивают родителей какого-нибудь часто встречающегося вида трудного поведения, тогда более простые вы сами сможете проанализировать по аналогии.

Например, воровство. Редко встретишь ребенка, который совсем никогда бы этого не пробовал. Еще реже встретишь родителя, который был бы способен реагировать на воровство философски. Это всегда очень больно ранит и выбивает из колеи, особенно если воровство повторяется.

Давайте попробуем представить себе, с какой целью в принципе может ребенок настойчиво таскать вещи или деньги? Не один раз по глупости, это еще не трудное поведение, а именно настойчиво, несмотря на объяснения и наказания. Нам понадобится вспомнить все, о чем мы говорили на протяжении книги, многие ситуации, которые рассматривались.

Список может получиться примерно таким:

1. У ребенка может быть просто пока не сформировано представление о собственности. Это довольно сложное абстрактное понятие, которое ребенок осваивает постепенно.

Я сама пережила когда-то неприятный момент, когда мама мальчика, с которым вместе мой сын жил в лагере в одной комнате, позвонила мне с жалобой, что он «берет без спроса чужое печенье». Понадобилось успокоиться, чтобы сообразить, что ребенок просто в первый раз в жизни живет не дома, где он привык, что если печенье лежит на столе, а ты хочешь — ты просто подходишь и берешь. То, что там это печенье не общее, а чье-то конкретно, и у хозяина могут быть на него свои виды, ему не пришло в голову, а мы не сообразили предупредить.

В этом случае потребность ребенка — **разобраться в вопросах собственности**.

2. Нередко воруют дети, родители которых уверены, что они лучше знают, «что ему в действительности нужно», и без достаточных оснований отказывают в покупке модной одежды, предметов увлечения, слишком ограничивают карманные деньги. Это заставляет ребенка чувствовать себя белой вороной среди сверстников, что для подростка очень тяжело. И создает у него впечатление, что с ним не считаются, не доверяют ему принимать решения (например, о том, как именно ему одеваться), «держат за маленького».

В этом случае потребность ребенка — **«быть в порядке», не испытывать отвержения сверстников**, и еще **принимать решения относительно самого себя.**

3. Часто целью ребенка, крадущего деньги, становится подкуп ровесников, которые готовы общаться с ним, только если у него есть сладости или игрушки. Это особенно бывает свойственно детям, которых детский коллектив отторгает

из-за физических или других недостатков: полноты, маленького роста, заикания и т. д. Легко может попасть в положение изгоя новенький в классе, особенно если ребенок ведет себя нервно и неуверенно.

В этом случае потребность ребенка — **быть принятым сверстниками, иметь друзей.**

4. Бывает, что дети воруют для того, чтобы привлечь внимание родителей. Деньги или купленные на них сладости он может воспринимать как символическое замещение родительской любви. Часто такое происходит в периоды, когда родители из-за собственной усталости или в результате длительных конфликтов с ребенком утрачивают связь с ним, редко показывают свою любовь и заботу, предъявляя только требования и претензии.

В этом случае потребность ребенка — **быть любимым и принятым, получать внимание и заботу**.

5. Иногда дети своим трудным поведением, в частности воровством, пытаются воздействовать на ситуацию в семье. Например, между родителями есть долгий тлеющий конфликт. Они почти не общаются между собой, в доме висит напряжение. Но вот ребенок украл — и папа с мамой вместе принимают меры, обсуждают случившееся, снова, как раньше, часами сидят на кухне и разговаривают. Ребенок боится развала семьи гораздо больше, чем наказания, и может таким образом «объединять» родителей.

Именно это делал Павлик в истории, о которой уже шла речь выше.

В этом случае потребность ребенка — **близость и контакт между взрослыми, чувство защищенности в прочной семье.**

6. Ребенок может быть неуверен, что привязанность родителя к нему надежна, чувствует тревогу и страх, что его отвергнут, оставят. Поскольку это жизненно важно для него, дети в такой ситуации всегда очень точно определяют самые «уязвимые места» взрослых, и если детское воровство очень чувствительно для родителей, если именно это их «главный кошмар» и свидетельство полного фиаско как воспитателей, то скорее всего именно этот тип поведения ребенок и будет использовать для того, чтобы задать вопрос: «Будете ли вы любить меня даже таким?»

В этом случае потребность ребенка — **быть уверенным, что привязанность надежна, не мучиться от тревоги**.

7. Встречается навязчивое воровство невротического характера, связанное с постоянно высоким уровнем тревоги. Этим синдромом порой страдают очень состоятельные люди, они крадут какую-то вещицу в магазине, хотя при желании могли бы сию же минуту купить весь этот магазин целиком. Потребность украсть в данном случае связана с постоянным уровнем тревоги и неудовлетворенности. В момент кражи человек испытывает острые ощущения, бурю эмоций, которые затем сменяются расслаблением и эйфорией. Здесь мы имеем дело с психологической зависимостью, воровство этого типа может встречаться у детей, переживших психологическую травму, неуверенных в своем нынешнем положе-

нии, испытывающих страх перед будущим, имеющих низкую самооценку и не получающих достаточной эмоциональной поддержки.

В этом случае потребность ребенка — хотя бы на время **избавиться от гложущей тревоги**, получить передышку в виде расслабления и эйфории.

8. Ребенок может воровать от безвыходности: если у него вымогают деньги путем угроз или он страдает наркозависимостью. Возможно, его отношения с родителями слишком отравлены недоверием и борьбой, чтобы он мог обратиться за помощью к взрослым, а не скрывал от них тяжесть своего положения.

В этом случае потребность ребенка — **быть в безопасности**, защитить себя от угроз и страданий.

9. Наконец, бывает, что детское воровство вызвано очень острым желанием обладания, которое охватывает ребенка порой из-за пустяка и потому непонятно взрослым. Такое желание может подогреваться рекламой (маркетинговыми акциями под лозунгом «Собери их все»). Это очень важный жизненный опыт. Когда ребенок крадет, уступив соблазну, он хочет узнать границы дозволенного, получить новый опыт, узнать, каково это, когда ты сделал то, что нельзя. Без такого опыта невозможно формирование совести, ведь совесть — не послушание внешним правилам, а внутренний сторож, который не позволяет поступать неправильно, потому что «ты знаешь, как потом будет плохо на душе».

Когда обнаружилось, что девятилетний Тима стащил у мамы из кармана деньги, чтобы купить очередного бакугана, вся семья была в шоке. Дедушка кричал, что не потерпит «крысятничества» в доме, бабушка пила сердечные капли, папа сказал, что за такое следовало бы выпороть хорошенько, мама сидела с таким выражением лица, что Тима заплакал и убежал в свою комнату.

Через какое-то время мама пришла к нему, легла рядом, взяла за руку. И тихо сказала, что почти каждый ребенок хоть раз в своей жизни пробует что-то украсть. Но это еще не делает его вором. Он просто пробует, узнает, каково это, и потом решает: будет он продолжать или с него хватит. «Тебе решать, — сказала мама, — как ты решишь, какой путь для себя выберешь, так и будет». Поцеловала сына и ушла из комнаты, чтобы он мог побыть один и подумать.

В этом случае потребность ребенка — **получить опыт соблазна, проступка, стыда, раскаяния** и сделать свои выводы из этого опыта.

Как мы видим, все названные ситуации, кроме последней, не имеют никакого отношения к воровству в собственном смысле этого слова. Ни в одной из них ребенок не хочет «сознательно присвоить чужое» (именно таково словарное определение понятия «воровство»). Его цели совсем иные: любовь, покой, безопасность, успешность и т. д. Можно надеяться, что, показав ему, как можно добиться того же самого, не прибегая к утаскиванию чужих вещей и денег, мы поможем ребенку избавиться от этого крайне неприятного вида трудного поведения.

Примерно таким образом можно рассуждать о любом виде трудного поведения, выдвигая гипотезы о его «движущей силе», от простого к сложному. Обычно довольно быстро родителю, который неплохо знает и чувствует своего ребенка и предварительно хорошо понаблюдал за его поведением, становится ясно, какие из предположительных «пружин» имеют место в конкретном случае, а значит, и приходят идеи, что можно сделать.

Вспоминая наших «все время плачущих» девочек, мы можем сказать, что у Маруси дело в возрасте: она осваивает для себя такие важные понятия, как «нельзя» и «надо», учится конфликтовать, настаивать и уступать. А значит, родителям надо настроиться на то, что это временно, и постараться сохранять самообладание и чувство юмора, давая ребенку возможность выйти из своего эмоционального «клинча» без потерь.

У Алины явно запредельный для нее стресс школьной адаптации, сильная зацикленность на успешности и одобрении, возможно, она не уверена, что родители смогут принять ее школьные неудачи и не разочароваться в ней. Ее потребность — получить поддержку семьи, убедиться, что отношения с родителями прочны и им ничто не угрожает, даже если учительница будет недовольна. Возможно, сто-

ит под тем или иным предлогом забрать на время ребенка из школы, дать прийти в себя, способная девочка потом быстро нагонит класс. А может быть, имеет смысл и подумать о смене учителя.

Для Насти чувствительность — особенность ее нервной системы, она будет такой всегда. Ее потребность — стать более уверенной в себе и научиться обращаться со своей чувствительностью, придумать, как снимать неловкость, если чувствуешь, что краснеешь и сейчас заплачешь.

Хорошо, а что делать, если нет уверенности, что «пружина» определена правильно? Тогда нужна дополнительная информация.

Например, очень часто можно понять, что движет ребенком, анализируя собственные чувства. Общаясь, мы всегда чувствуем состояние другого человека или испытываем либо сходные, либо дополнительные чувства. То есть если человек боится, мы тоже можем почувствовать страх, если злится — мы тоже злимся, если он намерен выяснить, «кто здесь главный», мы испытаем прилив агрессии и мобилизуемся для отпора, если он хочет от нас то, чего мы дать не в состоянии (например, безраздельного и безграничного внимания), мы чувствуем раздражение.

Это обстоятельство впервые было подмечено и описано американским педагогом Рудольфом Дрейкусом. Правда, он выделял всего четыре пружины в поведении детей: потребность привлечь к себе внимание, желание избежать неудачи, выяснение «кто здесь главный» и месть. При этом взрослый чувствует соответственно: раздражение, бессилие, злость и обиду. Понаблюдайте за собой, и вы убедитесь, что так и есть. Хотя вряд ли их всего четыре, просто Дрейкус работал со школьниками и пружины, связанные, например, с надежностью привязанности, в его поле зрения не попадали.

Собственно, о «пружине» можно не гадать, а спросить у самого ребенка. И некоторые дети, даже довольно маленькие, способны вполне внятно ответить на вопрос: «Зачем ты это делаешь?» Обратите внимание: не «Почему? (не убрал, взял чужое, сломал, закатил скандал)», это как раз вгоняет ребенка в ступор — откуда он знает почему, а именно: «Зачем?» Это может быть даже довольно странно звучащий вопрос, например: «Зачем у тебя по утрам перед школой живот болит?» Только задавать его надо не с вызовом в голосе, не тогда, когда вы уже разозлились, а спокойно, заинтересованно.

Можно предложить ребенку варианты ответов: «Ты знаешь, иногда дети врут, чтобы о них не думали плохо. С тобой

Как не стыдно шуметь, когда человек отдыхает!	Я очень устал, мне необходимо поспать, не шуми, пожалуйста!
Ты опять не убрал со стола!	Я не люблю, когда на кухне грязь. Мне неприятно убирать за всеми.
Почему ты меня не слушаешь?	Я хочу, чтобы ты меня услышал.
От тебя помощи не дождешься!	Я прошу тебя мне помочь. Помоги мне, пожалуйста!
Не говори со мной таким тоном!	Мне неприятно, когда ты грубишь.
У тебя совесть есть — приходить домой в час ночи?	Я не могла уснуть и очень волновалась.

так бывает?» или «Иногда мы на самом деле хотим пожаловаться, чтобы нас пожалели, но стесняемся и вместо этого начинаем придираться и цепляться к словам. А у тебя не так?»

Даже если вы не смогли сразу верно определить «пружину», ничего страшного. В любом случае возможных «пружин» конечное количество, и со второй или третьей попытки вы обязательно попадете.

ШАГ ЧЕТВЕРТЫЙ. ОБЪЯСНЯЕМ, ЧТО НЕ ТАК

«Как ты себя ведешь?! Это ужас просто!» — говорим мы в сердцах ребенку. Давайте на минутку остановимся и отдадим себе отчет — к какому результату приведет наша гневная тирада? Поможет ли она ребенку научиться себя вести лучше? Вызовет ли у него желание измениться? Улучшит наши отношения с ним? Снизит его тревогу? Может быть, хотя бы поможет нам в будущем лучше с ним справляться? К сожалению, на все эти вопросы приходится отвечать: нет, нет и нет. Единственный сомнительный результат, который здесь можно усмотреть, — взрослый «сбросил пар», разрядился. Да и то не всегда, ведь сплошь и рядом подобные фразы говорятся даже без особого чувства, по инерции, потому что «так положено», это наш родительский долг — что-то в этом роде произносить.

Единственная информация, которую извлекает ребенок из подобных высказываний: «Мной недовольны, я плохой». Или того хуже: «Я не имею значения, мама или папа хотят выглядеть хорошими за мой счет». Выше мы уже говорили о том, к чему это приводит. Как только мы говорим: «Ты неправ» или того хуже «Ты плохой», ребенок в ответ начинает защищаться и спорить.

Гораздо лучше работают «Я-высказывания», то есть высказывания о себе, о своих чувствах, проблемах и потребностях. Лучше всего разница между «Я-высказываниями» и привычными способами выражать недовольство можно увидеть в сравнении.

Действенность Я-высказываний заключается в том, что их невозможно оспорить. Если человек говорит: «Я волнуюсь, мне обидно, мне неприятно, я хочу, мне нужно», с этим невозможно спорить. Ему виднее! А когда он говорит: «Ты грубишь, ты не помогаешь, у тебя нет совести», сразу же возникает протест. Употребляя Я-высказывания, мы демонстрируем собеседнику, что не намерены залезать на его территорию, «учить его жить». Мы просто говорим о своих чувствах, потребностях, трудностях и верим, что ему это не все равно, что он постарается вникнуть и чем-то помочь. Мы даем ребенку понять, что наша с ним связь в безопасности, даже если его поведение нам не нравится.

Однако Я-высказывания не должны переходить в шантаж. Когда взрослый говорит: «Я тебя такого не люблю!» или «Из-за тебя я заболею», это не слова о своих подлинных чувствах и проблемах, а именно шантаж, спекуляция на любви ребенка, его зависимости и некритичности его мышления. То же относится к запугиванию типа «придет милиционер и заберет», «попадешь в больницу, и будут делать уколы», «сейчас уйду от тебя и больше не приду». Ребенок не в состоянии оценить, где правда и где ложь, у него нет пока нужного жизненного опыта. Злоупотреблять его доверием некрасиво.

Объясняя ребенку, почему то, что он делает, вас не устраивает, важно иметь в виду еще вот что: дети живут настоящим.

Их не интересуют проблемы далекого будущего, по крайней мере лет до 15—16. Говорить пятикласснику, что если он будет плохо учиться, то станет лишь дворником, довольно бессмысленно. Для него это будет звучать обидно, только и всего. Гораздо лучше обратить его внимание, что вы расстраиваетесь из-за его плохих оценок, что сам он неважно себя чувствует в роли двоечника, что бояться вызова к доске гораздо неприятнее, чем сделать домашнее задание. Фразы типа «Что из тебя вырастет?» или «Кто на тебе, такой неряхе, женится?» только портят отношения с ребенком и ничего не дают для исправления поведения.

Постарайтесь при объяснении дать ребенку понять, что вы знаете и разделяете ту потребность, которая стоит за трудным поведением. Можно сказать: «Я знаю, ты очень хочешь подружиться с ребятами и поэтому решил взять деньги и купить сладости» или «Я понимаю, ты расстроен, что я не могу остаться с тобой дома», «Да, в школу идти иногда ужасно не хочется, так и тянет прогулять», «Иногда кажется, что соврать проще всего, чтоб не ругали». Этим вы показываете, что вы не по ту сторону «баррикады», а здесь, рядом с ребенком. Что вы посягаете не на потребность как таковую, а лишь на плохую технологию ее достижения. А значит, ребенок по-прежнему может рассчитывать на вашу заботу и защиту.

Объясняя ребенку минусы трудного поведения, говорите конкретно и доходчиво. Избегайте общих слов, не употребляйте абстрактные понятия «грех», «мораль» и т. п. Учитывайте возраст ребенка и уровень его развития.

И помните то, о чем мы говорили в первой части — бесполезно что-то объяснять, когда ребенок расстроен, испуган, сгорает от стыда. Все уйдет в песок. Помогите ему успокоиться, дайте понять, что с привязанностью все в порядке, если надо — сначала успокойтесь сами. И только потом объясняйте.

ШАГ ПЯТЫЙ. ДАЕМ НАСТУПИТЬ ПОСЛЕДСТВИЯМ

Мы говорили в первой части книги о том, что наказание — довольно искусственная конструкция, в жизни гораздо чаще работает закон наступления последствий. Поэтому не бойтесь их — пусть наступают, ребенку необходим этот опыт. Потерял, сломал дорогую вещь — значит, больше нету, покупать новую никто не побежит. Украл и потратил чужие деньги — придется отработать или отказаться от покупки, поездки, чтобы сэкономить. Забыл, что задали нарисовать рисунок, вспомнил в последний момент — придется рисовать вместо мультика перед сном. Устроил истерику на улице — прогулка прекращена, идем домой, какое уж теперь гуляние.

Казалось бы, все просто, но почему-то родители почти никогда не используют этот механизм.

Мама жалуется, что у дочки-подростка стащили уже четвертый мобильный телефон. Девочка сует его в задний карман джинсов и так едет в метро. Говорили, объясняли, наказывали даже. А она говорит, что «забыла и опять засунула». Бывает, конечно. Задаю маме один простой вопрос:

«Сколько стоит тот телефон, что у Светы сейчас?» «Десять тысяч, — отвечает мама, — две недели назад купили». Не верю своим ушам: «Как, она потеряла уже четыре и вы опять покупаете ей такой дорогой телефон?» «Ну, а как же, ведь ей нужно, чтобы были и фотоаппарат, и музыка, и современный чтоб. Только, боюсь, опять потеряет». Кто б сомневался!

Свету ругают каждый раз за небрежность, обвиняют в неблагодарности и эгоизме, но новый дорогой мобильник исправно покупают. Если бы родители отказались покупать новый телефон или купили самый дешевый, а еще лучше — подержанный, и оговорили срок, в течение которого он должен уцелеть, чтобы можно было вообще заводить речь о новом, то Света уж как-нибудь научилась бы «не забывать». Но это казалось им невозможным — ведь девочке нужно быть не хуже других! И они предпочитали расстраиваться, ссориться, сокрушаться, но не давали дочке никакого шанса изменить поведение.

Важно, чтобы родители при наступлении последствий не злорадствовали, а сочувствовали и продолжали поддерживать ребенка. То есть оставались вместе с ним, по одну сторону баррикады и вместе решали возникшую проблему.

Знакомая семья просидела всем составом неделю на макаронах и картошке — отдавали деньги, которые были утащены ребенком в гостях. Причем свою «диету» семей-

ство соблюдало не со страдальческими физиономиями, а подбадривая друг друга, весело, преодолевая общую беду. И как все радовались, когда в конце недели нужная сумма была собрана и отдана с извинениями, и даже осталось еще денег на арбуз!

Ну, и последствия должны быть действительно естественными, а не подстроенными, и если проблему легче предупредить, чем потом решать, не надо устраивать театр одного актера там, где уместнее простая забота. Если ребенок забыл дома сменку и вы это заметили, естественным будет напомнить ему об этом при выходе из дома, а не подставлять под выговор учительницы для наступления последствий. Вы бы супругу-то напомнили, что он важную папку или ключи от машины забыл, не стали бы воспитывать.

Понятно, что есть ситуации, когда мы не можем позволить последствиям наступить, например, нельзя дать ребенку вывалиться из окна и посмотреть, что будет. Но согласитесь, таких случаев явное меньшинство.

ШАГ ШЕСТОЙ. ПОМОГАЕМ ДОБИВАТЬСЯ СВОЕГО ПО-ДРУГОМУ

Мы помним, что трудное поведение — это прежде всего примитивные технологии достижения желаемого. Но это мы знаем, что они примитивные и что бывают способы и получше. Ребенку это пока неизвестно. Он не сможет отказаться от «плохих» технологий, пока не получит взамен других, «хороших». Невозможно требовать от ребенка, чтобы он «прекратил немедленно», то есть отказался от «плохих» технологий, и при этом не предлагать ему взамен других, более эффективных.

Наверное, самая распространенная ошибка взрослых: говорить ребенку, что он делает что-то не так, при этом забывая сказать или показать, а как надо-то?

Вспоминаю ситуацию, в которой оказалась сама: я повела дочку и ее подружку в кино. Когда мы переходили дорогу, моя смирно шла за руку, а другая девочка баловалась, забегала вперед прыгала перед нами, что-то радостно крича и не давая сосредоточиться, а улица-то была довольно опасная, широкая, с сильным движением. «Прекрати немедленно, мы же на дороге!» — гневно возмутилась я и увидела абсолютное недоумение в глазах ребенка. Только перейдя улицу и отдышавшись, я понимаю: девочка эта живет с родителями за городом, в своем доме. Ее возят на машине в школу, из школы и вообще везде. Она переходит улицу ногами не так часто, и поведение на дороге у ребенка не сформировано на уровне автоматизма, как у моей дочери. Девочка вовсе не хулиганка и ничего плохого не хотела. Просто моя возмущенная фраза не дала ребенку никакой полезной информации. Что с того, что мы на дороге? Чем я недовольна? Что следует прекратить и что делать вместо этого? Она не знала. Уверена, если бы я сказала что-то вроде «Дай мне руку и иди рядом», она бы послушалась.

Убедитесь, что вы ясно показали ребенку, какого другого поведения вы от него ждете взамен «трудного». Часто бывает лучше именно показать, а не объяснять, особенно если ребенок мал. Просто возьмите его за руку и отведите в ванную чистить зубы. Подойдите и поправьте карандаш в его руке, если он держит его неправильно. Обнимите и крепко прижмите, когда его «разносит» в истерике, возможно, в следующий раз он сам придет к вам на руки, вместо того чтобы демонстративно плакать. Удержите руку, если он замахивается, и помогите ребенку сформулировать свой гнев в словах. Покажите, как правильно брать на руки и гладить кошку, чтобы она не царапалась и не убегала. Здоровайтесь и желайте спокойной ночи первыми. Когда ребенок говорит на повышенных тонах, сами начните снижать голос. Спрашивайте разрешения, чтобы взять его вещи. Стучитесь, прежде чем войти в комнату. Попросите прощения у бабушки вместе, обнимая его за плечи и подсказывая слова.

Дети мыслят действиями и телом. Объяснения могут сопровождать показ, но главное — что вы делаете, а не что говорите. Если вы, не вставая с кресла, кричите маленькому ребенку через всю комнату: «Не трогай это!», он не примет во внимание ваши слова. Встаньте, подойдите и остановите его руками. Если вы требуете от ребенка внимательно вас слушать, при этом продолжая заниматься своими делами, ничего не выйдет. Присядьте, разверните его к себе, найдите его взгляд и тогда говорите.

Используйте игру и игрушки. Например, ребенок капризничает, когда ложится спать. Поиграйте в «дочки-матери наоборот». Пусть он будет родителем, а вы — ребенком. Капризничайте вовсю. Брыкайтесь, просите попить и в туалет, вскакивайте и смейтесь. Утрируйте обычное поведение ребенка. Пусть он пробует и так и так, уговаривает, приводит доводы. Постепенно «исправьтесь», покажите, что можно получить удовольствие от укладывания спать, особенно если тебе так ласково поют песенку. Потом поменяйтесь ролями, чтобы все стало «как полагается», и повторите приятный ритуал.

Если ребенок боится идти в поликлинику сдавать анализы, поиграйте заранее в «поход к доктору с мишкой». Пусть мишка (в вашем исполнении) боится и плачет, а ребенок его уговаривает, утешает, объясняет, почему сдавать анализы нужно. Наконец мишка согласился, и вел себя очень храбро, и получил от «папы» поцелуй и внеплановый поход на карусели.

Будьте изобретательны, помогайте ребенку находить все новые способы решения проблем.

Максим ненавидит делать домашние задания. Весь день до прихода родителей домой он мается, садится, отвлекается, тянет время, бросает. В результате к семи вечера практически ничего не сделано. Мама или папа садятся с ним за уроки. Исправляют, объясняют, помогают. И так до позднего вечера. И так каждый день. Все вымотаны, раздражены, живут нормально только в каникулы.

В подобных случаях опасная ловушка, в которую попадает семья, — пытаться сделать все и хорошо. Максиму не очень легко дается учеба, у него есть проблемы с памятью и вниманием, хотя в целом соображает хорошо. Родители очень боятся, что он безнадежно отстанет, «скатится». В результате вся жизнь семьи полностью подчинена урокам, подавляющую часть времени Максим занят ненавистным ему делом, неудивительно, что саботирует, отчаивается, иногда плачет. Родители боятся, что наступит день и он просто пошлет все к черту, и больше они не могут заставить его заниматься.

Первое, о чем мы договорились с родителями, — чтобы они перестали злиться на чувства, которые испытывает ребенок. Да, он ненавидит делать уроки. У него есть для этого основания. Надо принять это как данность, как условие задачи, которую нужно решить. А решить ее совершенно необходимо, иначе эти чертовы уроки полностью сожрут их отношения, уже есть признаки.

Какова потребность Максима, скрывающаяся за его саботажем? Не делать неприятное и тяжелое дело. Как он этого добивается? Тормозит, тянет время, упирается. И в результате получает «приз»: нелюбимое дело каждый день по многу часов. Это мы обсудили уже с самим Максимом. Поговорили и о том, что он стал бы делать, если б вдруг домашние задания занимали меньше времени. Оказывается, он давно мечтал ходить на футбол, и секция рядом с домом есть, но сейчас не успевает — уроки.

Как же быть? Есть у американцев такое выражение — «съесть лягушку». Это означает: сделать неприятное дело как можно быстрее и отвязаться. Вот технологии «съеда-

ния лягушки» Максиму и предстояло научиться. Кстати, очень полезный навык в жизни каждого человека. Для начала мы договорились о том, что урокам нужно отвести определенное время. Обсудили, сколько было бы приемлемо, — получилось 2 часа. И не больше. Неприятное занятие всегда очень важно вогнать в жесткие границы и не позволять из них выходить. Но 2 часа занятий подряд — это неправильно. Договорились так: мальчик заводит таймер на 20 минут и это время честно, с отдачей, как может, занимается. 20 минут — не смертельный срок, можно даже очень неприятное занятие в течение 20 минут делать и не умереть в страшных муках.

Звонок таймера — все, стоп. Сколько успел, столько успел. Перерыв. Попрыгать, посмотреть в окно, съесть конфетку. Потом снова 20 мин. И еще раз. В конце первого часа позвонил родителям, доложился об успехах, они похвалили, поддержали, что-нибудь хорошее сказали. Перерыв побольше — тоже по таймеру, минут 20—30. Можно чаю попить, на спорткомплексе повисеть. И снова три раза по 20 мин. После этого — ***ни минутой больше****. Даже если не успел. Даже если не получилось. Все, уроки окончены на сегодня. Если очень хочется доделать или разобраться, можно вечером попросить помочь родителей. Но не тратить на это больше получаса! Что успели объяснить, то и ладно. В освободившееся время: футбол, гулять, кино, конструктор, все, что душа пожелает.*

Важнейшие условия: сами родители ничего не проверяют, если только по просьбе Максима. Если он звонит и от-

читывается, что позанимался, — хвалят. Не звонит — сами не напоминают. И за оценки в ближайшие пару месяцев не ругают — нужно время, чтобы привыкнуть к новой системе. Учительницу желательно предупредить, конечно, чтобы не считала брошенное на половине задание неуважением к себе. Но оценки пусть ставит, как считает нужным, скидок не надо.

Конечно, поначалу родители были в шоке. Как это — не доделал — и бросить? Это что же за привычка вырабатывается? И как тогда наверстывать пробелы? Но удалось убедить их попробовать, ведь хуже, чем есть, не будет. Если Максим будет действительно два часа в день заниматься, а не сопротивляться, толку будет больше, чем от многочасовых страданий. Лучше делать не все идеально, но каждый день понемногу, эффект обязательно будет.

Решили попробовать. Сам Максим отнесся к новшествам со смесью скепсиса и энтузиазма. С одной стороны, очень хотелось на футбол. С другой — не верил, что сможет сам заниматься. Надо сказать, что все сразу и гладко действительно не получалось. Сначала он впадал в панику, что ничего не успеет. Родители срывались и начинали по вечерам проверять, критиковать, заставлять переделывать. Или звонили с работы, проверяли, занимается ли сын, он врал и опять приступал к саботажу. Однако выигрыш во времени был заметен, а результаты сильно хуже не стали. Лучше пока тоже, но появилась возможность заниматься чем-то другим.

Прошло почти два месяца, прежде чем Максим успокоился и убедился, что за два часа можно сделать много чего. Он стал чаще просить по вечерам родителей помочь. Постепенно стали появляться четверки. Иногда Максим срывается и вообще не делает уроки, но это случается нечасто. Гораздо чаще срываются родители, которым так и хочется поактивнее помочь сыну. Как только они начинают давить и контролировать, он вновь вспоминает свой саботаж. Во всяком случае, стало терпимо и «чертовы уроки» больше не подминают под себя всю жизнь семьи.

Таким образом, суть этого следующего шага в том, чтобы показать или подсказать ребенку другие, «хорошие» способы добиться того, чего он хочет. Как мы уже говорили, «трудное» поведение очень энергозатратно, и если необходимость в нем отпадает, так как стоящая за ним потребность уже удовлетворяется, оно проходит само по себе. Поэтому если ребенку нужно внимание — уделите ему внимание, не дожидаясь, пока он начнет его «выбивать», если он «качает права» — покажите ему, «кто в доме хозяин», если он испытывает трудности в общении со сверстниками — подскажите, что ему делать, и помогите подружиться. Рассказывайте, как сами справились с подобными сложностями.

ШАГ СЕДЬМОЙ. ЗАКРЕПЛЯЕМ ДОСТИЖЕНИЯ

Чтобы проделать огромную работу по замене одних способов поведения на другие, ребенку нужно много душевных сил и вера в себя. Он сможет измениться к лучшему только в при условии вашей поддержки, симпатии, принятия, заботы. Любое недовольство, отвержение, неуважение, критика, контроль подчеркивают неуспешность ребенка и усиливают его тревогу. А что мы делаем, когда не уверены в себе? Естественно, цепляемся за самые привычные, хорошо освоенные виды поведения и реакций. То есть в результате ребенок будет еще крепче держаться за те самые «плохие» технологии, от которых мы хотим его избавить.

Вы никогда не задумывались, почему дети в возрасте 6–8 лет так охотно помогают родителям по дому, а подростком не допросишься? Обратите внимание, как все это происходит. Вот шестилетка гордо моет посуду — ему разрешили! Естественно, мама потом расхваливает его усилия, даже если ей пришлось незаметно перемыть все тарелки снова. Ведь он такой маленький, а уже помощник! Но время идет, и ему уже 9. Он моет посуду. Слышит ли он в ответ похвалу? Гораздо реже. Ведь он уже большой, это его обязанность. За что же тут хвалить? А что произойдет, если посуда будет помыта плохо? Его раскритикуют, при нем тарелки демонстративно перемоют и низведут его усилия до нуля. Да еще и что-нибудь обидное скажут. Вы все еще спрашиваете, куда же испаряется трудовой энтузиазм детей в период с 9 до 12? И почему подростков не заставишь ничего делать?

Именно поэтому так важно поддерживать оптимизм и веру в то, что все обязательно получится, замечать и подкреплять любой успех. Исследователи поведения животных и дрессировщики утверждают, что позитивные подкрепления примерно в 4 раза эффективнее негативных. То есть, грубо говоря, чтобы голубь научился кружиться, поворачиваясь в нужную дрессировщику сторону, его придется 20 раз ткнуть палкой с гвоздем, «наказывая» за неверное движение — или достаточно всего 5 раз подкрепить верное вкусным зернышком. С детьми все то же самое. Поэтому так важно каждому родителю иметь в запасе много хороших и разных «зернышек» — способов подкрепления правильного, нового поведения.

Один из самых сильных — конечно, похвала. Хвалите ребенка конкретно, по возможности точно описывая, что именно вам понравилось. Тогда он будет точно знать, чем порадовать вас в следующий раз. Как основание для похвалы подойдет любая мелочь, даже еле заметное изменение к лучшему. Вы удивитесь, насколько эффективно это работает. Очень эффективна косвенная похвала, когда вы изливаете свои восторги не прямо на ребенка, а при нем — пришедшему с работы папе или бабушке по телефону.

Другой распространенный способ подкрепления — подарки и вкусности. Вас смущает аналогия с дрессировкой животных? А вы сами разве не любите побаловать себя шоколадкой или пирожным после тяжелой и успешно выполненной работы? Фуршеты на презентациях проектов, корпоративные вечеринки в конце года, банкеты после защиты диссертации — того же происхождения. Все мы в каком-то смысле животные, что уж тут... Используйте маленькие вкусности для подержания у ребенка хорошего настроения и для создания игрового начала.

Гиперактивному ребенку будет проще справиться с домашним заданием, если вы предложите такую игру: после каждого примера (записанного предложения) он быстро бежит на кухню и получает изюминку или дольку мандарина.

Детям будет приятнее участвовать в генеральной уборке, если по традиции она заканчивается чаепитием с пирогом.

Ребенку будет легче отказаться от покупки запрещенных врачом чипсов, если вы с ним заведете специальный кошелек и будете каждый поход в магазин откладывать туда сумму, сэкономленную «на чипсах». А в конце месяца покупать на нее подарок в магазине игрушек или просто давать ребенку на расходы.

Конечно, незаменимый способ поддержки — ласка, объятия, поцелуи. Об этом и говорить долго не надо, чем младше ребенок, тем важнее для него прикосновения, физический контакт.

Поддержкой является и само присутствие родителя, его внимание и время. Часто «пружиной» трудного поведения, например истерик или саботажа с уроками, с одеванием по утрам, является «выцыганивание» внимания родителей. Сделайте из себя награду: «Если ты сможешь сегодня справиться с уроками сам, то я успею приготовить ужин, и мы выиграем целый час времени. Я с удовольствием проведу его с тобой. Чем мы займемся?» Но только честно, если вы — приз, то без сериала по телевизору, хлопот по хозяйству и разговоров по телефону в это время. Приз должен быть качественным!

Научите ребенка видеть и признавать собственные достижения. Это непросто, ведь в нашей культуре хвалить себя считается стыдным, неправильным. Только вы можете научить ребенка радоваться каждому, пусть небольшому, продвижению вперед, сравнивать себя не с недостижимым идеалом, а с собой вчерашним, гордиться своими успехами.

Всегда уверенно и позитивно говорите о будущих изменениях к лучшему. Не призывайте ребенка измениться, не требуйте, не уговаривайте, не выражайте надежду, а уверенно утверждайте: так будет. Например: «Ты еще не совсем можешь справляться с собой, когда сердишься, но ты еще немного подрастешь и обязательно научишься», «Сейчас ты боишься темноты, многие дети боятся, но потом это обязательно пройдет», «У тебя много пробелов, поэтому сейчас учиться так трудно, но с каждым днем будет лучше». Помните: дети нам верят. Как вы скажете, так и будет.

В завершение хочется вот что сказать. Впрочем, возможно, вы уже и сами догадались. Абсолютно все, что мы говорили о детях, справедливо и для нас самих. Если вам что-то не нравится в поведении самого себя как родителя, — не ругайте себя, не вгоняйте в стресс, не пугайтесь, что так будет всегда. Что захотите изменить, то и измените. За семь шагов, за три или за десять — как захотите и сможете. Определяйте цель, ищите «пружину, придумываете другие способы, пробуйте так и эдак и не забывайте себя поддерживать.

Не требуйте от себя и от ребенка всего и сразу. Жизнь не кончается сегодня. Если сейчас ребенок не знает, не хочет, не может, это вовсе не означает, что так будет всегда. Дети растут и меняются, порой до неузнаваемости. Главное, чтобы к тому моменту, когда ребенок будет готов измениться к лучшему, отношения между вами не были безнадежно испорчены. Никакое образцовое поведение, никакие отличные оценки, никакое одобрение окружающих не стоят того, чтобы ради них жертвовать главным, ради чего вы встретились в этом мире, что останется между вами, когда все задачи воспитания будут уже далеко в прошлом — любовью, заботой, доверием.

Доверяйте себе, своему опыту, интуиции, родительским чувствам. Никто не знает вашего ребенка лучше, чем вы. Никто не может сделать для него больше, чем вы. И даже если в какой-то момент вам начинает казаться, что вы никуда не годная мать (отец), просто посмотрите в глаза своего ребенка. Там вы увидите себя — самого любимого, самого нужного, самого важного. Самого Лучшего Родителя на свете. Это вы и есть.

Содержание

ЕСЛИ С РЕБЕНКОМ ТРУДНО. Книга 2

Научно-популярное издание

12+

Большая книга о воспитании

Людмила Петрановская

Большая книга про вас и вашего ребенка

Ведущий редактор *Маргарита Гумская*

Технический редактор *Татьяна Тимошина*

Компьютерная верстка *Алексея Филатова*

Подписано в печать 13.03.2017.
Формат 70x90/16. Усл. печ. л. 31,59.
Доп. тираж 4000 экз. Заказ № 1818.

Общероссийский классификатор продукции
ОК-005-93, том 2; 953 – книги, брошюры

ООО «Издательство АСТ»
129085, г. Москва, Звездный бульвар, д. 21, стр. 3, комната 5

«Баспа Аста» деген ООО
129085 г. Мәскеу, жұлдызды гүлзар, д. 21, 3 құрылым, 5 бөлме
Біздің электрондық мекенжайымыз: www.ast.ru
E-mail: astpub@aha.ru

Қазақстан Республикасында дистрибьютор және өнім бойынша арыз-талаптарды қабылдаушының өкілі
«РДЦ-Алматы» ЖШС, Алматы қ., Домбровский көш., 3«а», литер Б, офис 1.
Тел.: 8(727) 2 51 59 89,90,91,92, факс: 8 (727) 251 58 12 вн. 107; E-mail: RDC-Almaty@eksmo.kz
Өнімнің жарамдылық мерзімі шектелмеген.

Өндірген мемлекет: Ресей
Сертификация қарастырылмаған

Отпечатано в ООО «Тульская типография».
300026, г. Тула, пр. Ленина, 109.